annabac
SUJETS & CORRIGÉS 2022

SES
SPÉCIALITÉ

Tle générale

• **Denis Martin**
Inspecteur d'académie - Inspecteur pédagogique régional

• **Sylvie Godineau**
Professeure agrégée de SES

• **Franck Rimbert**
Professeur agrégé de SES

• **Séverine Bachelerie-Marteau**
Professeure agrégée de SES

• **Sylvain Leder**
Professeur agrégé de SES

• **Céline Le Feuvre**
Professeure certifiée de SES

• **François Porphire**
Professeur certifié de SES

• **Gilles Seurin**
Professeur certifié de SES

Avec la collaboration de Denise Maréchal

 ISSN 1168-3775 ISBN 978-2-401-07801-7

Achevé d'imprimer par IPS en France
Dépôt légal 07801-7/01 - Août 2021

Hatier

Avec votre Annabac, préparez-vous à l'épreuve

SOMMAIRE GÉNÉRAL

de SES et au Grand Oral **en 4 étapes !**

Les sujets et les fiches classés par thème

Pour chaque thème, voici les ressources de votre Annabac.

Indiquez sur cette liste l'avancement de vos révisions.
☐ À retravailler encore ☒ Désormais ok !

Économie

Quels sont les sources et les défis de la croissance économique ?

Quels sont les fondements du commerce international et de l'internationalisation de la production ?

Comment expliquer les crises financières et réguler le système financier ?

Quelles politiques économiques dans le cadre européen ?

Sociologie

Comment est structurée la société française actuelle ?

Regards croisés

Quelles inégalités sont compatibles avec les différentes conceptions de la justice sociale ?

- Coordination éditoriale : Grégoire Thorel, assisté de Pauline Huet et d'Hélène Wachtel
- Édition : François Capelani
- Graphisme : Dany Mourain et le studio Favre & Lhaïk
- Prépresse : Hatier et Nadine Aymard
- Illustration : Juliette Baily
- Schémas : STDI
- Mise en page : STDI
- Iconographie : Hatier illustration

S'échauffer, s'approprier les méthodes

INFOS et CONSEILS sur les épreuves

Quatre sujets ÉTAPE par ÉTAPE

1 En quoi consiste le programme de SES en Terminale ?

Le programme de l'enseignement de spécialité de SES en Terminale s'articule autour de 12 questions, dont 8 sont évaluées lors de l'épreuve écrite.

A Science économique

1. Quels sont les sources et les défis de la croissance économique ?

Notions : croissance économique, progrès technique et innovation, productivité, productivité globale des facteurs, institutions, inégalités de revenus, croissance soutenable, limites écologiques.

2. Quels sont les fondements du commerce international et de l'internationalisation de la production ?

Notions : dotations factorielles et technologiques, spécialisation internationale, commerce international, chaîne de valeur (fragmentation, internationalisation), compétitivité, libre-échange, protectionnisme.

> REMARQUE **Les thèmes 1 et 2 (économie), 6 et 10 (sociologie et science politique) sont chaque année au programme de l'épreuve écrite. Les thèmes 3, 7, 8 et 12 sont au programme les années impaires ; les thèmes 4, 5, 9 et 11 les années paires. Pour le Grand Oral, tous les thèmes doivent être maîtrisés.**

3. Comment lutter contre le chômage ?*

Notions : chômage, sous-emploi, taux de chômage, taux d'emploi, chômage structurel, chômage conjoncturel, salaire minimum, salaire d'efficience, politiques de lutte contre le chômage.

4. Comment expliquer les crises financières et réguler le système financier ?

Notions : crise financière, bulle spéculative, panique bancaire, instruments de régulation du système bancaire et financier.

5. Quelles politiques économiques dans le cadre européen ?

Notions : marché unique, zone euro, politique européenne de la concurrence, politique monétaire, politique budgétaire, choc asymétrique.

B Sociologie et science politique

6. Comment est structurée la société française actuelle ?

Notions : espace social, structure socioprofessionnelle, théories des classes et de la stratification sociale.

7. Quelle est l'action de l'École sur les destins individuels et sur l'évolution de la société ?*

Notions : égalité des chances, taux de scolarisation, taux d'accès à un diplôme ou à une formation, massification, démocratisation, inégalités de réussite scolaire.

8. Quels sont les caractéristiques contemporaines et les facteurs de la mobilité sociale ?*

Notions : mobilité sociale intergénérationnelle, tables de mobilité, mobilité structurelle, fluidité sociale, mobilité ascendante, reproduction sociale, déclassement, mobilité selon le genre.

9. Quelles mutations du travail et de l'emploi ?

Notions : travail, activité, statut d'emploi, chômage, modèles d'organisation (taylorien, post-taylorien), intégration sociale.

10. Comment expliquer l'engagement politique dans les sociétés démocratiques ?

Notions : vote, militantisme, paradoxe de l'action collective, variables socio-démographiques, action collective (objets, acteurs, répertoires).

C Regards croisés

11. Quelles inégalités sont compatibles avec les différentes conceptions de la justice sociale ?

Notions : inégalités économiques et sociales, rapport inter-quantiles, courbe de Lorenz, coefficient de Gini, top 1 %, corrélation de revenu parents-enfants, formes d'égalité, justice sociale.

12. Quelle action publique pour l'environnement ?*

Notions : action publique, construction des problèmes publics, mise à l'agenda politique, politiques environnementales, échelle, instruments de la politique climatique, bien commun.

** Thème non évalué lors de l'épreuve écrite de la session 2022.*

2 Quelles sont les épreuves du nouveau bac en SES ?

Vous avez choisi la spécialité SES en Terminale. Vous devrez donc passer l'épreuve écrite correspondante, mais également préparer une question en SES en vue du Grand Oral.

A En résumé

L'épreuve de spécialité (coeff. 16) →

DÉROULEMENT
- **Quand ? en mars**
- **Durée : 4 heures**
- **Structure : 2 sujets au choix :**
  - **dissertation**
  - **épreuve composée**
- **Barème : 20 points**

Le Grand Oral (coeff. 10) →

TRAVAIL EN AMONT
Sur deux questions dont l'une au moins se rapportant au programme de SES

DÉROULEMENT
- **Quand ? au 3e trimestre**
- **Durée : 20 min**
- **Structure : exposé sur l'une des deux questions + entretien**

B L'épreuve écrite

1. La structure de l'épreuve

- Vous avez le **choix entre deux sujets** de nature différente :
  - une **dissertation** s'appuyant sur un dossier documentaire ;
  - une **épreuve composée** comportant trois exercices : mobilisation des connaissances, étude d'un document, raisonnement s'appuyant sur un dossier documentaire.
- Les sujets sont conçus de manière à couvrir **plusieurs dimensions du programme** :
  - la dissertation et le raisonnement portent sur des champs différents (science économique ; sociologie et science politique ; regards croisés) ;
  - la dissertation et chaque partie de l'épreuve composée portent sur différentes questions du programme.

CONSEIL Les deux sujets proposés couvrent donc au total quatre questions du programme. Cela signifie que vous ne devez faire aucune impasse, mais aussi que les questions sur lesquelles vous êtes le plus à l'aise sont susceptibles de tomber.

2. Comment s'y préparer ?

● Vous devez bien évidemment fournir un **travail régulier** toute l'année, afin qu'au moment des révisions, vous n'ayez qu'à vous remettre en tête les notions déjà maîtrisées. Cela vous permettra également de mieux gérer votre stress le jour J !

CONSEIL Il est important de mémoriser au fur et à mesure les points essentiels du cours : notions, mécanismes, indicateurs et leur mode de calcul, etc. Pour cela, faites des fiches et vérifiez régulièrement que vous n'avez pas oublié ce que vous avez appris.

● Vous devez aussi **vous entraîner en temps limité**, dans les conditions de l'épreuve. Cela vous permettra de mieux vous organiser dans les différentes étapes de votre travail : lecture et analyse du sujet, compréhension des documents, mobilisation de vos connaissances, formulation de la problématique, élaboration du plan…

C Le « Grand Oral »

1. Les trois temps de l'épreuve

Les trois temps du Grand Oral

1. LA PRÉPARATION
- **Sur la question choisie par le jury (parmi les deux que vous avez travaillées)**
- **20 min. pour mettre en ordre vos idées et préparer un support à remettre au jury**

2. L'EXPOSÉ
- **Présentation synthétique en 5 min.**
- **Debout, sans notes**

3. L'ENTRETIEN
- **D'abord sur l'exposé (10 min)**
- **Puis sur votre projet de poursuite d'études (5 min)**

2. Comment s'y préparer ?

▶ Reportez-vous à la section « **Réussir le Grand Oral** », p. 261.

3 Comment réussir la dissertation ?

L'épreuve de dissertation consiste à répondre à une question en utilisant 3 ou 4 documents factuels. La problématique, la construction du plan et le soin apporté à la rédaction sont des critères de réussite essentiels.

A Quels sont les objectifs de la dissertation ?

Pour réussir une dissertation, vous devez :
- construire une **argumentation** à partir d'une **problématique** ;
- mobiliser les **documents** proposés et vos **connaissances** ;
- rédiger un **développement cohérent** en ménageant l'équilibre des parties.

B Comment structurer la dissertation ?

1. L'introduction

L'introduction comporte cinq phases :

1. Une accroche, pour montrer l'actualité et la pertinence du sujet
2. La définition des termes importants du sujet
3. La définition du cadre spatio-temporel
4. La reformulation du sujet et la présentation de votre problématique
5. L'annonce du plan précisant les grandes parties de votre argumentation

2. Le développement

- Le développement, que vous devez organiser en **deux ou trois parties** repose sur le **plan** que vous aurez préalablement élaboré au brouillon.
- Chaque partie comprend :
  - une brève **introduction** présentant l'idée directrice de la partie ;
  - des **sous-parties** (un paragraphe pour chacune) ;
  - une **conclusion partielle** synthétisant l'idée directrice de la partie.

CONSEIL **Prévoyez une transition pour passer d'une partie à l'autre.**

3. La conclusion

- La conclusion fait d'abord le **bilan** de l'argumentation, en reprenant les grandes idées de chaque partie et en répondant à la problématique.
- Elle se termine par une **ouverture** vers d'autres questions liées au sujet.

4 Comment réussir l'épreuve composée ?

L'épreuve composée comprend trois parties, qui portent sur trois questions du programme et sur au moins deux champs (économie ; sociologie et science politique ; regards croisés).

A La mobilisation des connaissances (4 points)

- Ce premier exercice est constitué d'**une seule question**. Pour y répondre, vous devez faire appel à vos connaissances.
- Analysez la question, **définissez** les notions et **organisez** votre réponse en deux ou trois paragraphes. Commencez par une brève introduction et synthétisez l'essentiel en conclusion.
- Restez bien dans le cadre de la question et utilisez un vocabulaire précis.

B L'étude de document (6 points)

- Le document proposé, de nature **statistique** (graphique, tableau…) est accompagné de deux questions : la première évalue votre compréhension du document ; la seconde vous demande de l'exploiter, en faisant si besoin appel à vos connaissances.
- Adoptez une **démarche méthodique** de collecte de l'information : repérez les unités, allez du général au particulier, et faites quelques calculs simples.
- Prenez appui sur les données du document et citez-les pour répondre.

> CONSEIL **Tout au long de l'année, travaillez sur les savoir-faire : ils sont indispensables pour analyser des documents statistiques.**

C Le raisonnement (10 points)

- Le sujet est accompagné de **2 ou 3 documents** de nature différente. Il vous invite à développer un raisonnement, à rassembler et à mettre en ordre des informations pertinentes issues du dossier documentaire et de vos connaissances personnelles.
- Votre raisonnement doit comporter une **introduction** (analyse du sujet), un **développement** (2 à 3 paragraphes argumentés) et une **conclusion**.

> REMARQUE **Le dossier documentaire doit vous aider à construire votre argumentation. Vous devez vous appuyer sur tous les documents, mais il est indispensable de les compléter par vos connaissances.**

- Commencez par analyser le sujet, puis étudiez chaque document : en quoi est-il utile pour traiter le sujet ? Enfin, déterminez deux ou trois **arguments**.

Catégories socioprofessionnelles et structure sociale

4 h
20 points

Dans quelle mesure les catégories socioprofessionnelles restent-elles un instrument pertinent pour définir une structure sociale hiérarchisée ?

Ce sujet comporte 4 documents. Pour les besoins liés à l'explication de la méthode de la dissertation, nous les avons placés à l'étape 3, p. 19 à 21.

ÉTAPE 1 au brouillon — Analyser le sujet

20 min

Commencez par identifier le thème du programme auquel se rattache le sujet, et isolez les mots ou notions clés.

Il s'agit d'un sujet de sociologie, portant sur le thème 6 du programme : « Comment est structurée la société française actuelle ? »
Il s'articule autour de deux notions : « catégories socioprofessionnelles » (CSP) et « structure sociale hiérarchisée ».

Étudiez la formulation du sujet : définissez les notions et déterminez comment le sujet les met en relation.

Dans quelle mesure — *Le sujet est formulé sous la forme d'une question qui appelle une discussion et une réponse nuancée.*

les catégories socioprofessionnelles — *Nomenclature définie sur des critères professionnels et regroupant des personnes présentant des propriétés sociales communes.*

restent-elles — *Le sujet suggère que les CSP sont toujours pertinentes, mais qu'elles ne sont pas suffisantes.*

un instrument pertinent pour définir — *Il faut mettre en évidence le lien entre CSP et structure sociale hiérarchisée.*

une structure sociale hiérarchisée — *Différenciation d'une population en groupes sociaux occupant des places distinctes dans l'espace social.*

Précisez le champ temporel et spatial concerné.

Le champ temporel et spatial est défini par le programme : la société française aujourd'hui.

D'après les informations précédentes, déterminez ce que l'on vous demande. S'agit-il :

– de présenter un phénomène (sujet analytique) ?

– de discuter une affirmation (sujet dialectique) ?

Nous avons affaire à un sujet dialectique : sa formulation invite à montrer en quoi les CSP sont un instrument pour définir une structure sociale hiérarchisée, et à nuancer cette affirmation pour la France d'aujourd'hui.

ÉTAPE 2 au brouillon Dégager la problématique

20 min

Posez-vous les questions que fait naître le sujet :

• Comment les CSP permettent-elles de définir une structure sociale hiérarchisée ?
• Dans la société française aujourd'hui, les seules CSP suffisent-elles pour définir la structure sociale hiérarchisée ?
• Quels sont les différents instruments permettant de définir la hiérarchisation de la structure sociale ?

Mobilisez vos connaissances personnelles permettant de répondre à ces différentes questions.

• Outre les CSP, il existe différents facteurs pour définir la structure sociale de la France d'aujourd'hui : le revenu, le diplôme, la composition du ménage, la position dans le cycle de vie, le sexe, le lieu de résidence.
• Ces différents facteurs permettent d'établir une hiérarchie dans la structure sociale.

Définissez la problématique, le plus souvent sous la forme d'une question qui résume l'ensemble du travail effectué.

PROBLÉMATIQUE
Si les catégories socioprofessionnelles continuent à définir une structure sociale hiérarchisée, quels sont les autres critères caractérisant cette structure sociale dans la société française aujourd'hui ?

ÉTAPE 3 au brouillon

Exploiter les documents

1 h

Vous pouvez maintenant vous lancer dans l'étude des documents. Ceux-ci doivent venir illustrer vos analyses. Vous devrez bien entendu les compléter par vos connaissances personnelles.

Notez la nature du document (texte, tableau statistique, graphique), ainsi que sa date et sa source. Ne retenez que les informations nécessaires au traitement de votre problématique.

DOCUMENT 1 Les catégories socioprofessionnelles

Le Code des catégories socioprofessionnelles (CSP) élaboré par Jean Porte en 1951 a constitué pendant près de 30 ans la principale grille de lecture du monde social […]. Cette classification n'a pas été construite à partir d'une théorie sociologique mais plutôt de façon pragmatique, dans le but d'obtenir des corrélations assez fortes entre les personnes classées et des groupes de pratiques sociales différenciées. Elle repose sur un classement de la population en [groupes] socioprofessionnels […] qui sont subdivisés en une trentaine de catégories, selon un découpage qui combine plusieurs critères. […]

Le succès de cette nomenclature tient en partie au fait qu'elle a pu formaliser des représentations sociales déjà fortement ancrées dans la société. De plus, elle présente l'intérêt d'être exhaustive, dans le sens où chaque individu – actif ou inactif – peut être identifié à la catégorie qui lui correspond. C'est d'ailleurs à ce titre qu'elle a constitué le support scientifique de nombreux travaux sociologiques et politiques faisant de l'appartenance de classe le critère principal d'identification dans l'espace social. […]
Le Code des catégories socioprofessionnelles

REMARQUE
La nomenclature des CSP est d'abord une construction statistique.

REMARQUE
Elle est utilisée par les sciences sociales pour étudier la structure sociale et la place de chaque individu dans l'espace social.

(CSP), réalisé à l'occasion du recensement de 1954, a d'abord été utilisé par les statisticiens de l'Insee pour formaliser le lien entre une appartenance professionnelle et des comportements économiques, démographiques et sociaux. Dès les premiers temps, il est utilisé pour mesurer l'évolution des structures sociales, les trajectoires professionnelles et les formes de mobilité sociale.

Source : Emmanuel Pierru et Alexis Spire, « Le crépuscule des catégories socioprofessionnelles », *Revue française de science politique*, vol. 58, n° 3, 2008.

DOCUMENT 2 **Niveau de vie médian[1] selon la catégorie socioprofessionnelle (en euros 2017 constants)**

	2012	2013	2014	2015	2016	2017
Agriculteurs, artisans, commerçants, chefs d'entreprise	20 350	19 960	19 540	20 310	20 550	20 610
Cadres et professions intellectuelles supérieures	33 520	32 740	32 800	33 170	33 240	33 090
Professions intermédiaires	24 550	24 440	24 120	24 210	24 560	24 520
Employés	19 530	19 600	19 620	19 720	19 590	19 720
Ouvriers	18 660	18 590	18 760	18 670	18 860	18 870
Ensemble des actifs ayant déjà travaillé	22 100	22 010	21 940	22 160	22 290	22 340

Sources : Enquêtes *Revenus fiscaux et sociaux*, Insee-DGFiP-Cnaf-Cnav-CCMSA, 2012 à 2017.

1. Niveau de vie par rapport auquel 50 % d'une catégorie socioprofessionnelle a un niveau de vie inférieur et 50 % un niveau de vie supérieur.

REMARQUE
En 2017, le niveau de vie médian des cadres et des professions intellectuelles supérieures est environ 1,8 fois supérieur à celui des ouvriers.

DOCUMENT 3 **Revenu salarial mensuel moyen des hommes et des femmes en 2015 (en euros)**

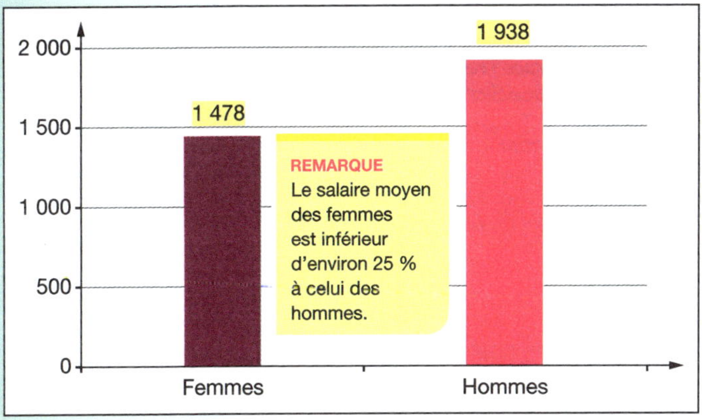

Source : lafinancepourtous.com, d'après l'Insee, 2019.

DOCUMENT 4 **Quelques caractéristiques des quartiers prioritaires (en %)**

	Quartiers prioritaires métropolitains[1]	Unités urbaines environnantes[2]
Taux de scolarisation des 16-24 ans	52,9	63,9
Part des emplois précaires	21,4	14
Part des familles monoparentales	24,1	17,6

Source : *Portrait des quartiers prioritaires*, Observatoire national de la politique de la ville, 2016.

1. Les quartiers prioritaires de la politique de la ville (QPV) sont des territoires sur lesquels le revenu moyen par habitant est faible.
2. Les zones urbaines environnantes sont les quartiers non prioritaires à proximité des quartiers prioritaires.

REMARQUE
Dans les quartiers prioritaires, le taux de scolarisation des 16-24 ans est plus faible de 11 points ; la part des emplois précaires (+ 7,4 points) et des familles monoparentales (+ 6,5 points) est plus élevée.

Regroupez les informations relevées dans les documents, en y ajoutant les connaissances nécessaires. Cela vous aidera à rédiger votre développement.

Document 1

Ce texte retrace l'histoire de la nomenclature des catégories socioprofessionnelles (CSP).

Utilisation
- Les critères de la nomenclature des CSP
- L'utilisation qui en est faite

Connaissances
- La nomenclature des CSP repose sur plusieurs critères : activité ou inactivité, profession, statut de l'emploi, niveau de qualification
- Les CSP rassemblent des individus ayant des propriétés sociales communes
- Elles définissent une hiérarchie sociale

Document 2

Ce document est un tableau statistique qui compare les revenus médians selon la catégorie socioprofessionnelle.

Utilisation

Les données statistiques mettent en évidence des inégalités

Connaissances
- Le rôle du revenu dans la hiérarchisation de la structure sociale
- Le lien entre CSP et revenu

Document 3

Le graphique représente le revenu salarial moyen en fonction du sexe, pour l'année 2015.

Utilisation
- L'inégalité entre les salaires des hommes et ceux des femmes

Connaissances
- Les caractéristiques de l'emploi des femmes
- La discrimination professionnelle

Document 4

Ce tableau de données compare quelques caractéristiques sociales selon les quartiers.

Utilisation
- La situation dans les zones prioritaires
- Le lieu de résidence et la structure sociale

Connaissances
- Le lieu de résidence comme facteur de hiérarchisation
- Le rôle de la composition de la famille dans la hiérarchisation de la structure sociale

ÉTAPE 4 au brouillon

Construire le plan

20 min

- Vous avez désormais un ensemble d'éléments pour répondre à votre problématique. Votre réponse doit s'articuler autour de deux ou trois arguments, qui constitueront les deux ou trois grandes parties de votre plan.
- Dans l'énoncé de ces parties, reprenez les termes clés du sujet.

Partie I

Les CSP sont un instrument pour définir une structure sociale hiérarchisée.

Partie II

Il existe d'autres critères que les CSP pour définir une structure sociale hiérarchisée.

- Au sein de chaque partie, dégagez deux ou trois idées qui constitueront des sous-parties. Pour chaque sous-partie, faites appel à vos connaissances pour trouver des arguments, et illustrez-les à l'aide des documents.
- Voici ce que pourrait donner ce travail pour la partie I.

Partie I

Les CSP, un instrument pour définir une structure sociale hiérarchisée

Argument 1

Les CSP sont une construction des sciences sociales.

EXPLICATIONS :

- *À l'origine, les CSP sont une construction statistique « pragmatique » (document 1), élaborée à partir de plusieurs critères.*
- *Cette nomenclature des CSP est devenue « le support scientifique de nombreux travaux sociologiques et politiques » (document 1).*

Argument 2
Les CSP permettent de faire apparaître une hiérarchisation de la structure sociale.

EXPLICATIONS :
- Les CSP font apparaître une hiérarchie reposant sur les revenus, lesquels varient en fonction des professions exercées (document 2).
- Cette hiérarchisation a des effets sur les plans culturel et social (exemple, le niveau de diplôme).

Il faudra ensuite procéder de la même façon pour la partie II.

ÉTAPE 5 au propre — Rédiger l'introduction

20 min

L'introduction formalise le travail d'analyse que vous avez effectué : elle présente le sujet, définit les mots clés, formule la problématique et annonce les principaux éléments de réponse, c'est-à-dire les grandes parties du plan.

Elle doit être soignée car elle donne une première impression au correcteur ; il est donc préférable de la rédiger d'abord au brouillon.

[accroche] *Depuis les années 1950, la répartition de la population française en catégories socioprofessionnelles (CSP) a connu d'importantes mutations. Cette évolution est liée aux transformations de la société.*

[présentation du sujet et définition des mots clés] *Mais on peut se demander dans quelle mesure les CSP restent un instrument pertinent pour décrire une structure sociale hiérarchisée. Celle-ci peut être définie comme la différenciation d'une population en groupes sociaux occupant des places distinctes dans l'espace social. Les CSP sont une nomenclature reposant sur des critères professionnels et regroupant des personnes aux propriétés sociales communes.*

CONSEIL
Une phrase d'accroche est nécessaire pour permettre d'énoncer le sujet. Cette accroche peut faire référence à l'actualité du sujet et à sa pertinence.

CONSEIL
Définissez les mots clés du sujet afin de montrer que vous maîtrisez les notions clés du programme.

[problématique] Se poser la question de la pertinence des CSP comme instrument pour définir une structure sociale hiérarchisée revient à se demander si cette dernière n'est pas déterminée par d'autres facteurs. [annonce du plan] Pour répondre à cette interrogation, nous montrerons que les CSP restent un facteur déterminant d'une structure sociale hiérarchisée [I], puis nous verrons qu'il existe d'autres critères [II].

ÉTAPE 6 *au propre*

Rédiger le développement

1 h 15

Le développement consiste à *développer* l'argumentation répondant à la problématique du sujet. Il doit suivre le plan conçu au préalable en illustrant l'argumentation grâce aux documents.

Chaque partie doit être introduite en précisant son idée principale ainsi que les axes (sous-parties) qui seront développés. Elle se clôt par une conclusion partielle, qui en fait la synthèse et amène à la partie suivante.

I. Les CSP, un instrument pour définir une structure sociale hiérarchisée

[introduction de la partie] Les CSP sont une construction utilisée par les sciences sociales afin de définir une structure sociale hiérarchisée.

LÉGENDE
Argument
Explication
Illustration

1. La construction des CSP par les sciences sociales

• La nomenclature des CSP est, à l'origine, une construction statistique. Le « Code des catégories socioprofessionnelles (CSP) » (document 1, l. 1) a été conçu dans les années 1950 par l'Institut national de la statistique et des études économiques (Insee). Reposant sur la situation professionnelle des Français, il est déterminé selon un certain nombre de critères : activité ou non, profession, statut, qualification

CONSEIL
Indiquez le document utilisé pour illustrer votre argumentation.

• Les sciences sociales se sont emparées de cette classification pour étudier la structure sociale. Les CSP permettent de déterminer des « comportements économiques, démographiques et sociaux » (document 1, l. 29-30), et de regrouper des personnes ayant des propriétés sociales communes.

2. CSP et hiérarchisation de la structure sociale

• L'utilisation des CSP comme instrument de la structure sociale permet de mettre en évidence une hiérarchie sociale fondée sur les professions. Chacune d'elles donne en effet accès à des ressources différenciées sur le plan économique. Ainsi, le niveau de vie médian des cadres et des professions intellectuelles supérieures est environ 1,8 fois supérieur à celui des ouvriers en 2017 (document 2).
• La hiérarchisation économique de la structure sociale s'accompagne d'une hiérarchisation culturelle et sociale. Le niveau de diplôme plus élevé des cadres et des professions intellectuelles supérieures leur donne accès à des pratiques sociales et culturelles plus valorisées par la société. Dès lors, on considère que la position sociale des cadres et des professions intellectuelles supérieures est plus élevée que celle des professions intermédiaires, cette dernière CSP occupant une position supérieure à celle des employés et ouvriers.
[conclusion de la partie et transition] Si à l'origine la nomenclature des CSP est une construction statistique, les sciences sociales l'ont utilisée pour définir la hiérarchie de la structure sociale. Cependant il existe d'autres critères de différenciation sociale.

MOT CLÉ
On peut définir la position sociale comme la place occupée par une personne ou un groupe de personnes dans la hiérarchie sociale. Généralement elle est déterminée par le statut professionnel.

CONSEIL
Distinguez bien la transition par une phrase séparée de chaque partie de votre développement

II. D'autres critères pour définir une structure sociale hiérarchisée

[introduction de la partie] La hiérarchie de la structure sociale dépend non seulement de l'appartenance à une CSP, mais également du genre et du lieu de résidence.

1. Le genre

• Le genre crée un type de hiérarchie dans la structure sociale. Selon l'Insee, en 2015 en France, le revenu salarial mensuel moyen des femmes était inférieur à celui des hommes de près de 25 % (document 3). Ainsi, les femmes ont moins accès que les hommes aux ressources valorisées comme le revenu.

• On peut expliquer une partie des inégalités de revenus entre les hommes et les femmes par la nature des emplois occupés, résultat d'une division genrée du travail : aux femmes les tâches les moins valorisées socialement comme les activités domestiques, l'aide à la personne, etc. Mais cette explication n'est pas suffisante et ne reflète pas les évolutions récentes. En effet, alors que les femmes sont aujourd'hui plus diplômées que les hommes, elles n'ont pratiquement pas accès aux postes les plus élevés dans l'entreprise. Elles connaissent ainsi une véritable discrimination dans leur vie professionnelle.

MOT CLÉ
La discrimination est une différence de traitement de personnes ou de groupes sociaux en application de critères pourtant interdits par la loi : genre, origine ethnique, handicap.

2. Le lieu de résidence

• Le lieu de résidence apparaît également comme un facteur de hiérarchisation de la structure sociale. L'État, dans le cadre de la politique de la ville, distingue les quartiers prioritaires qui ont pour caractéristique principale une population ayant un faible revenu moyen par habitant. Celle-ci connaît, comparativement aux personnes vivant dans d'autres quartiers, de plus grandes difficultés à accéder à des ressources socialement valorisées. Le taux de scolarisation des 16-24 ans y est moins élevé, la part des emplois précaires plus importante (document 4).

• Dans ces quartiers prioritaires, les familles monoparentales sont aussi relativement plus nombreuses (document 4). Or, celles-ci ont le plus souvent des revenus moins élevés et des conditions de vie plus précaires. Si la composition de la famille peut être un instrument caractérisant la hiérarchie de la structure sociale, d'autres critères peuvent être utilisés pour différencier les groupes sociaux, notamment la position dans le cycle de vie en fonction de l'âge.

À NOTER
La politique de la ville est une politique menée par les pouvoirs publics pour maintenir la cohésion sociale dans les quartiers défavorisés.

[conclusion de la partie] *Le genre et le lieu de résidence sont des critères de différenciation sociale : les femmes et les habitants des quartiers prioritaires occupent, le plus souvent, des positions sociales moins élevées dans la structure sociale aujourd'hui en France.*

ÉTAPE 7 au propre — Rédiger la conclusion

15 min

La conclusion doit être rédigée avec soin. Elle fait le bilan de l'argumentation afin d'apporter une réponse à la problématique. Elle comporte également une ouverture vers d'autres questions en lien avec le sujet.

[bilan] *Les CSP, construction statistique fondée sur la situation professionnelle, restent un instrument caractérisant une structure sociale hiérarchisée. Non seulement, elles regroupent des personnes ayant des propriétés sociales communes, mais l'appartenance à une CSP détermine également une position dans la hiérarchie sociale. Cependant, l'appartenance socioprofessionnelle n'est pas le seul critère de différenciation sociale. Le genre (homme-femme) et le lieu de résidence (quartier prioritaire ou non) en sont également des facteurs déterminants.*
[ouverture] *Aujourd'hui, l'espace social voit s'accentuer les inégalités, notamment celles existant au sein même des CSP. Or, cette évolution risque de remettre en cause la cohésion de la société.*

ÉTAPE 8 au propre — Se relire

10 min

Il est indispensable de relire sa copie afin de corriger les fautes d'orthographe qu'une rédaction trop rapide au propre rend quasi inévitables.

Droits de propriété et croissance économique

30 min
4 points

Comment les droits de propriété favorisent-ils la croissance économique ?

ÉTAPE 1 au brouillon — Comprendre la question

10 min

Commencez par identifier le thème du programme auquel se rattache le sujet.

Il s'agit d'un sujet de science économique, portant sur le thème 1 du programme : « Quels sont les sources et les défis de la croissance économique ? »

Étudiez la formulation du sujet : définissez les notions et déterminez comment elles sont mises en relation.

Comment : *Le sujet est formulé sous la forme d'une question qui implique une analyse expliquant la relation entre deux notions.*

les droits de propriété : *Institution qui est un droit, garanti par l'État, de disposer d'un bien dans le cadre de la loi.*

favorisent-ils : *Le sujet implique de considérer les droits de propriété comme un facteur positif.*

la croissance économique : *Augmentation soutenue et durable des richesses créées dans une économie. Elle est mesurée par le taux de croissance du produit intérieur brut (PIB) réel.*

Précisez le champ temporel et spatial concerné.

Le sujet ne définit pas de champ temporel et spatial. Il faut donc répondre d'une manière générale et non en fonction d'une époque ou d'un pays.

ÉTAPE 2 au brouillon — Rassembler ses connaissances

5 min

Recherchez dans le cours les éléments liant institutions et croissance économique. Partez des relations générales entre droits de propriété et croissance, pour affiner ensuite les mécanismes à l'œuvre.

Quel rôle jouent les droits de propriété dans la vie économique ?
→ *Comment les droits de propriété créent-ils un climat de confiance ?*
→ *Les entrepreneurs sont-ils alors incités à développer leur activité ?*
Par quels mécanismes les droits de propriété favorisent-ils la croissance économique ?
→ *On détaillera le fonctionnement des brevets.*
→ *Quel est le lien entre brevets et innovation ?*

ÉTAPE 3 au brouillon — Déterminer les axes de la réponse

5 min

Le sujet étant de type analytique, chaque axe de votre réponse formule un argument mettant en relation les notions du sujet.

Axe I

Les droits de propriété sont une incitation à entreprendre et à investir, ce qui favorise la croissance économique

Axe II

Les droits de propriété favorisent l'innovation, facteur de croissance économique

ÉTAPE 4 au propre

Rédiger la réponse

10 min

Structurez votre réponse sous forme de paragraphes bien distincts. N'oubliez pas de prévoir une introduction et une conclusion.

Introduction

[définition des notions du sujet] Le droit de propriété est une institution qui est un droit, garanti par l'État, de disposer d'un bien dans le cadre de la loi. La croissance économique représente l'augmentation soutenue et durable des richesses créées dans une économie. [rappel du sujet] La question est de savoir comment les droits de propriété favorisent la croissance économique.

CONSEIL
L'introduction doit définir les notions à mobiliser (droits de propriété et croissance économique) et rappeler le sujet.

Développement

Les droits de propriété présentent un cadre juridique qui favorise l'esprit d'entreprise. En effet, les entrepreneurs sont incités à investir car ils sont assurés de bénéficier des profits générés par leur travail. Si le droit de propriété n'est pas respecté, il est possible de faire appel à la justice. Le profit dégagé par l'activité de l'entreprise sera investi, d'où une accélération de la croissance économique.

Les droits de propriété encouragent l'innovation car celle-ci est protégée par les brevets. Ces derniers assurent aux entrepreneurs qui en sont détenteurs une situation de monopole, ce qui doit favoriser la hausse de leurs profits. Et l'innovation permet d'accroître les gains de productivité, source de croissance économique.

LÉGENDE
Argument
Explication

MOT CLÉ
Les brevets sont des droits de propriété sur des inventions qui garantissent aux innovateurs le monopole de leur exploitation.

Conclusion

Les droits de propriété offrent aux entrepreneurs un cadre juridique qui les incite à investir et à innover. Ces incitations favorisent la croissance économique.

CONSEIL
La conclusion résume les arguments des paragraphes.

3 L'étude de document *étape par étape*

Les déterminants de l'engagement

1 h
6 points

DOCUMENT **Répartition socioprofessionnelle des Gilets jaunes interviewés (en %)**

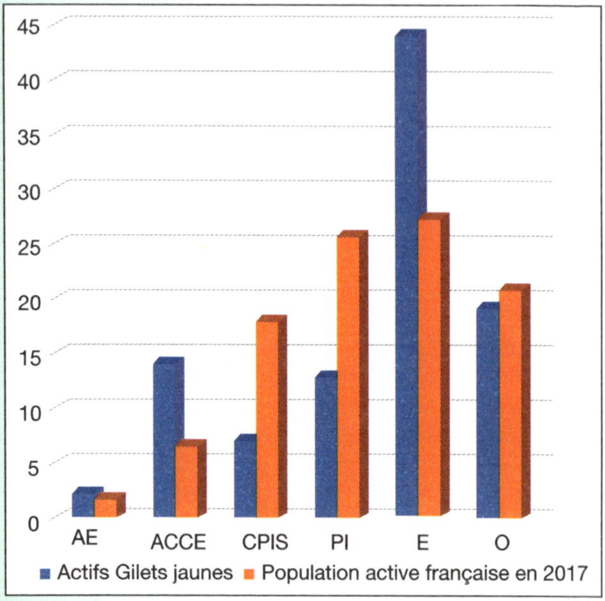

Source : Enquête *Gilets jaunes* réalisée auprès de 166 personnes les 24 novembre et 1er décembre 2018, *Le Monde*, 11 décembre 2018.

AE : agriculteurs-exploitants
ACCE : artisans, commerçants et chefs d'entreprise
CPIS : cadres et professions intellectuelles supérieures
PI : professions intermédiaires. E : employés. O : ouvriers

▶ **1.** Comparez le poids des employés parmi les Gilets jaunes et dans la population active.

▶ **2.** La répartition socioprofessionnelle des Gilets jaunes est-elle conforme au profil sociologique des personnes traditionnellement engagées ?

ÉTAPE 1 au brouillon — Analyser le sujet

20 min

Il faut d'abord identifier le **thème du programme** à partir du document et des deux questions posées.

Le mouvement social des Gilets jaunes évoque la question de l'engagement politique, qui relève du thème 5 du programme de sociologie et science politique « Comment expliquer l'engagement politique dans les sociétés démocratiques ? ». Il porte plus spécifiquement sur les variables sociales qui influencent l'engagement.

Étudiez **chacune des questions** et définissez-en les **mots clés** afin d'expliciter le travail attendu.

QUESTION 1

Comparez : *Repérez dans le document deux données et effectuez un calcul pour mettre en évidence un écart.*

Gilets jaunes : *Mouvement social qui s'est développé en France au cours de l'hiver 2018, portant des revendications autour du pouvoir d'achat, des inégalités sociales et de la justice fiscale.*

population active : *Population qui occupe ou cherche un emploi.*

QUESTION 2

La répartition socioprofessionnelle : *Poids de chaque catégorie socioprofessionnelle (CSP) en pourcentage de l'ensemble de la population considérée.*

personnes engagées : *Participation personnelle à diverses actions pour porter collectivement des idéaux et des revendications.*

conforme au profil sociologique : *Il s'agit de comparer les caractéristiques sociologiques des Gilets jaunes avec celles des personnes qui s'engagent d'une façon générale.*

ÉTAPE 2 au brouillon — Comprendre le document

10 min

Repérez sa **source**, son **auteur** éventuel, sa **date** de publication.

Le document présenté est issu d'une enquête menée auprès des Gilets jaunes, publiée le 11 décembre 2018 par Le Monde, considéré en France comme le quotidien national de référence.

Identifiez le **type de document statistique**, la **nature et la signification des données** qui y sont présentées.

- *Il s'agit d'un diagramme en bâtons construit avec des données exprimées en pourcentage.*
- *Ces données permettent de comparer la répartition socioprofessionnelle des Gilets jaunes interrogés et celle de la population active française.*

ÉTAPE 3 au brouillon — Préparer ses réponses

10 min

Établissez la méthode à mobiliser pour répondre à la **question 1**.

Quel est l'intérêt méthodologique de la comparaison demandée ?
→ On peut ainsi observer des CSP sous-représentées et d'autres sur-représentées au sein du groupe des Gilets jaunes interrogés.
Comment montrer ces catégories sur-représentées et sous-représentées ?
→ Ces constats peuvent être observés en relevant les différences de hauteur des bâtons de l'histogramme.
→ Ils doivent ensuite être établis par des calculs d'écarts absolus entre deux valeurs pour une même CSP.

Structurez la réponse à la **question 2**.

- *Il faut caractériser, données à l'appui, la répartition socioprofessionnelle des Gilets jaunes interrogés et la comparer à celle de la population active pour identifier les CSP sur- et sous-représentées.*
- *En s'appuyant sur le cours, on montre que le profil sociologique des Gilets jaunes diffère de celui des personnes engagées dans leur ensemble.*

ÉTAPE 4 au propre

Rédiger ses réponses

20 min

S'ÉCHAUFFER

1. Les employés représentent près de 45 % des Gilets jaunes actifs interrogés, contre un peu plus de 25 % de la population active française en 2017.

2. [introduction] Une enquête statistique sur les Gilets jaunes a permis de mettre en évidence certaines spécificités sociologiques des personnes de ce mouvement social.

CONSEIL
En introduction, présentez brièvement le document sur lequel va s'appuyer votre développement.

Développement

La répartition socioprofessionnelle des Gilets jaunes est marquée par la forte présence des catégories populaires et moyennes – les trois quarts sont employés, ouvriers et professions intermédiaires – et la faible place des cadres (6 %). Les employés y sont sur-représentés (44 % contre 26 % dans la population active), tout comme les artisans-commerçants et chefs d'entreprise – des artisans-commerçants pour la plupart – (14 % contre 5 % dans la population active).

La structure socioprofessionnelle des Gilets jaunes qui apparaît ici n'est pas conforme aux caractéristiques sociologiques des personnes traditionnellement engagées. En effet celles-ci ont en moyenne un niveau de diplôme et de revenu élevé et appartiennent plus souvent à des catégories moyennes-supérieures (cadres et professions intellectuelles supérieures).

LÉGENDE
Argument
Explication
Illustration

MOT CLÉ
Une CSP sur-représentée parmi les Gilets jaunes signifie que son poids dans cette population est supérieur à son poids dans la population de référence (ici la population active).

Conclusion

On peut donc affirmer, au vu de cette enquête, que le mouvement des Gilets jaunes s'est largement appuyé sur une mobilisation de personnes qui ne correspondent pas au profil sociologique de celles habituellement engagées.

À NOTER
Il faut être prudent dans l'exploitation de l'enquête qui porte sur des effectifs limités. Les marges d'erreur statistiques peuvent donc être importantes.

Commerce international et inégalités

2 h 30
10 points

▶ À l'aide de vos connaissances et du dossier documentaire, vous montrerez que le commerce international a des effets sur les inégalités entre les pays et au sein des pays.

Ce sujet comporte 3 documents. Pour les besoins liés à l'explication de la méthode du raisonnement, nous les avons placés à l'étape 3, p. 38 à 40.

ÉTAPE 1 au brouillon — Analyser les termes du sujet

10 min

Déterminez à quel thème du programme se rattache le sujet.

Il s'agit d'un sujet d'économie, portant sur le thème 2 du programme : « Quels sont les fondements du commerce international et de l'internationalisation de la production ? »

Étudiez la formulation du sujet : repérez les notions, définissez-les et observez comment le sujet les met en relation.

vous montrerez : *On vous demande d'expliquer les conséquences positives et négatives du commerce international.*

commerce international : *Échanges commerciaux de biens et de services entre pays.*

inégalités entre pays : *Écarts de niveaux de vie et de développement entre pays.*

inégalités au sein des pays : *Écarts de revenus entre les agents économiques à l'intérieur d'un pays.*

Précisez le champ temporel et spatial concerné.

Le champ spatial est défini par le sujet : il s'agit de tous les pays insérés dans le commerce mondial. Le champ temporel retenu est celui des documents, soit de 1980 à aujourd'hui.

Identifiez le type de sujet auquel vous avez affaire. Est-ce un sujet :
- analytique (présenter un phénomène) ?
- didactique (discuter une affirmation) ?

Ce sujet est ici de type analytique. Il s'agit d'analyser les conséquences positives et négatives du commerce international sur les inégalités.

ÉTAPE 2 au brouillon Mobiliser ses connaissances

15 min

Seuls les notions et mécanismes figurant dans le programme sont attendus. Ici, il faut mobiliser ceux qui concernent les effets du commerce international à deux niveaux : entre les pays et à l'intérieur des pays.

Quels sont les effets du commerce international sur les inégalités entre les pays ?
→ Quel est le lien entre la hausse des débouchés et la croissance ?
→ On étudiera les effets positifs de la spécialisation internationale.
Quels sont les effets du commerce international sur les inégalités au sein des pays ?
→ On prendra en compte les revenus d'activité (salariée ou non) et du capital (dividendes, intérêts...).
→ Les effets du commerce international doivent être distingués selon le type d'agents économiques (salariés, cadres, dirigeants, actionnaires).

ÉTAPE 3 au brouillon

Exploiter les documents

25 min

Les documents ne doivent pas borner votre réflexion : cette étape est donc postérieure à l'étude du sujet.

Interrogez-vous et mobilisez vos connaissances pour bien exploiter les documents. Quelles informations retenir pour traiter le sujet ? Quels liens éventuels établir entre les documents ? Comment puis-je enrichir le dossier documentaire grâce à mes connaissances ?

Il convient de lire correctement les données statistiques et de faire éventuellement quelques calculs simples pour mieux les exploiter.

DOCUMENT 1 **Évolution du PIB par habitant pour quelques pays entre 1980 et 2018 (indice base 100 = monde)**

	1980	1985	1990	1995	2000	2005	2010	2015	2018
France	231	235	252	261	269	255	234	215	206
Japon	194	221	256	267	247	235	215	205	198
Corée du Sud	63	83	114	156	172	184	193	188	n.r.
Chine	14	23	22	29	32	43	63	82	99
Brésil	147	133	121	126	114	106	109	95	83
Monde	100	100	100	100	100	100	100	100	100

Source : WID.world (Base de données mondiale sur les inégalités), mars 2020.

n.r. : non renseigné.

REMARQUE
L'indice de base, ramené à 100 pour chaque année, est celui du produit intérieur brut (PIB) par habitant mondial ; mais ce dernier n'est pas constant pour autant. Quand l'indice du PIB/habitant d'un pays diminue, cela signifie que l'écart de croissance par rapport au PIB mondial/habitant diminue et non pas que le PIB par habitant du pays baisse.

DOCUMENT 2 **Inégalités nationales, inégalité mondiale**

[Un double retournement est en cours. D'une part, après deux siècles de hausse continue, l'inégalité des niveaux de vie entre pays a commencé à décroître : si l'on vivait vingt fois mieux en France ou en Allemagne qu'en Chine et en Inde il y a vingt ans, l'écart a aujourd'hui diminué plus que de moitié. D'autre part, l'inégalité a augmenté au sein de nombreux pays, souvent après plusieurs décennies de stabilité. Ainsi aux États-Unis, l'inégalité est revenue aujourd'hui à un niveau jamais observé depuis un siècle. […] Parce que l'on a tendance à regarder autour de soi plutôt qu'au-delà des frontières, la montée des inégalités nationales a tendance à éclipser la baisse – pourtant incontestable – de l'inégalité mondiale.] […] Dès qu'on l'aborde sous ce double aspect national et international, la relation entre mondialisation et inégalités se révèle plus complexe qu'il n'y paraît. […] [Bien sûr, ces deux perspectives ne sont pas indépendantes. L'extension des échanges internationaux, la mobilité du capital et de la main-d'œuvre, la diffusion des innovations technologiques comblent peu à peu le fossé entre pays riches et pays en développement. Mais, en même temps, elles contribuent à modifier la répartition des revenus au sein même de ces économies. La croissance du commerce mondial explique que certaines lignes de production émigrent des pays les plus développés vers les pays émergents, que la demande de main-d'œuvre non qualifiée diminue dans les pays les plus avancés – entraînant une chute des rémunérations relatives –, que, partout dans le monde, le haut de la distribution des salaires s'aligne sur le pays où l'élite économique est la mieux rémunérée et que, partout aussi, les revenus du capital s'accroissent plus vite que ceux du travail.]

Source : François Bourguignon, *La Mondialisation de l'inégalité*, Seuil, 2012.

LÉGENDE
[1re partie : constat]
[2e partie : explications, facteurs]
- Idée principale du texte
- Baisse de l'inégalité entre pays
- Hausse des inégalités au sein des pays

DOCUMENT 3 **Évolution de la part du décile supérieur dans le revenu national dans quelques pays (1980-2018, en %)**

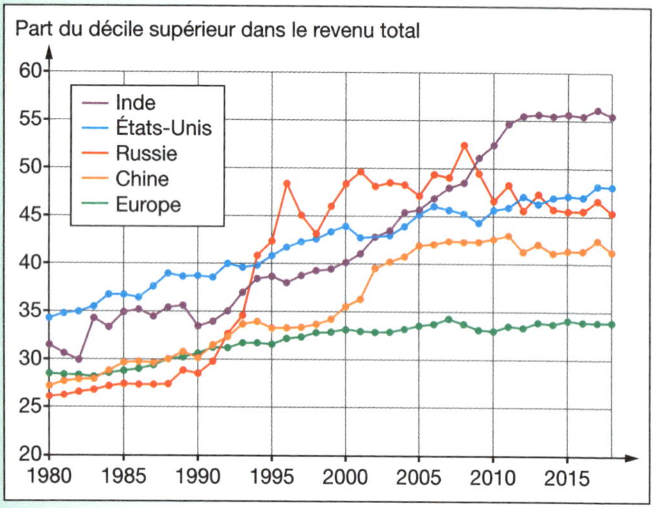

Source : http://piketty.pse.ens.fr/files/ideologie/pdf/G0.3.pdf.

Lecture : La part du décile supérieur (les 10 % des revenus les plus élevés) dans le revenu national total était de 26 % en 1980 en Russie.

REMARQUE
La lecture de ce graphique permet de mettre en évidence les inégalités de revenus : si les revenus étaient également répartis au sein de chaque pays, le décile supérieur percevrait 10 % du revenu national.

Au brouillon, regroupez les informations utiles pour traiter le sujet et ajoutez-y vos connaissances nécessaires.

Document 1

Ce tableau présente l'évolution du produit intérieur brut (PIB) par habitant de quelques pays de 1980 à 2018, par rapport au PIB par habitant au niveau mondial

Utilisation

Depuis 1980, on constate une baisse des écarts de PIB par habitant entre pays industrialisés et économies émergentes.

Connaissances

Les inégalités de niveaux de vie entre pays baissent.

Document 2

Ce texte, rédigé par un économiste, dresse un bilan contrasté de l'effet du commerce international sur les inégalités.

Utilisation

Les effets du commerce international sur les inégalités sont contrastés :
- baisse des inégalités entre pays
- hausse des inégalités internes dans les pays développés.

Connaissances

- Les inégalités entre pays diminuent nettement.
- Les inégalités internes augmentent : selon le niveau de qualification et le statut, les agents économiques ne vont pas tirer les mêmes revenus de la mondialisation des échanges.

Document 3

Ce graphique met en évidence les évolutions de la part du décile supérieur dans le revenu national de quelques pays et de l'Europe depuis 1980.

Utilisation

La part du revenu national détenue par le décile supérieur augmente dans tous les pays :
- dès 1980 (États-Unis, Europe),
- plus nettement à partir des années 1990 (Inde, Russie, Chine).

Connaissances

Les plus riches ont tendance à s'enrichir : ce phénomène est la conséquence de la hausse des revenus du capital détenus par une élite, par rapport à ceux du travail.

ÉTAPE 4 au brouillon — Déterminer les grands axes de la réponse

20 min

Formulez deux ou trois arguments permettant de répondre à la question posée : ils deviendront les axes de votre réponse.

Reprenez les questions posées à l'étape 2 et l'étude du dossier documentaire (étape 3) afin de faire ressortir les arguments principaux.

Argument 1

Les inégalités entre pays ont tendance à se réduire dans un contexte de mondialisation croissante.
Explication : La hausse des débouchés et la spécialisation des économies insérées dans le commerce mondial favorisent la croissance.
Illustration : Cette source de croissance permet aux pays émergents comme la Chine ou la Corée du Sud de combler leur retard.

Argument 2

Les inégalités au sein des pays insérés dans le commerce mondial s'accroissent.
Explication : L'essor du commerce mondial profite inégalement aux agents économiques.
Illustration : Ce sont les salariés les plus qualifiés ou encore les actionnaires et les dirigeants qui voient leurs revenus s'accroître le plus.

ÉTAPE 5 au propre — Rédiger l'introduction

15 min

Pour le raisonnement, les attentes en matière d'introduction sont moindres que pour la dissertation. Préparez-la tout de même au brouillon. Rédigez une phrase d'accroche, avant de faire figurer *a minima* les termes du sujet (mots clés) et l'annonce des étapes du raisonnement.

[accroche et définition des mots clés] *Le commerce international, c'est-à-dire les échanges de biens et de services au niveau mondial, est en progression constante depuis la seconde moitié du XXe siècle.* [reprise du sujet] *Quelles en sont les conséquences sur les inégalités ?* [étapes du raisonnement] *Notre analyse se déploiera sur deux échelles. Nous montrerons que le commerce international conduit à une réduction des inégalités entre les pays* [I], *mais qu'il a tendance à accroître celles à l'intérieur des États* [II].

ÉTAPE 6 au propre

Rédiger le développement

50 min

- Le développement doit être structuré : il reprend les arguments énoncés dans l'introduction.
- Une bonne copie est celle qui fait apparaître clairement la logique de l'argumentation (méthode AEI) : il faut énoncer l'idée principale en en-tête de paragraphe, la scinder en arguments secondaires (A), développer l'explication articulant mécanismes et notions (E), avant d'illustrer grâce au dossier documentaire (I).

I. Le commerce international, facteur de baisse des inégalités entre pays

Les échanges commerciaux sont facteurs de profit et de croissance. Conformément aux thèses favorables au libre-échange, le commerce international permet aux pays de se spécialiser dans la production pour laquelle ils ont un avantage comparatif ou des dotations factorielles ou technologiques favorables. Cette spécialisation est ainsi source de gains de productivité et de baisse des coûts de production, lesquels se conjuguent aux économies d'échelle liées à la hausse des débouchés.

LÉGENDE
Argument
Explication
Illustration

À NOTER
Les pays vont produire les biens qui nécessitent un usage intensif de facteurs de production abondants sur leur sol.

Cette mondialisation des échanges participe à diminuer les inégalités de développement entre pays. En effet, la croissance permet une hausse du niveau de vie, mesuré par le PIB par habitant. Alors qu'en Chine il était environ cinq fois plus faible que le niveau de vie moyen mondial en 1990, il lui est comparable en 2018 (document 1). La hausse du niveau de vie va ainsi contribuer à augmenter l'espérance de vie ou encore le niveau d'éducation. Un tel mécanisme est commun aux économies émergentes depuis une trentaine d'années – cela a été le cas également de la Corée du Sud.

II. Insertion dans le commerce international et augmentation des inégalités de revenus

L'insertion dans le commerce international profite inégalement aux firmes. Si la pression concurrentielle peut nuire aux industries insuffisamment compétitives, les firmes les plus productives peuvent, au contraire, à la fois mieux résister à la concurrence sur le marché intérieur et augmenter leurs débouchés à l'international. La conséquence en est une hausse de leur chiffre d'affaires et des revenus d'activité et du capital des actionnaires et des dirigeants. En Inde, les 10 % des revenus les plus élevés représentent 55 % du revenu national en 2018 contre 32 % en 1980 (document 3). Dans une moindre mesure, les inégalités de revenus s'accroissent également dans les pays développés : en Europe, entre les mêmes dates, 34 % du revenu national sont détenus par le décile supérieur contre 28 %.

MOT CLÉ
Les revenus qui rémunèrent les facteurs de production sont dits « primaires ». Ils englobent les revenus d'activité (salariée ou non) et les revenus du capital (dividendes, loyers, intérêts).

Les effets de la mondialisation sur les salariés sont contrastés. Les plus qualifiés, plus polyvalents et plus productifs, recherchés par les firmes multinationales, voient leurs revenus augmenter. A contrario, les peu qualifiés, dans les pays développés, peuvent subir du chômage en raison de la concurrence des pays émergents ou encore être condamnés à des emplois faiblement rémunérateurs. Cette polarisation des emplois favorise la hausse des inégalités internes de revenus (document 2).

À NOTER
La polarisation des emplois renvoie à l'accroissement de la part des emplois plus qualifiés et de ceux moins qualifiés et à la baisse de la proportion des emplois au milieu de l'échelle des qualifications.

ÉTAPE 7 au propre — Rédiger la conclusion

10 min

La conclusion doit synthétiser les arguments et répondre clairement au sujet (bilan). L'ouverture vers d'autres questions en lien avec le sujet n'est pas exigée, mais elle est appréciée par les correcteurs.

[bilan] *Les effets du commerce international sur la réduction des inégalités sont contradictoires : s'il y a une diminution des différences de niveaux de vie entre les pays, l'inégal partage du supplément de richesses accroît les inégalités intérieures.*

[ouverture possible] *Néanmoins le repli sur soi ne constitue pas la solution : les effets du protectionnisme peuvent être délétères sur les économies (mesures de rétorsion, perte de débouchés, hausse des prix, etc.).*

ÉTAPE 8 au propre — Se relire

5 min

Une rédaction claire et soignée est attendue : une relecture attentive est donc indispensable pour éliminer les fautes d'orthographe.

S'entraîner
sur chaque thème du programme

Économie

5 Mobilisation des connaissances

Comment le progrès technique contribue-t-il à la croissance économique ?

30 min
4 points

INTÉRÊT DU SUJET • Les économistes ont montré que le progrès technique est l'une des sources majeures de la croissance. Il s'agit de comprendre ici le rôle joué par le progrès technique dans la croissance.

LES CLÉS DU SUJET

Définir les mots clés

• Le **progrès technique** désigne l'ensemble des innovations, de produit ou de procédé.

• La **croissance économique** correspond à l'augmentation des richesses créées par les acteurs productifs résidents au cours d'une année. Elle se mesure par la variation du produit intérieur brut (PIB).

Structurer la réponse

• Le progrès technique génère des **gains de productivité** favorables à la croissance.

• Le progrès technique est à l'origine d'**externalités positives** qui renforcent la croissance.

5 CORRIGÉ GUIDÉ

Les titres des parties ne doivent pas figurer sur votre copie.

Introduction

Le progrès technique, qui désigne l'ensemble des innovations, de produit ou de procédé, est l'une des sources majeures de la croissance économique, c'est-à-dire de l'augmentation des richesses créées dans une économie.

Développement

- En effet, une partie de la croissance est due à l'augmentation de la productivité globale des facteurs permise notamment par le progrès technique. Ainsi, en améliorant les techniques de production, le progrès technique génère des gains de productivité favorables à la croissance : les facteurs de production deviennent plus efficaces et permettent de produire plus avec la même quantité de travail et de capital. Des machines plus performantes ou l'utilisation de nouveaux logiciels sont sources de gains de productivité : la productivité du capital s'améliore. L'introduction de ce progrès technique permet également aux travailleurs d'être plus efficaces : la productivité du travail augmente. La croissance peut être alors qualifiée de croissance intensive.

- Le progrès technique entraîne également une accumulation de connaissances nouvelles qui génèrent des externalités positives : les innovations se diffusent et profitent à d'autres agents économiques qui vont à leur tour investir dans la recherche et développement (R & D) et innover. La croissance devient un phénomène cumulatif. Pour l'économiste Joseph A. Schumpeter, des innovations majeures engendrent une grappe d'innovations mineures. Internet (innovation majeure) est par exemple à l'origine du commerce en ligne (innovation mineure). De nouvelles activités profitables se développent, de nouveaux produits apparaissent, ce qui contribue à stimuler la demande et à accroître le niveau de la production : le progrès technique est alors le moteur de la croissance économique.

Conclusion

Ainsi, le progrès technique contribue à la croissance, d'une part en générant des gains de productivité, et d'autre part en étant à l'origine d'externalités positives favorables à la croissance.

S'ENTRAÎNER

Évolution de la productivité globale des facteurs

1 heure
6 points

INTÉRÊT DU SUJET • Les indices permettent de rendre visibles les variations de la productivité globale des facteurs à partir d'une année de référence.

DOCUMENT **Productivité globale des facteurs (indice base 100 en 1990)**

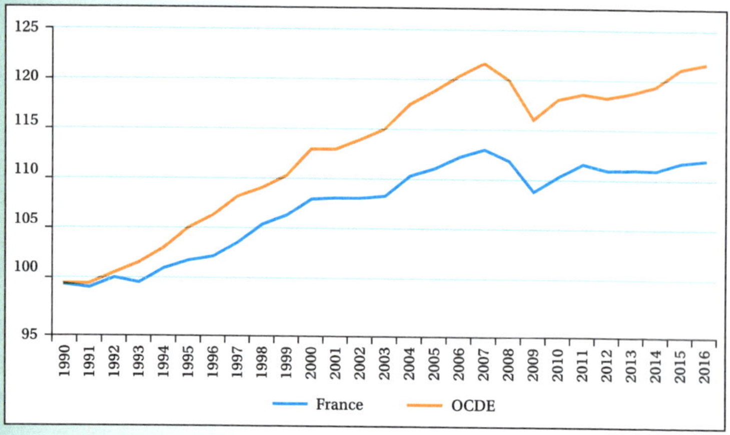

Source : OCDE, 2017.

▶ **1.** Mesurez l'évolution en pourcentage de la productivité globale des facteurs pour les pays de l'OCDE entre 1990 et 2016.

▶ **2.** Mettez en évidence les évolutions de la productivité globale des facteurs en France et pour les pays de l'OCDE.

LES CLÉS DU SUJET

Définir les mots clés

• La **productivité globale des facteurs (PGF)** est une mesure de l'efficacité des facteurs de production et de leur combinaison.
• L'**augmentation de la PGF** permet de mesurer le progrès technique.

Comprendre le document

• Les données du graphique sont exprimées en indice base 100 en 1990 : elles ne permettent donc pas de connaître le niveau de la productivité mais d'en **étudier l'évolution.**
• Un indice supérieur à 100 signifie que la variable a **augmenté**. Pour mesurer son augmentation en pourcentage depuis l'année de référence, vous pouvez soustraire 100 à cet indice.

Structurer la réponse à la seconde question

• Le document proposé est un graphique qui provient de l'**OCDE** et qui date de 2017.
• Il vous permet de montrer que la PGF **augmente** en France et dans les pays de l'OCDE sur l'ensemble de la période 1990-2016, mais que cette évolution n'est pas régulière. Vous pouvez alors faire apparaître des sous-périodes qui correspondent à des changements de tendance dans l'évolution de la PGF.

S'ENTRAÎNER

6 CORRIGÉ GUIDÉ

▶ **1.** La productivité globale des facteurs est passée de l'indice 100 en 1990 à l'indice 122 en 2016 : elle a donc augmenté de 22 % environ (122 – 100 = 22) selon les données de l'OCDE.

▶ **2.** *Les titres de parties ne doivent pas figurer sur votre copie.*

Introduction

Le document proposé est un graphique qui présente l'évolution de la productivité globale des facteurs (PGF) pour la France et les pays de l'OCDE entre 1990 et 2016. Les données sont exprimées en indice (base 100 en 1990) et proviennent de l'OCDE.

Développement

• On constate que, tendanciellement, la productivité globale des facteurs augmente en France et dans les pays de l'OCDE entre 1990 et 2016. La France a ainsi vu une nette amélioration de sa PGF puisque celle-ci s'est accrue de 12 % entre ces deux dates : elle est passée de l'indice 100 à l'indice 112 (base 100 en 1990). Les pays de l'OCDE ont connu une croissance plus soutenue : leur PGF a augmenté sur la même période de 22 %, passant de l'indice 100 à l'indice 122 (base 100 en 1990).

• Cette croissance n'a cependant pas été régulière. Pour la France, comme pour les pays de l'OCDE en général, on constate que la PGF a augmenté de manière quasiment continue entre 1990 et 2007, passant de l'indice 100 à l'indice 113 (hausse de 13 %) pour la France et de l'indice 100 à l'indice 122 pour les pays de l'OCDE (hausse de 22 %). Un décrochage s'effectue entre 2007 et 2009 puisque l'on assiste à une diminution brutale de la PGF : en France, elle passe de l'indice 113 à l'indice 108 et pour les pays de l'OCDE, de l'indice 122 à l'indice 116 ; soit une baisse de 5 points d'indice pour la France et de 6 points d'indice pour les pays de l'OCDE.

> **CONSEIL**
> Lorsqu'on compare un indice à l'indice base 100, on peut en déduire une évolution en pourcentage ; mais si l'on compare deux indices entre eux, leur écart doit être lu en points d'indice.

• À partir de 2009, la PGF croît de nouveau. Cette augmentation est forte entre 2009 et 2011 puis se poursuit de manière moins soutenue jusqu'en 2016. En France, la PGF atteint ainsi l'indice 111 en 2011 et ne gagne plus qu'un seul point d'indice jusqu'en 2016. Dans les pays de l'OCDE, la PGF progresse jusqu'à l'indice 118 en 2011 avant d'atteindre l'indice 122 en 2016 : sa croissance est plus forte qu'en France.

Conclusion

La PGF augmente donc globalement pour la France et les pays de l'OCDE entre 1990 et 2016. Elle croît à un rythme plus soutenu pour ces derniers. Mais cette croissance n'a pas été régulière et la PGF a diminué entre 2007 et 2009, en France comme dans les pays de l'OCDE.

Le rôle des institutions dans la croissance

2 h 30
10 points

INTÉRÊT DU SUJET • La croissance n'est-elle qu'un phénomène économique ? Le marché, si on le laisse fonctionner sans règles, permettra-il la mobilisation des facteurs de production et l'émergence du progrès technique ?

À l'aide de vos connaissances et du dossier documentaire, vous montrerez que les institutions et les droits de propriété jouent un rôle dans la croissance économique.

DOCUMENT 1 Brevets et incitation à investir et à innover

Au sens de la propriété industrielle, le brevet protège une invention technique, c'est-à-dire un produit ou un procédé qui apporte une nouvelle solution technique à un problème technique donné.

En effet, vous ne pouvez pas protéger une idée par un brevet ! Seuls les moyens techniques mis en œuvre pour la concrétiser le seront. […]

– En déposant votre brevet à l'Institut national de la propriété intellectuelle, vous obtenez un monopole d'exploitation sur le territoire d'une durée maximale de 20 ans.

– Vous êtes ainsi le seul à pouvoir l'utiliser et vous pouvez interdire toute exploitation (utilisation, fabrication, importation…) de votre invention effectuée sans votre autorisation. Vous pouvez poursuivre les contrefacteurs[1] devant les tribunaux.

– Le brevet renforce la valeur de votre entreprise […].

– Il vous donne les moyens de conquérir de nouveaux marchés par des dépôts à l'étranger et des concessions de licence.

– Grâce au brevet, vous rentabilisez une partie de la recherche effectuée et générez des revenus.

Source : Inpi.fr

1. Personnes qui exploitent une invention sans l'autorisation de l'inventeur.

DOCUMENT 2 **PIB par habitant et maîtrise de la corruption en 2013**

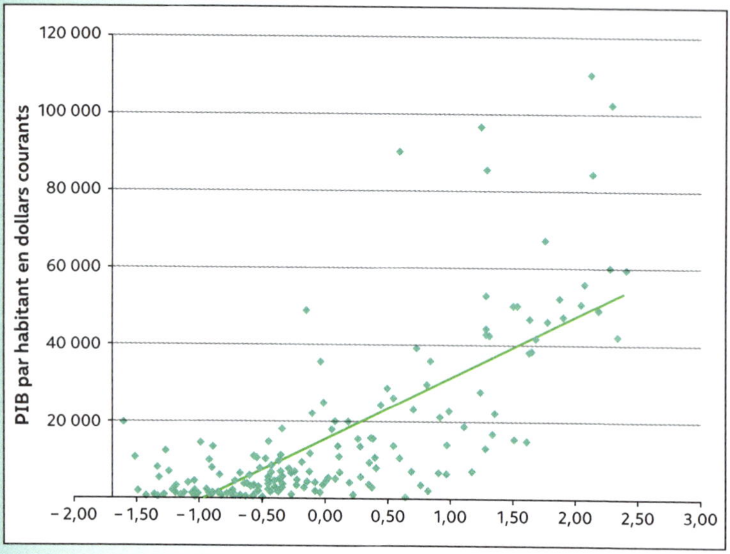

Source : Banque mondiale, 2015.

Notes : Chaque point représente un pays.
L'indicateur de maîtrise de la corruption mesure la capacité d'un pays à contrôler la corruption des pouvoirs publics. Sur une échelle de –2,5 à 2,5, plus l'indicateur est élevé, plus la corruption est maîtrisée.
Si la corrélation entre le PIB par habitant et l'indicateur de maîtrise de la corruption était parfaite, alors tous les points se situeraient sur la droite représentée sur le graphique.

LES CLÉS DU SUJET

Analyser les termes du sujet et mobiliser ses connaissances

Analyse du sujet

- **institutions** : Ensemble de règles, formelles ou informelles, qui s'imposent aux individus. Organisations chargées de les faire respecter.
- **droits de propriété** : Droit de choisir les usages d'un bien (l'utiliser, le céder, en tirer un revenu) dans le cadre de la loi.
- **croissance économique** : Augmentation soutenue des richesses créées dans une économie.

Exploiter les documents

• **Document 1**. Ce texte présente des droits de propriété particuliers : les **brevets**. Sur quoi portent les brevets présentés ? Quels sont les avantages qu'ils confèrent à leurs détenteurs ? Quels sont les recours possibles si ces brevets sont exploités illégalement ? Pourquoi incitent-ils à innover ?

• **Document 2**. Ce graphique permet de faire apparaître une **corrélation** entre la maîtrise de la corruption et le niveau du produit intérieur brut (PIB) par habitant. Cette corrélation est-elle positive ou négative ? Quel lien peut-on établir entre maîtrise de la corruption et niveau du PIB par habitant ? Y a-t-il des exceptions ?

Définir les arguments

Argument 1	De « bonnes institutions » créent un cadre favorable à la croissance économique.
Argument 2	Les institutions peuvent favoriser l'émergence du progrès technique, source de croissance.

7 CORRIGÉ GUIDÉ

Les titres des parties ne doivent pas figurer sur votre copie.

Introduction

Les institutions désignent l'ensemble des règles formelles et informelles qui encadrent les interactions humaines ainsi que les organisations chargées de les faire respecter. Ainsi les droits de propriété, les tribunaux, la monnaie, les pouvoirs publics sont des institutions qui peuvent s'avérer favorables à la croissance, c'est-à-dire à l'augmentation durable des richesses créées dans une économie. En effet, elles créent un cadre favorable à la croissance et peuvent stimuler le progrès technique, lui-même source de croissance.

I. De « bonnes institutions » créent un cadre favorable à la croissance

▶ Le secret de fabrication

Après avoir expliqué ce que sont de « bonnes institutions » et fait le lien avec la croissance économique, il faudra utiliser le document 2 pour illustrer l'argumentation.

• Pour connaître la croissance, une économie a besoin d'institutions qui permettent le développement des activités économiques. Ainsi la monnaie est une institution nécessaire au développement des échanges marchands. L'existence de droits de propriété et de tribunaux chargés de les faire respecter garantit aux entrepreneurs de pouvoir conserver le profit qu'ils tirent de leurs activités, ce qui les incite à investir. Ces institutions constituent donc un cadre juridique favorable à la croissance économique.

• Un contexte politique stable et démocratique crée un climat de confiance propice à la croissance. Le document 2 fait apparaître une corrélation nette entre la maîtrise de la corruption et le niveau du produit intérieur brut (PIB) par habitant : plus la première est maîtrisée et plus le second s'accroît. En parvenant à lutter contre la corruption et le clientélisme, les pouvoirs publics diminuent le degré d'incertitude et de défiance. Les agents économiques sont alors incités à développer leurs activités.

MOTS CLÉS

La corruption désigne le fait d'accepter de ne pas appliquer ou faire respecter une règle en échange d'une rétribution.
Le clientélisme peut être associé à la notion de favoritisme.

II. Les institutions peuvent favoriser l'émergence du progrès technique, source de croissance

- Le rendement privé des innovations est souvent plus faible que leur rendement social puisqu'elles peuvent bénéficier à des agents économiques qui n'en ont pas supporté le coût. Les brevets, garantis par les pouvoirs publics, assurent à leurs détenteurs le monopole de l'exploitation de leurs innovations. Ces derniers sont alors certains de pouvoir rentabiliser leurs investissements et de conserver le bénéfice de leurs recherches (document 1). Les brevets sont donc favorables à l'innovation et à la croissance.

- Les institutions publiques peuvent également participer à l'effort de recherche et développement au sein de laboratoires publics ou subventionner les entreprises privées afin de les inciter à innover et stimuler le progrès technique. En investissant dans l'enseignement supérieur et dans la recherche, l'État concourt à l'émergence de connaissances nouvelles qui viendront, à long terme, renforcer la croissance économique.

À NOTER
En France, en 2018, les dépenses de recherche et développement représentaient 2,2 % du PIB, ce qui plaçait la France au 7e rang des pays de l'Union européenne.

Conclusion

Les institutions qui permettent de garantir un cadre juridique et politique sûr et stable créent donc un climat de confiance propice au développement des échanges marchands et à la croissance. En stimulant le progrès technique directement (recherche publique) ou indirectement (brevets et subventions), les institutions publiques contribuent à dynamiser l'économie et à rendre la croissance possible à long terme.

8 Dissertation

Les défis de la croissance économique

4 heures
20 points

INTÉRÊT DU SUJET • Les marches pour le climat qui mobilisent de nombreux jeunes dans le monde révèlent une inquiétude croissante vis-à-vis de l'avenir de notre planète. Peut-on continuer à produire toujours plus sans la mettre en danger ?

La croissance économique peut-elle être écologiquement soutenable ?

DOCUMENT 1 **Évolution mondiale de l'extraction de ressources naturelles, du PIB et de la population, 1980-2013 (1980 : indice base 100)**

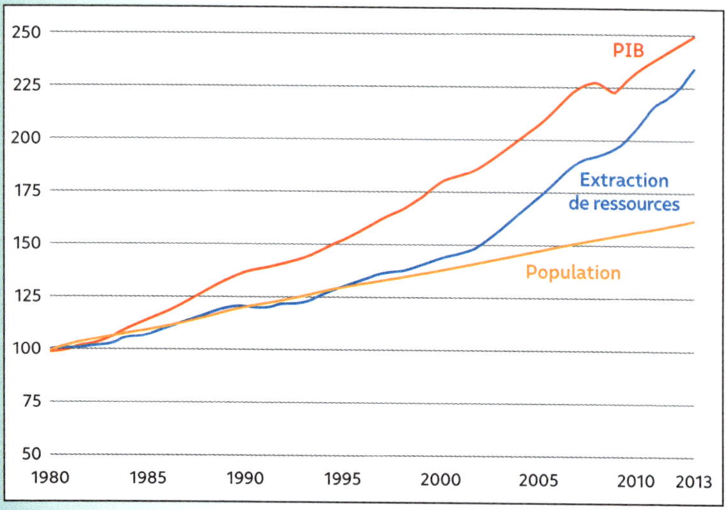

Source : Cécile Désaunay et Éric Vidalenc, « Ressources naturelles : pénurie ou abondance ? », *Futuribles*, octobre 2016.

S'ENTRAÎNER

DOCUMENT 2 Répartition géographique des émissions de CO_2[1]

	En million de tonnes de CO_2			Part 2014 (%)	Évolution 2013-2014 (%)	Évolution 1990-2014 (%)
	1990	2013	2014			
Amérique du Nord	5 726	6 315	6 357	17,8	+ 0,7	+ 11,0
Dont : États-Unis	4 988	5 286	5 335	15	+ 0,9	+ 6,9
Amérique centrale et du Sud	647	1 291	1 306	3,7	+ 1,1	+ 101,8
Dont : Brésil	217	485	501	1,4	+ 3,3	+ 130,5
Europe et ex-URSS	8 353	6 403	6 142	17,2	– 4,1	– 26,5
Dont : Russie	2 379	1 792	1 766	5,0	– 1,4	– 25,7
Europe à 28	4 345	3 608	3 415	9,6	– 5,4	– 21,4
Afrique	667	1 162	1 188	3,3	+ 2,3	+ 78,1
Moyen-Orient	814	2 193	2 272	6,4	+ 3,6	+ 179,1
Dont : Arabie saoudite	168	463	495	1,4	+ 7,0	+ 194,3
Asie	5 378	16 543	16 833	47,2	+ 1,8	+ 213,0
Dont : Chine	2 411	10 448	10 541	29,6	+ 0,9	+ 337,1
Océanie	304	461	454	1,3	– 1,6	+ 49,4
Soutes internationales[2]	626	1 109	1 117	3,1	+ 0,7	+ 78,2
Monde	22 516	35 477	35 669	100	+ 0,5	+ 58,4

Source : ministère de l'Écologie, du Développement durable et de l'Énergie, 2017.

1. Le CO_2 est un gaz à effet de serre qui contribue au réchauffement climatique.
2. Les soutes internationales correspondent aux émissions de CO_2 des transports internationaux maritimes et aériens non comptabilisés dans les totaux nationaux.

DOCUMENT 3 **Évolution du nombre de brevets déposés dans les technologies liées au climat en France**

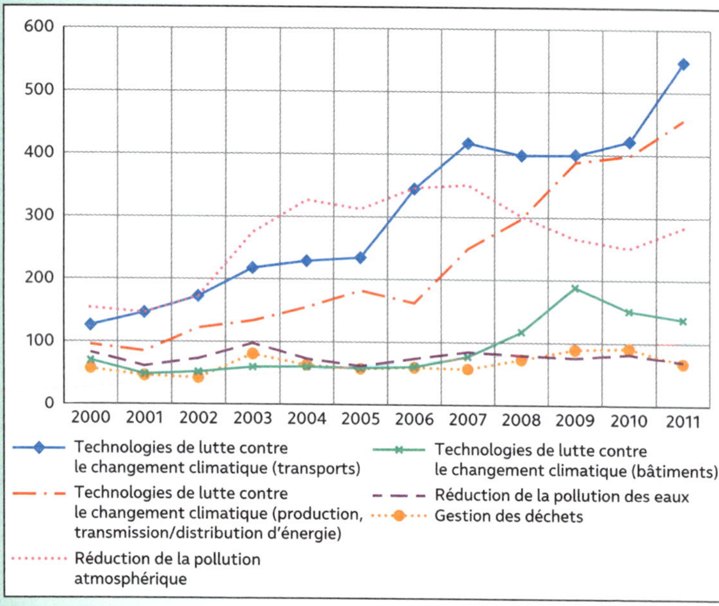

Source : *Examens environnementaux*, OCDE, France 2016.

LES CLÉS DU SUJET

Analyser la consigne et dégager une problématique

croissance économique
Augmentation soutenue de la production de biens et de services dans une économie.

soutenable
Une croissance soutenable doit permettre la préservation de l'environnement pour les générations futures.

Analyse du sujet

peut-elle
Possibilité : est-ce envisageable que la croissance soit soutenable ?

• **Problématique.** Le sujet questionne la compatibilité possible de la croissance et de la préservation de l'environnement.

Exploiter les documents

• **Document 1**. Ce graphique montre que la croissance économique entre 1980 et 2013 (augmentation du produit intérieur brut de 150 %) s'accompagne de **prélèvements croissants sur le capital naturel** (augmentation de 130 %) : l'extraction de ressources naturelles progresse fortement, à un rythme proche de celui de la croissance économique.

• **Document 2**. Ce tableau montre une **augmentation des émissions de CO_2** au niveau mondial entre 1990 et 2014. Les plus fortes hausses concernent des régions où la croissance est forte. L'augmentation de la production s'accompagne d'une dégradation de l'environnement. Les régions qui ont connu une croissance plus précoce ont tendance à connaître une diminution de leurs émissions. Lorsque la création de richesses permet d'atteindre un certain niveau de vie, la pression sur l'environnement diminue.

• **Document 3**. Ce graphique montre l'augmentation du nombre de brevets déposés dans les technologies liées au climat entre 2000 et 2011 en France. Il permet de mettre en évidence le **développement de technologies** qui permettent de lutter contre le réchauffement climatique.

Définir le plan

I. La croissance économique à l'origine de dégâts environnementaux	• Montrez les limites environnementales de la croissance (documents 1 et 2). • En quoi remettent-elles en cause l'idée d'une croissance soutenable ?
II. Le progrès technique pour une croissance soutenable	• Montrez que le progrès technique peut diminuer la pression environnementale de la croissance (document 3). • Peut-on envisager alors une croissance soutenable (document 2) ?

S'ENTRAÎNER

8 CORRIGÉ GUIDÉ

Les titres des parties ne doivent pas figurer sur votre copie.

Introduction

[accroche] Dès 1972, le rapport Meadows intitulé « Halte à la croissance » révèle une prise de conscience des limites de notre modèle de développement économique. [présentation du sujet] Augmentation durable et soutenue de la production dans une économie, la croissance économique s'accompagne de dégâts environnementaux qui viennent soulever la question de sa soutenabilité, c'est-à-dire sa capacité à préserver l'environnement pour les générations futures. Pour autant, les avancées technologiques qu'elle génère semblent permettre d'envisager une croissance compatible avec la préservation de la nature. [problématique] La croissance économique peut-elle satisfaire les besoins des générations présentes tout en préservant l'environnement pour les générations futures ? Le progrès technique est-il à même d'assurer la soutenabilité de la croissance ? [annonce du plan] Nous verrons d'abord que l'augmentation de la production de biens et de services est difficilement compatible avec la préservation de l'environnement, puis nous montrerons que le progrès technique peut permettre de dépasser ces limites et rendre la croissance soutenable.

I. La croissance économique à l'origine de dégâts environnementaux

> **▶ Le secret de fabrication**
> Pour structurer de manière cohérente cette partie, il faut commencer par présenter les effets de la croissance sur l'environnement avant de faire le lien avec la notion de soutenabilité. On montrera alors qu'actuellement la croissance n'est pas soutenable.

1. La croissance nuit à l'environnement

• La croissance économique s'accompagne d'une surexploitation des ressources naturelles. L'environnement peut être assimilé à un bien commun : il est ainsi susceptible d'être consommé sans limite par les agents économiques. Les activités humaines à l'origine de la croissance économique entraînent donc un épuisement des ressources naturelles non renouvelables, par exemple énergétiques. On constate que l'extraction de ressources naturelles augmente rapidement, à un rythme proche de celui de la croissance :

entre 1980 et 2013, le produit intérieur brut (PIB) mondial a crû de 150 % et l'extraction de ressources naturelles de 130 % environ (document 1).

• La croissance est aussi un danger pour la biodiversité : déforestation, extension des surfaces agricoles, utilisation de produits phytosanitaires entraînent la disparition irrémédiable d'espèces animales et végétales.

• La croissance engendre également de dégâts environnementaux. Elle est source de nombreuses externalités négatives : l'utilisation d'énergies fossiles entraîne des émissions croissantes de gaz à effet de serre (GES) à l'origine de la pollution de l'air et du réchauffement climatique. Au niveau mondial, ces émissions ont augmenté de 58,4 % entre 1990 et 2014. Elles se sont fortement accrues en particulier dans les pays émergents, dont la vigoureuse croissance économique repose sur l'utilisation d'énergies fossiles (+ 130,5 % au Brésil, + 337,1 % en Chine) (document 2). De plus, la production de biens et services entraîne un mode de consommation qui génère la multiplication des déchets, source de pollution.

2. La destruction du capital naturel ne permet pas d'envisager une croissance soutenable

• Une croissance soutenable doit permettre de produire suffisamment de richesses pour satisfaire les besoins des générations présentes et améliorer le niveau de vie des populations, dans le respect de l'environnement pour les générations futures. Cet objectif repose sur la mobilisation de différents types de capitaux : physique, naturel, humain et institutionnel. La soutenabilité de la croissance peut être évaluée en fonction de ses effets sur ces différents types de capitaux et leur transmission aux générations futures.

MOT CLÉ
La notion de croissance soutenable a une dimension à la fois économique (produire plus de richesses), sociale (les répartir équitablement) et environnementale (protéger l'environnement pour les générations futures).

• Dans l'optique de la soutenabilité forte, les différents capitaux ne sont pas substituables. Le capital naturel a un statut particulier, les atteintes à son encontre sont irrémédiables et il doit être préservé. La croissance n'est alors soutenable que si le stock de capital naturel transmis aux générations futures reste au moins identique. Les dégradations et destructions de l'environnement observées de nos jours remettent donc en cause la soutenabilité de notre mode de croissance.

À NOTER
À l'inverse de la soutenabilité faible, la soutenabilité forte remet en cause l'idée que le progrès technique permettra de dépasser les limites environnementales de la croissance : l'accumulation de capital technologique n'empêchera pas la disparition de certaines ressources.

II. Le progrès technique pour une croissance soutenable

1. Le progrès technique est susceptible d'apporter des solutions aux problèmes environnementaux

• Pour les partisans de la soutenabilité faible, le capital naturel est un capital comme les autres qui, à ce titre, peut être remplacé par d'autres formes de capitaux. Ainsi s'il se raréfie, son prix deviendra plus élevé et les agents économiques seront incités à développer des technologies plus économes en ressources naturelles. La croissance est alors soutenable si l'on peut compenser la dégradation du capital naturel par l'accumulation d'autres formes de capitaux.

• Des avancées technologiques permettent ainsi de réduire la pression de la croissance sur l'environnement : de nouvelles sources d'énergie, renouvelables et peu polluantes sont exploitées, de nouvelles techniques de production, plus économes en énergie, se développent. On constate une forte augmentation du nombre de brevets déposés dans les technologies liées au climat entre 2000 et 2011. Par exemple, le nombre de brevets liés aux technologies de lutte contre le changement climatique dans le secteur des transports a été multiplié par 5 entre 2000 et 2011, par 4,5 dans le secteur de l'énergie (document 3).

2. La croissance peut, par elle-même, offrir des solutions aux enjeux environnementaux

• La croissance permet de dégager les ressources nécessaires aux investissements dans les technologies nouvelles : en permettant le financement de la recherche, elle est elle-même source d'un progrès technique endogène. Si ce dernier est orienté vers la préservation de l'environnement, la croissance serait donc soutenable.

• De plus, si dans un premier temps la croissance économique se traduit par de fortes contraintes sur l'environnement, l'augmentation du niveau de vie permet à partir d'un certain seuil de relâcher cette pression grâce aux modifications de la structure productive et au développement d'activités tertiaires moins polluantes. Ainsi, les pays ayant connu une croissance plus précoce et ayant un niveau de vie plus élevé ont vu, pour certains, diminuer leurs émissions de GES : – 21,4 % pour l'Europe à 28 entre 1990 et 2014. Les zones ayant connu une croissance plus tardive et dont les activités sont davantage industrielles émettent une part importante des GES aujourd'hui : 29,6 % pour la Chine en 2014 (document 2). Avec l'augmentation du niveau de vie, les consommateurs sont également plus sensibles aux problèmes environnementaux : de nouveaux modes de consommation, plus soucieux de la nature se développent (alimentation biologique, utilisation d'énergies renouvelables, véhicules électriques, etc.).

Conclusion

[bilan] Ainsi, la croissance économique se traduit aujourd'hui par une surexploitation des ressources naturelles, une augmentation de la pollution et une mise en danger de la biodiversité. En détruisant le capital naturel, elle menace les générations futures : elle n'est pas soutenable. Cependant, la croissance économique permet l'émergence d'un progrès technique qui peut se traduire par un relâchement de la pression environnementale qu'elle exerce. Il est alors possible d'envisager une croissance soutenable plus économe en énergie et moins polluante, qui s'accompagne d'une prise de conscience et d'une modification des modes de consommation. [ouverture] On peut se demander si les mécanismes de marché, à eux seuls, permettront cette orientation, ou si l'intervention des pouvoirs publics, à travers des politiques économiques adaptées, s'avérera indispensable.

9 Dissertation

Progrès technique et croissance

4 heures
20 points

INTÉRÊT DU SUJET • Le progrès technique est le principal facteur expliquant la croissance économique. Le sujet permet de comprendre comment, mais ausi d'étudier les effets négatifs que peuvent avoir les innovations.

Dans quelle mesure le progrès technique favorise-t-il la croissance économique ?

DOCUMENT 1 **Contributions annuelles à la croissance économique (en points de %)**

		France	Allemagne	Royaume-Uni	États-Unis
1995-2014	**PIB**[1]	**1,6**	**1,3**	**2,1**	**2,4**
	Travail	0,2	0	0,6	0,5
	Capital TIC[2]	0,3	0,2	0,3	0,4
	Capital non TIC	0,4	0,2	0,4	0,4
	PGF[3]	0,6	0,8	0,8	1
2001-2007	**PIB**[1]	**1,8**	**1,3**	**2,8**	**2,7**
	Travail	0,3	0	0,5	0,5
	Capital TIC[2]	0,3	0,3	0,2	0,4
	Capital non TIC	0,4	0,2	0,4	0,5
	PGF[3]	0,9	0,9	1,6	1,3

		France	Allemagne	Royaume-Uni	États-Unis
2009-2013	**PIB**[1]	**1,2**	**2,1**	**1,7**	**2**
	Travail	0	0,5	0,9	0,8
	Capital TIC[2]	0,2	0,1	0,2	0,2
	Capital non TIC	0,3	0,1	0,3	0,3
	PGF[3]	0,7	1,3	0,3	0,6

Source : Données OCDE, juin 2015.

1. PIB : produit intérieur brut. Pour chaque période, le taux de croissance annuel moyen du PIB est égal à la somme des quatre lignes suivantes, aux arrondis près.
2. TIC : technologies de l'information et de la communication.
3. PGF : productivité globale des facteurs.

DOCUMENT 2 **L'évolution de la productivité au XXe siècle**

Les pays industrialisés ont connu des gains de productivité d'une ampleur fantastique depuis 1870 : la production par emploi a été multipliée par environ 12 en France et 8,5 aux États-Unis sur ces 130 années.

Les « Trente Glorieuses » de l'après Seconde Guerre mondiale au choc pétrolier sont les années fastes de forte croissance de la productivité. C'est la fameuse « grande vague » de productivité, évoquée par Gordon[1], déferlant sur les États-Unis dès 1913. Puis, succèdent des années de fort ralentissement de la productivité, dès le milieu des années 1960 aux États-Unis, et après le premier choc pétrolier dans les pays industrialisés. Le rattrapage des niveaux de productivité américains par les économies européennes et japonaise s'amorce au début des années 1950 pour se poursuivre jusqu'au début des années 1990, sans être interrompu par le 1er choc pétrolier. Puis s'opère une réelle rupture des évolutions relatives de productivité au cours des années 1990 : une accélération de la productivité aux États-Unis et au contraire un ralentissement dans les pays européens.

Source : Patrick Artus et Gilbert Cette, *Productivité et croissance*, Conseil d'analyse économique, 2004.

1. Robert Gordon, économiste américain.

DOCUMENT 3 Inégalités des salaires selon la catégorie socioprofessionnelle (en euros)

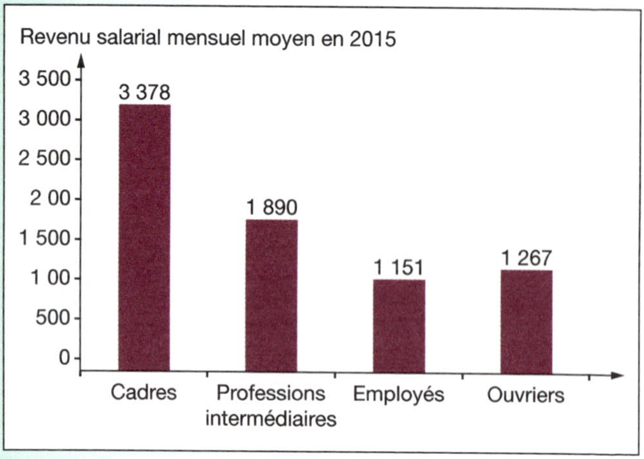

Source : lafinancepourtous.com, d'après l'Insee, 2019.

DOCUMENT 4 Cycles d'innovations et destruction créatrice

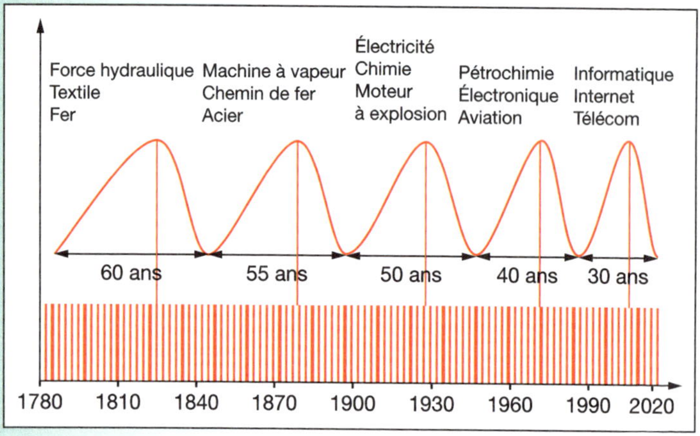

Source : Marc Solinhac, *L'ISR : un processus de destruction créatrice ?*, université de Versailles – Saint-Quentin-en-Yvelines, 2015.

LES CLÉS DU SUJET

Analyser la consigne et dégager une problématique

Analyse du sujet

dans quelle mesure
La formulation implique de montrer comment le progrès technique favorise la croissance, mais aussi les limites de son influence.

progrès technique
Ensemble des innovations qui permettent de produire davantage avec la même quantité de facteurs travail et capital.

croissance économique
Augmentation soutenue et durable des richesses créées dans une économie. Elle est mesurée par le taux de croissance du PIB réel sur une année.

• **Problématique.** Le progrès technique n'a-t-il que des effets positifs sur la croissance économique ?

Exploiter les documents

• **Document 1.** Ce tableau statistique permet de mesurer le poids des différents facteurs contribuant à la croissance économique dans les principaux pays développés. Quelles sont les principales contributions à la croissance ? Qu'est-ce que la PGF ?

• **Document 2.** Ce texte est issu d'un rapport du Conseil d'analyse économique, un organisme chargé de conseiller le Premier ministre sur les questions économiques. Comment qualifier la progression des gains de productivité au cours du XXe siècle ? Quel est le rôle de la productivité pendant les Trente Glorieuses ?

• **Document 3.** Ce graphique tiré de données de l'Insee traite des inégalités de salaires. Quelles catégories socioprofessionnelles ont les salaires les plus élevés ? Quel est le rapport avec le progrès technique ?

• **Document 4.** Ce schéma représente les effets du processus de destruction créatrice développé par l'économiste américain d'origine autrichienne, Joseph Schumpeter. Qu'est-ce qui favorise la croissance ? Pourquoi cette expansion est-elle suivie d'une période de récession ?

S'ENTRAÎNER

Définir le plan

I. Le progrès technique favorise la croissance économique	• Quels sont les effets du progrès technique sur l'offre ? Comment la productivité améliore-t-elle la création de richesses (documents 1 et 2) ? • Quels types d'innovation stimulent la demande ? Quelles en sont les conséquences sur les prix ? Et sur les salaires ?
II. Les limites des effets du progrès technique sur la croissance	• Décrivez le processus de destruction créatrice. Comment les innovations peuvent-elles entraîner une récession (document 4) ? • Pourquoi le progrès technique favorise-t-il la rémunération du capital ? Quels sont ses effets sur la structure de l'emploi et, par là, sur les revenus (document 3) ?

9 CORRIGÉ GUIDÉ

Les titres des parties ne doivent pas figurer sur votre copie.

Introduction

[accroche] L'intelligence artificielle (IA) représente, à ce jour, le dernier stade du progrès technique. Avec elle, le questionnement sur la place et le rôle de l'innovation dans la société surgit à nouveau. [présentation du sujet] D'un point de vue économique, cette interrogation prend principalement la forme suivante : dans quelle mesure le progrès technique favorise-t-il la croissance économique ? Le progrès technique recouvre l'ensemble des innovations permettant de produire davantage avec la même quantité de facteurs travail et capital. La croissance économique est la variation des richesses produites, mesurée par la variation du produit intérieur brut (PIB) réel au cours d'une année. [problématique] La question est donc de savoir si le progrès technique n'a que des effets positifs sur la croissance économique. [annonce du plan] La réponse implique d'analyser les conséquences des innovations en matière de création de richesses, mais également de mettre en évidence les limites sur la croissance.

▶ Le secret de fabrication

La problématique suppose que le progrès technique a des effets positifs sur la croissance économique. Vous devez donc commencer par l'analyse de ces derniers pour mieux comprendre leurs limites, que vous détaillerez dans la seconde partie de votre dissertation.

I. La croissance économique favorisée par le progrès technique

1. Les effets positifs du progrès technique sur l'offre

• Tout au long du XXe siècle, la productivité a joué un rôle essentiel dans la croissance économique, particulièrement dans les pays développés. Ainsi, la période dite des Trente Glorieuses correspond aux « années fastes de forte croissance » de cette efficacité des facteurs de production (document 2). Depuis le milieu des années 1990, la contribution de la productivité globale des facteurs (PGF), qui est un indicateur du progrès technique, est la plus élevée dans les pays (États-Unis, Royaume-Uni) ayant généralement la plus forte croissance économique (document 1).

• Ce sont principalement les innovations de procédé qui expliquent les gains de productivité. Ainsi, la contribution du capital TIC (technologies de l'information et de la communication) est plus importante aux États-Unis au cours des années 2000 (document 1). Dès lors, l'augmentation de l'efficacité des facteurs de production acquise grâce à ces nouvelles technologies va permettre aux entreprises de produire plus avec la même quantité de facteurs de production.

> **MOT CLÉ**
> Les innovations de procédé correspondent à de nouvelles méthodes de production qui augmentent la productivité.

2. Le progrès technique stimule la demande

• Les innovations de procédé nécessitent des investissements, c'est-à-dire l'acquisition par les entreprises de biens d'équipement ou de services. Ces investissements constituent une demande adressée aux firmes produisant ces biens et services, entraînant ainsi une hausse de leur propre production. De plus, les gains de productivité obtenus grâce aux innovations de procédé peuvent être répartis entre une baisse des prix et une hausse des salaires. Dans les deux cas, la demande augmente, ainsi que la croissance.

• Les innovations de produit sont également une dimension du progrès technique. Les nouveaux biens (par exemple, le *smartphone*) nécessitent le développement de nouvelles activités permettant de répondre à la demande. Les innovations de produit favorisent ainsi, elles aussi, une accélération de la croissance économique.

S'ENTRAÎNER

II. Les limites des effets du progrès technique sur la croissance

1. Progrès technique et destruction créatrice

• L'économiste Joseph Schumpeter a mis en évidence le processus de destruction créatrice, lequel est lié aux innovations. Ce processus implique que la croissance économique connaît des cycles avec des périodes d'accélération (expansion), puis de ralentissement (récession), voire de baisse de la production (dépression) (document 4).

> **À NOTER**
> Schumpeter distingue cinq types d'innovations : de procédé, de produit, de mode de production, de débouché et de matière première.

• Les innovations majeures, comme l'informatique ou Internet, ont pour conséquence de développer de nouvelles activités créant des emplois : c'est la phase d'expansion du cycle. Au cours de celle-ci, les effets positifs du progrès technique sont supérieurs aux effets négatifs liés à la disparition des activités traditionnelles. Après 20 à 30 ans, la diffusion et l'exploitation des innovations s'épuisent, entraînant une phase de récession.

2. Progrès technique et inégalités de revenus

• Le progrès technique a pour effet de substituer du capital au travail et entraîne une destruction d'emplois. Dès lors, une part plus importante des gains de productivité obtenus grâce aux innovations rémunère la propriété du capital au détriment des salaires, augmentant ainsi les inégalités de revenus.

• Le progrès technique favorise la création d'emplois qualifiés et la disparition de ceux intermédiaires. Dans le même temps, on voit un certain nombre d'emplois peu qualifiés se multiplier. Les inégalités salariales sont aujourd'hui particulièrement fortes : le salaire mensuel moyen des cadres est près de trois plus élevé que celui des employés en France en 2015 (document 3). Elles nuisent à la cohésion sociale, facteur de croissance.

Conclusion

[bilan] Le progrès technique est un facteur essentiel de la croissance économique. Les innovations de procédé stimulent l'offre et la demande sur le marché tandis que celles de produit ont un effet accélérateur sur la consommation. Cependant, le progrès technique est à l'origine d'un processus de destruction créatrice qui se traduit par de longues périodes de récession. Il favorise également les inégalités de revenus qui peuvent nuire à la cohésion sociale et à la croissance. [ouverture] Aujourd'hui, la question est de savoir si le progrès technique peut être un moyen pour favoriser un développement durable, et donc plus pérenne et mieux réparti entre tous.

10 Mobilisation des connaissances

Productivité et compétitivité

30 min
4 points

INTÉRÊT DU SUJET • La compétitivité est au cœur des discours gouvernementaux, qui y voient la condition de la croissance économique et de l'emploi, tirés par les exportations. Comment peut-elle alors être stimulée ?

S'ENTRAÎNER

▶ Comment les gains de productivité peuvent-ils stimuler la compétitivité d'un pays ?

LES CLÉS DU SUJET

Définir les mots clés

- La **productivité** désigne l'efficacité avec laquelle une entreprise fabrique un produit.
- La **compétitivité** d'un pays désigne sa capacité à exporter ou à attirer des activités.

Structurer la réponse

- Nous montrerons d'abord que les gains de productivité des firmes stimulent leur **compétitivité-prix**.
- Nous expliquerons ensuite que ces gains de productivité permettent également de stimuler leur **compétitivité hors-prix**.
- Nous conclurons que plus la compétitivité-prix et hors-prix des firmes est élevée, plus les exportations d'un pays sont susceptibles d'être importantes ; et donc la **compétitivité du pays** forte.

10 CORRIGÉ GUIDÉ

Les titres des parties ne doivent pas figurer sur votre copie.

Introduction

La compétitivité d'un pays désigne sa capacité à exporter ou à attirer des activités. Les gains de productivité, c'est-à-dire d'efficacité productive, réalisés par ses entreprises peuvent stimuler à la fois la compétitivité-prix et la compétitivité hors-prix du pays.

Développement

• Lorsqu'une entreprise réalise des gains de productivité, elle réduit la quantité de facteurs (travail et capital) nécessaires pour produire une unité de bien ou de service. La baisse des coûts de production qui en résulte lui permet alors de diminuer ses prix sans réduire sa marge bénéficiaire. Une telle baisse de prix stimule ses exportations et donc la compétitivité-prix du pays où l'entreprise est localisée.

> **À NOTER**
> Attention à ne pas confondre productivité et production : la productivité s'obtient en divisant un indicateur de production par la quantité de facteurs utilisés.

• Les gains de productivité peuvent aussi stimuler la compétitivité hors-prix. En effet, les bénéfices qu'ils procurent aux firmes leur permettent de financer des dépenses de recherche et développement (R&D) et ainsi d'améliorer la qualité de leurs produits, ou d'en réaliser de nouveaux ; deux ressorts qui peuvent attirer une clientèle en quête de qualité et d'innovation.

Conclusion

Les gains de productivité, parce qu'ils permettent de réduire les prix et/ou d'augmenter les marges bénéficiaires et les investissements en R&D des entreprises, augmentent à la fois la compétitivité-prix et la compétitivité hors-prix des firmes. Leurs produits ont alors plus de chance d'être exportés, autrement dit la compétitivité du pays où elles sont localisées est stimulée.

11 Étude de document

Commerce international et croissance économique

1 heure
6 points

S'ENTRAÎNER

INTÉRÊT DU SUJET • Pour de nombreux gouvernants prônant le libre-échange, le commerce international est source de croissance économique. Est-il possible de mettre en évidence une corrélation entre les deux phénomènes ?

▶ **1.** Faites une phrase pour présenter la donnée correspondant à la courbe en pointillé bleue du document.

▶ **2.** Mettez en évidence un lien entre l'évolution du commerce des marchandises et celle du PIB au niveau mondial.

DOCUMENT **Croissance du volume du commerce des marchandises[1] et du PIB au niveau mondial, 2011-2020 (variation annuelle en %)**

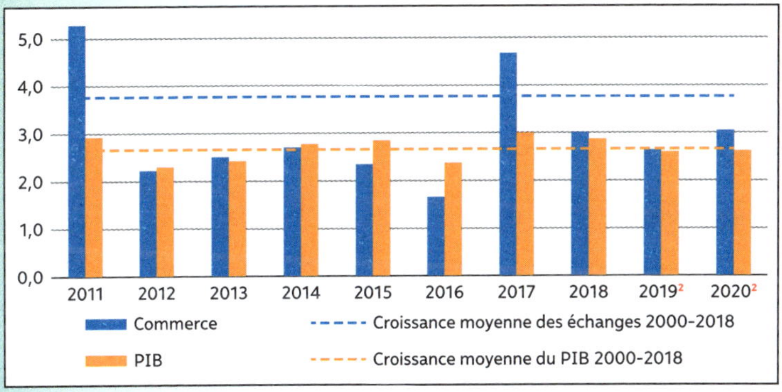

Sources : OMC et CNUCED pour le commerce, estimations consensuelles pour le PIB.

1. Le commerce des marchandises est mesuré par la moyenne des exportations et des importations.
2. Projections (pour les années 2019 et 2020).

LES CLÉS DU SUJET

Définir les mots clés

- Le **produit intérieur brut** (PIB) mondial mesure la production de biens et de services dans le monde pour une année donnée.
- Le terme **volume** signifie que l'évolution du commerce et celle du PIB sont mesurées sans tenir compte de la variation des prix.

Comprendre le document

Ce graphique classique permet d'observer une **corrélation positive** entre les variations du PIB mondial et du commerce des marchandises.

Structurer la réponse à la seconde question

- Vous pouvez, en introduction, présenter le document.
- Dans le développement, il faut, en s'appuyant sur les données du graphique, mettre en évidence une **corrélation positive** entre les deux variables observées et, éventuellement, les **variations d'intensité** de cette corrélation.

11 CORRIGÉ GUIDÉ

▶ **1.** Selon ce document, entre 2000 et 2018, le commerce mondial des marchandises a augmenté de 3,8 % en moyenne chaque année.

▶ **2.** *Les titres des parties ne doivent pas figurer sur votre copie.*

Introduction

Le document représente les variations du produit intérieur brut (PIB) et du commerce des marchandises au niveau mondial entre 2011 et 2020 (projections pour 2019 et 2020), en pourcentage chaque année, et en moyenne annuelle sur la période 2000-2018. Ces évolutions sont exprimées en volume, c'est-à-dire sans prendre en compte l'évolution des prix. Ce graphique permet de comparer l'évolution en volume de la production de biens et services et celle de la moyenne des exportations et importations mondiales.

Développement

MOT CLÉ
Deux variables sont corrélées si elles évoluent systématiquement dans le même sens (corrélation positive) ou dans des sens opposés (corrélation négative).

• On observe une corrélation positive entre l'évolution en volume du PIB et celle du commerce des marchandises au niveau mondial. En effet, ces évolutions connaissent des variations parallèles de sens identique : lorsque l'une accélère, l'autre accélère également, et *vice versa*. Par exemple, entre 2011 et 2012, la croissance du PIB mondial en volume ralentit, passant de 2,9 à 2,3 % (– 0,6 point), conjointement à celle du commerce des marchandises (– 3 points). À l'inverse, entre 2016 et 2017, les deux accélèrent conjointement, respectivement de 0,6 et 3 points. Notons qu'en moyenne le commerce croît plus rapidement que le PIB (3,8 % contre 2,7 % chaque année entre 2000 et 2018).

• La corrélation entre les deux variables est plus ou moins intense. Par exemple, bien que le ralentissement de la croissance en volume du commerce des marchandises ait été plus fort entre 2011 et 2012 (– 3 points) qu'entre 2015 et 2016 (– 0,6 point), celui du PIB mondial a été équivalent durant ces deux périodes (– 0,6 point).

S'ENTRAÎNER

Conclusion

S'il n'est pas possible de conclure à l'existence d'une causalité entre les deux variables sur la base de ce seul document, celui-ci indique néanmoins une corrélation positive entre les évolutions en volume du commerce des marchandises et du PIB au niveau mondial.

12 Raisonnement

Chaînes de valeur mondiales

2 h 30
10 points

INTÉRÊT DU SUJET • De nos jours, le commerce international est principalement un commerce de biens intermédiaires qui s'organise par la mondialisation des chaînes de valeur. Il est donc utile de comprendre ce phénomène, notamment en analysant les facteurs qui ont permis son essor.

▶ **À l'aide de vos connaissances et du dossier documentaire, vous montrerez que la mondialisation des chaînes de valeur s'explique par des facteurs techniques et politiques, et par les stratégies des firmes multinationales.**

DOCUMENT 1 Les stratégies d'organisation des chaînes de valeur mondiales

La décision de localisation de tout ou partie de la production dans un pays étranger, que ce soit pour se rapprocher de la demande ou bénéficier de biens intermédiaires moins chers, n'implique pas nécessairement d'intégrer cette activité dans le giron de l'entreprise. Toute une gamme de contrats est, en effet, envisageable pour encadrer cette production. La sous-traitance permet ainsi d'externaliser des segments de la production à des entreprises tierces tout en encadrant strictement le processus de production. [...] Deux exemples permettent d'éclairer ces différentes stratégies d'organisation des chaînes mondiales de production des multinationales. D'un côté, Apple qui fait assembler ses iPhone en Chine par une entreprise contractante taïwanaise, Foxconn, à partir de composants produits partout dans le monde et largement par des entreprises extérieures au groupe Apple. En 2013, environ un tiers du million de travailleurs de Foxconn en Chine travaillaient ainsi à la production de l'iPhone 5S, sans qu'un quelconque lien capitalistique unisse les deux entreprises. De l'autre, le fabricant de puces Intel, qui a investi 330 millions de dollars au Costa Rica dans une usine d'assemblage, utilisant essentiellement des composants produits par d'autres filiales du groupe. Neuf ans après, en 2006, Intel employait 3 500 travailleurs au Costa Rica et réalisait près de 5 % du PIB et 20 % des exportations du pays.

Source : *L'Économie mondiale 2019*, CEPII, 2018.

DOCUMENT 2 **Évolution du coût des transports et des communications**

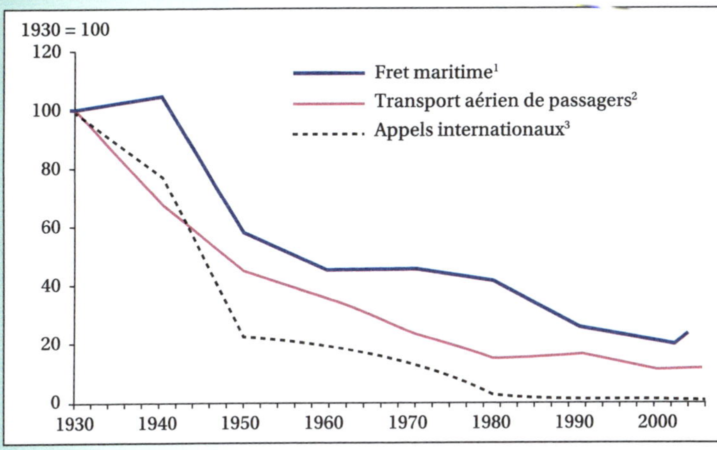

Source : Perspectives économiques de l'OCDE, 2005.

1. Taux moyen du fret international, par tonne.
2. Recettes moyennes des compagnies aériennes par passager-mille jusqu'en 2000, raccordées pour les années suivantes au tarif du transport aérien de passagers vers les États-Unis.
3. Prix d'une communication de 3 minutes entre New York et Londres.

DOCUMENT 3 **Participation moyenne à la chaîne de valeur mondiale[1] et droits de douane[2]**

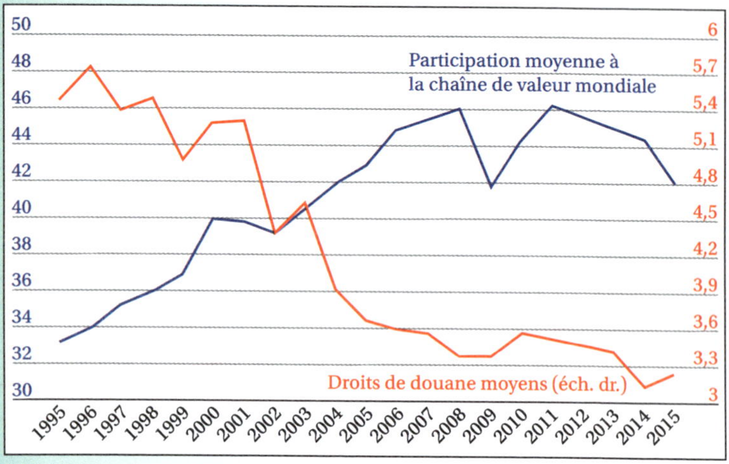

Source : OCDE, Banque mondiale, calculs des services du FMI.

1. La participation moyenne à la chaîne de valeur mondiale représente la part des chaînes de valeur mondiales dans les exportations mondiales (échelle de gauche, en %).
2. Les droits de douane portent sur les secteurs agricole, minier et manufacturier (échelle de droite, en %).

LES CLÉS DU SUJET

Analyser les termes du sujet et mobiliser ses connaissances

chaîne de valeur
Ensemble des activités nécessaires pour mettre un produit sur le marché, depuis sa conception jusqu'à sa livraison.

mondialisation des chaînes de valeur
Réalisation dans plusieurs pays des différentes activités des chaînes de valeur.

Analyse du sujet

s'explique
Vous devez indiquer les causes de la mondialisation des chaînes de valeur.

Exploiter les documents

- **Document 1.** Ce texte mentionne des **acteurs clés** de l'organisation des chaînes de valeur au niveau mondial : quels sont-ils ? Le document présente également deux stratégies déployées par ces acteurs : quelles sont-elles ?
- **Document 2.** Quels liens peut-on faire entre la **baisse des coûts** qu'illustre ce document et l'**organisation des chaînes de valeur** au niveau mondial ?
- **Document 3.** En quoi la **baisse des droits de douane** peut-elle avoir favorisé l'organisation des chaînes de valeur au niveau mondial ?

Définir les arguments

Argument 1	Les facteurs techniques
Argument 2	Les facteurs politiques
Argument 3	Le rôle des firmes multinationales (FMN)

S'ENTRAÎNER

12 CORRIGÉ GUIDÉ

Les titres de parties ne doivent pas figurer sur votre copie.

Introduction

De nos jours, le commerce international est principalement un commerce de biens et de services intermédiaires, dû à la mondialisation des chaînes de valeur, c'est-à-dire la répartition entre plusieurs pays des différentes étapes de réalisation d'un produit fini. Nous montrerons que ce phénomène s'explique par des facteurs techniques et politiques, mais également par le rôle qu'y jouent les firmes multinationales.

I. Les facteurs techniques et politiques

1. L'évolution des technologies

- Avec le progrès technique dans les secteurs des transports et des communications, l'acheminement de marchandises est devenu moins coûteux. Le taux moyen du fret maritime s'est ainsi réduit de 80 % entre 1930 et 2000, et le prix des télécommunications est devenu presque nul (document 2).

• L'évolution des techniques de production a permis la décomposition et la standardisation des étapes de la fabrication, qui peuvent alors être confiées à des unités distinctes, situées dans différents pays.

2. Le libre-échange

• Pour que des composants puissent se déplacer jusqu'à former un produit fini, les pays doivent pratiquer le libre-échange, c'est-à-dire réduire les entraves au commerce international.

• Le GATT à partir de 1947, puis l'OMC, ou la constitution de grands marchés régionaux (Union européenne, Mercosur, Alena, etc.) ont favorisé cette ouverture. La baisse de 2,5 points de pourcentage des droits de douane entre 1995 et 2015 s'accompagne ainsi d'une hausse de 9 points de la part de la chaîne de valeur mondiale (CVM) dans les exportations (document 3).

> **CONSEIL**
> Il faut mentionner explicitement le lien entre vos arguments et le sujet, ici l'organisation mondiale de la production.

II. Le rôle des firmes multinationales (FMN)

1. L'organisation des CVM

• Les FMN tirent parti de ces évolutions pour organiser leur production au niveau mondial. Des investissements directs à l'étranger leur permettent ainsi de contrôler des unités de production dans différents pays choisis pour leur compétitivité. C'est le choix fait par Intel (document 1).

• Les firmes multinationales peuvent également recourir à l'externalisation : elles renoncent alors au contrôle d'une étape de la production au profit d'entreprises sous-traitantes étrangères, ainsi Apple pour la fabrication de ses iPhone (document 1).

2. Les stratégies conduisant aux CVM

• Une FMN peut répartir les étapes de la production pour tirer parti des avantages comparatifs des pays dûs à une plus grande productivité relative de leurs facteurs de production, et à leurs dotations factorielles.

• D'autres facteurs peuvent inciter une FMN à localiser une étape de la production dans un pays : économies d'échelle en concentrant une étape sur une unité de production ; avantages socio-fiscaux, etc.

Conclusion

Le développement des CVM a donc de nombreux facteurs déterminants : des innovations dans les secteurs des transports et des communications aux accords de libre-échange, en passant par les stratégies de localisation des FMN. Avec le regain de protectionnisme et la hausse des salaires dans les pays en développement, ce mouvement est-il voué à se prolonger ?

13 Dissertation

Libre-échange et protectionnisme

4 heures
20 points

INTÉRÊT DU SUJET • Alors que l'arrivée de Donald Trump au pouvoir a conduit à un regain de protectionnisme des États-Unis, l'Union européenne se veut le chantre du libre-échange. Comment comprendre cet antagonisme ?

Quels sont les termes du débat entre libre-échange et protectionnisme ?

DOCUMENT 1 **Les effets attendus de l'accord de libre-échange UE-Canada**

L'Accord économique et commercial global (AEGC) entre l'Union européenne et le Canada (CETA) [...] réduit drastiquement les barrières tarifaires et non tarifaires aux échanges commerciaux [...].

La Commission européenne estime que le CETA devrait accroître de 25 % les échanges commerciaux UE-Canada. Selon l'étude de 2009 qu'elle a menée avec le gouvernement canadien, le CETA est supposé, à terme, faire progresser le PIB de l'UE de 0,02 % à 0,08 %. [...]

Le cadre prévu par le traité en matière d'investissements permettrait, quant à lui, de favoriser l'emploi en Europe. Les études économiques favorables au CETA estiment que pour chaque milliard d'euros investi par l'UE, 14 000 emplois seraient soutenus.

En conséquence, le traité favoriserait la compétitivité des entreprises européennes tout en entraînant une baisse de prix pour les consommateurs, selon la Commission européenne, qui assure par ailleurs que les normes de qualité seront maintenues. En effet, si de nombreux détracteurs du CETA déplorent une remise en cause des normes européennes, la Commission avance que le CETA pourrait favoriser la coopération régulatrice des deux partenaires. L'UE affirme aussi que le CETA prévoit de protéger les spécificités culturelles et traditionnelles des deux partenaires – par exemple en reconnaissant et protégeant 143 indications géographiques (sur 1 500 existantes dans l'UE) dont 42 en France […].

Source : « Qu'est-ce que le CETA ? »,
Touteleurope.eu, 23 juillet 2019.

DOCUMENT 2 Volume d'importations supplémentaires taxées et hausse des tarifs douaniers entre les États-Unis et la Chine en 2018 et 2019

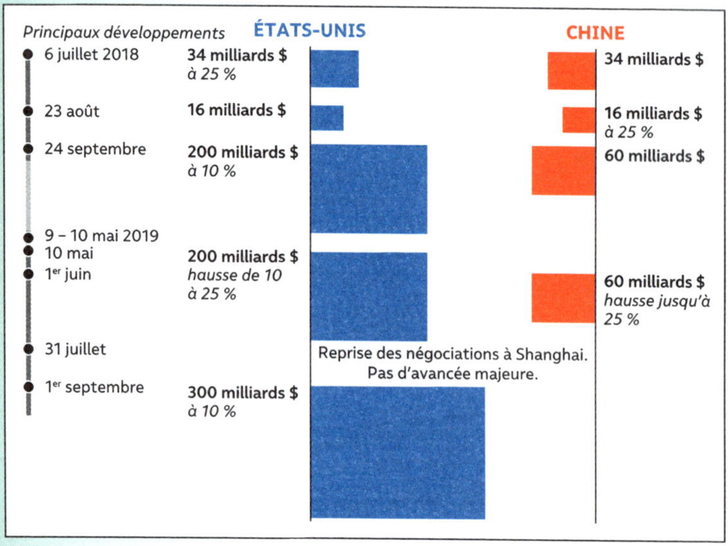

Source : AFP, Franceculture.fr, août 2019.

DOCUMENT 3 Les effets de la mondialisation sur la France

Question : Pour vous, la mondialisation a-t-elle eu <u>en France</u> des effets positifs, négatifs ou aucun effet sur… ?
(panel de 1 002 personnes, réponses en %)

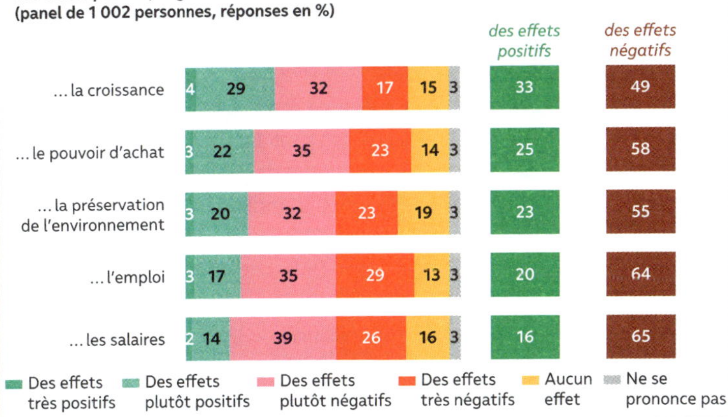

Source : Sondage Opinion Way pour Le Printemps de l'économie, février 2018.

S'ENTRAÎNER

LES CLÉS DU SUJET

Analyser la consigne et dégager une problématique

Analyse du sujet

quels sont les termes du débat
On vous demande de confronter des idées opposées : il s'agit d'un sujet de type discussion.

libre-échange
Doctrine qui préconise la suppression des entraves aux échanges internationaux.

protectionnisme
Ensemble de mesures visant à protéger la production d'un pays contre la concurrence étrangère.

• **Problématique.** Quels sont les arguments du débat opposant protectionnistes et libre-échangistes ?

Exploiter les documents

• **Document 1.** Ce texte présente les **effets attendus** de l'accord de libre-échange entre l'Union européenne et le Canada. Le document met l'accent sur les effets positifs : quels sont-ils ? Il évoque également quelques inquiétudes que l'Union européenne semble avoir prises en compte : lesquelles ?

• **Document 2.** Ce graphique présente les étapes de la **guerre commerciale** que se livrent les États-Unis et la Chine en 2018 et 2019. Comment a évolué le volume d'importations supplémentaires taxées aux États-Unis ? Et les droits de douane appliqués ? Pourquoi peut-on parler d'escalade du protectionnisme ?

Lecture : Le 6 juillet 2018, les États-Unis ont décidé de taxer 34 milliards de dollars d'importations en provenance de Chine à 25 % ; cette dernière décide, elle, de taxer 34 milliards de dollars d'importations en provenance des États-Unis.

• **Document 3.** Ce sondage présente des considérations qui peuvent influencer le **soutien au libre-échange, ou au protectionnisme.** Quels sont les domaines qui, pour les sondés, souffrent le plus de la mondialisation en France ? En quoi la mondialisation pourrait-elle expliquer ces effets négatifs ?

Définir le plan

I. Les arguments en faveur du libre-échange	• Le libre-échange stimulerait la croissance économique. De quelle façon ? (document 1) • Quels pourraient être les effets positifs spécifiques du libre-échange sur les producteurs ? (document 1) • Et sur les consommateurs ? (document 1)
II. Les arguments en faveur du protectionnisme	• Dans quels cas le protectionnisme peut-il être souhaitable temporairement ? • Quels sont les risques du libre-échange ? (document 3) • Comment les mesures protectionnistes peuvent-elles soutenir durablement les choix socio-fiscaux et environnementaux des pays ? Grâce à quelles mesures tarifaires et non tarifaires ? (document 2)

13 CORRIGÉ GUIDÉ

Les titres des parties ne doivent pas figurer sur votre copie.

Introduction

[accroche] La présidence de Donald Trump aux États-Unis semble avoir marqué un retour du protectionnisme, soit un ensemble de mesures visant à protéger la production d'un pays contre la concurrence étrangère. Pourtant, l'Union européenne ne cesse de confirmer son soutien au libre-échange, à la suppression des entraves aux échanges internationaux. [problématique] Quels sont les arguments du débat opposant protectionnistes et libre-échangistes ? [annonce du plan] Nous présenterons d'abord les effets positifs attendus du libre-échange, sur la croissance et, en particulier, sur les consommateurs et producteurs ; nous traiterons ensuite l'intérêt des mesures protectionnistes, dans le soutien des choix socio-fiscaux et environnementaux des pays.

S'ENTRAÎNER

I. Les arguments en faveur du libre-échange

> ▶ **Le secret de fabrication**
> Il faut bien distinguer un effet macro-économique (stimulation de la croissance) et des effets micro-économiques (amélioration de la satisfaction des consommateurs et des profits des producteurs).

1. Le libre-échange peut stimuler la croissance économique

• Selon les économistes classiques, le libre-échange permet aux pays de se spécialiser et ainsi de stimuler leur productivité et la croissance. La théorie des avantages comparatifs de David Ricardo montre que, dans un contexte de libre-échange, la spécialisation de chaque pays dans la production pour laquelle il est relativement le plus productif permet une utilisation plus efficace des facteurs de production, ce qui stimule la productivité et conséquemment la croissance économique.

• Ce raisonnement est enrichi par le modèle des dotations factorielles (HOS) qui précise que chaque pays doit se spécialiser dans celle de ses productions qui mobilise intensivement le facteur de production qu'il possède en abondance. En effet, cette abondance garantit un prix plus faible des ressources et donc un coût de production réduit, autre manifestation des gains de productivité, susceptibles de stimuler la croissance économique.

• En outre, en accentuant la concurrence entre les producteurs du monde entier, et donc leur souci de compétitivité, le libre-échange stimule l'innovation, source de gains de productivité et donc de croissance.

• La Commission européenne estime ainsi que l'accord de libre-échange que l'Union européenne (UE) a signé avec le Canada devrait, à terme, faire progresser le produit intérieur brut (PIB) de l'UE de 0,02 % à 0,08 % (document 1).

2. Le libre-échange améliore la situation des producteurs

• Le libre-échange peut stimuler les profits des producteurs. D'une part, il leur permet d'accéder à des biens et services plus diversifiés et moins onéreux réalisés à l'étranger. Ils peuvent ainsi trouver des produits plus adaptés et réduire leurs coûts de production. Ces effets stimulent leur productivité et en conséquence augmentent leurs profits unitaires.

• D'autre part, le libre-échange permet aux producteurs d'exploiter les avantages des différents pays : ils peuvent procéder à une décomposition internationale de leur processus productif. La mondialisation de leur chaîne de valeur consiste alors à localiser les différentes étapes de leur production dans les territoires qui présentent le plus d'avantages.

• Enfin, la possibilité d'écouler leurs produits sur un vaste marché international leur permet de réaliser des économies d'échelle. La baisse du coût de production unitaire liée à l'augmentation des volumes entraîne alors une diminution des coûts de production.

3. Le libre-échange améliore la situation des consommateurs

• Le libre-échange peut améliorer la satisfaction des consommateurs. D'une part, la réduction des coûts de production résultant de la spécialisation des producteurs et des économies d'échelle favorise une baisse du prix de vente des produits sur les marchés internationaux et, ainsi, augmente le pouvoir d'achat des consommateurs.

• D'autre part, l'accès au marché international augmente la variété des biens et services disponibles à l'achat.

II. Les arguments en faveur du protectionnisme

1. Le protectionnisme peut être un préalable au libre-échange

• Selon l'économiste allemand Friedrich List, un protectionnisme éducateur peut être souhaitable. En effet, certains nouveaux producteurs nationaux peuvent souffrir d'un manque d'expérience qui les handicape au regard des performances de producteurs étrangers plus expérimentés. On peut alors les protéger temporairement, pour qu'ils accèdent à un niveau de compétitivité suffisant pour rivaliser avec leurs concurrents étrangers.

• Au-delà d'une simple protection tarifaire, comme les droits de douane qui viennent renchérir le prix des importations, un pays peut décider de subventionner des producteurs pour les aider à rivaliser avec des concurrents étrangers. Une telle politique commerciale stratégique permet à une entreprise d'augmenter son volume de production et ainsi réaliser des économies d'échelle qui, en réduisant ses coûts unitaires, stimulent sa compétitivité.

2. Le protectionnisme répond aux risques du libre-échange

• Le libre-échange est vecteur de risques : les entreprises moins compétitives font faillite ; travailleurs qualifiés et capitaux peuvent s'offrir aux pays les plus rémunérateurs, creusant les inégalités ; pour stimuler leur compétitivité, les pays peuvent renoncer à des mesures redistributives et environnementales coûteuses ; l'indépendance nationale peut être remise en cause.

• Un sondage Opinion Way de février 2018 montre que, pour près des deux tiers des sondés, la mondialisation a des effets négatifs sur l'emploi et les salaires. Plus de la moitié y voit un risque pour l'environnement (document 3).

3. Les mesures tarifaires et non tarifaires ont des actions complémentaires

• Des mesures tarifaires durables peuvent être mises en place : droits de douane, subventions aux producteurs locaux, réduction du taux de change. Entre juillet 2018 et septembre 2019, les États-Unis ont progressivement augmenté le volume d'importations chinoises taxées (750 milliards de dollars au total) et leurs droits de douane (jusqu'à 25 %). En représailles, la Chine a taxé 170 milliards de dollars d'importations américaines (jusqu'à 25 % aussi). (document 2)

• Des mesures non tarifaires durables peuvent aussi être instaurées : quotas d'importation visant à limiter le volume de produits étrangers susceptibles de concurrencer les produits locaux ; normes sociales, techniques et sanitaires visant à réduire les risques de dumping socio-environnemental.

> **MOT CLÉ**
> Le dumping socio-environnemental consiste à limiter les contraintes redistributives (prélèvements obligatoires) et écologiques (coûts de mise aux normes) pour ne pas dégrader la compétitivité du pays.

Conclusion

[bilan] Faire confiance au libre-échange pour stimuler la croissance, ou soutenir des mesures protectionnistes pour se protéger des autres, tels sont les axes du débat qui oppose ces deux options de politique commerciale. [ouverture] Si la guerre tarifaire entre les États-Unis et la Chine rappelle les risques d'escalade du protectionnisme, le libre-échange, lui, nourrit des inégalités et nuisances environnementales qui imposent d'en relativiser les vertus…

S'ENTRAÎNER

14 Dissertation

Les fondements du commerce international

4 heures
20 points

INTÉRÊT DU SUJET • Ce sujet permet de mobiliser l'ensemble des connaissances sur les fondements du commerce international et de l'internationalisation de la production.

Quels sont les fondements du commerce international ?

DOCUMENT 1 Exportations et importations de biens et services de la France (en milliards d'euros)

	Exportations		Importations	
	2015	2018	2015	2018
Agriculture, sylviculture et pêche	**16,3**	**15,4**	**13,2**	**14,3**
Industrie manufacturière, industries extractives et autres	**453,4**	**502,0**	**496,7**	**560,3**
Industries extractives, énergie, eau, gestion des déchets et dépollution	9,8	12,0	37,8	43,8
Fabrication de denrées alimentaires, de boissons et de produits à base de tabac	45,3	48,4	38,7	42,5
Cokéfaction et raffinage	12,3	13,8	21,1	24,2
Fabrication d'équipement électrique, électronique, informatique ; fabrication de machines	87,0	91,0	109,4	120,0
Fabrication de matériels de transport	111,2	129,9	82,0	102,6
Fabrication d'autres produits industriels	187,9	206,9	207,7	227,2
Services principalement marchands	**149,8**	**162,5**	**155,3**	**159,0**
Commerce ; réparation d'automobiles et de motocycles	6,5	6,5	9,8	8,7
Transports et entreposage	32,6	36,1	43,6	48,6
Information et communication	18,5	20,4	18,5	21,3
Activités financières et d'assurance	12,9	14,7	6,1	6,0

	Exportations		Importations	
	2015	2018	2015	2018
Activités scientifiques et techniques ; services administratifs et de soutien	75,2	80,3	74,2	71,3
Autres services	4,2	4,6	3,0	3,1
Services principalement non marchands[1]	**0,9**	**0,9**	**0,8**	**0,9**
Total	**672,6**	**737,4**	**685,0**	**755,6**

Source : *Tableaux de l'économie française*, Insee, février 2020.

1. Regroupement « Administration publique, enseignement, santé humaine et action sociale ».

S'ENTRAÎNER

DOCUMENT 2 Volume du commerce mondial des marchandises et PIB réel mondial (en indices base 100 en 2008)

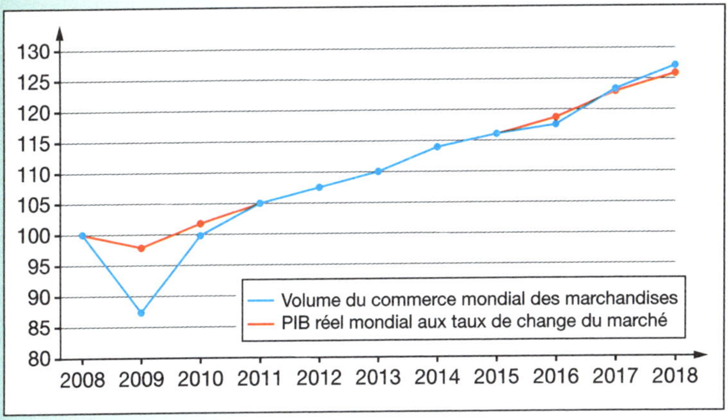

Source : *Rapport mondial sur le commerce*, OMC, 2019.

DOCUMENT 3 Les échanges entre la France et le Qatar (2018)

Principaux produits exportés vers le Qatar	Part dans les exportations (%)
1. Aéronefs et engins spatiaux	77,0
2. Tubes et tuyaux en acier	2,1
3. Parfums et produits de toilette	1,9
4. Préparations pharmaceutiques	1,2
5. Articles de joaillerie et bijouterie	1,1

Principaux produits importés depuis le Qatar	Part dans les importations (%)
1. Gaz naturel	57,6
2. Produits du raffinage du pétrole	28,5
3. Autres produits chimiques	9,5
4. Matières plastiques	2,9
5. Autres produits manufacturés	0,4

Source : « Les échanges commerciaux entre la France et le Qatar en 2018 », direction générale du Trésor, février 2019.

DOCUMENT 4 Parts de la valeur ajoutée domestique et étrangère en pourcentage de la valeur des exportations de biens et de services en 2016

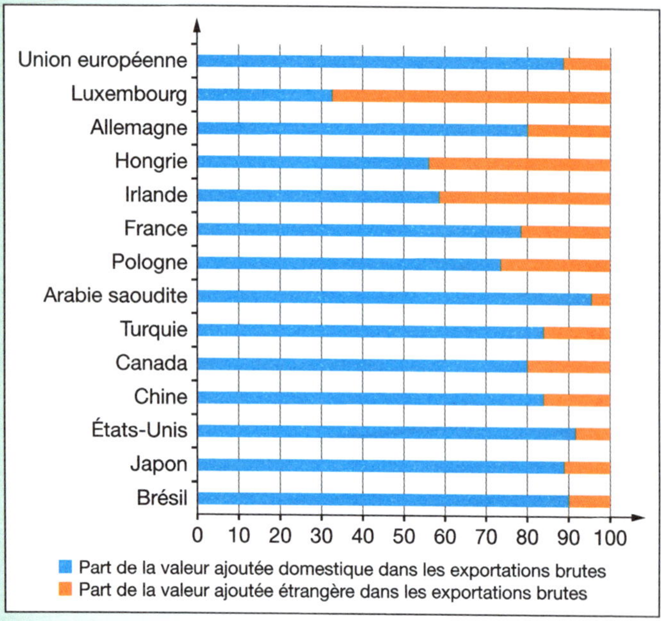

Source : Données OCDE, 2020.

Note : La valeur ajoutée domestique des exportations brutes est une estimation de la valeur de la production de biens et services destinés à l'exportation et réalisée par l'économie locale. Plus cette part est faible et plus le pays a eu besoin d'importer des biens et des services, incorporant ainsi de la valeur ajoutée étrangère à la production exportée.

LES CLÉS DU SUJET

Analyser la consigne et dégager une problématique

Analyse du sujet

- **quels sont** : Utilisez les documents afin de trouver des illustrations en lien avec les mécanismes et notions mobilisés
- **fondements** : Facteurs ou déterminants à l'origine du développement du commerce international.
- **commerce international** : Échanges commerciaux faits d'importations et d'exportations de biens et de services entre pays.

• **Problématique.** Le sujet invite à rechercher les différentes causes du commerce international. On peut ainsi distinguer les facteurs qui expliquent les échanges entre pays différents et ceux qui concernent des pays comparables, tout en s'interrogeant sur le rôle des agents économiques : pays, firmes et consommateurs.

Exploiter les documents

• **Document 1.** Quels types de biens et services sont principalement exportés et importés par la France en 2015 et en 2018 ? Quels sont les produits pour lesquels la France exporte plus qu'elle n'importe ? Quels sont ceux qui font l'objet d'échanges interbranches ? Qu'en déduire ?

• **Document 2.** À quel rythme ont évolué le commerce mondial de marchandises et le produit intérieur brut (PIB) réel mondial depuis 2008 ? Quels liens peut-on établir entre les deux évolutions ?

• **Document 3.** En quoi la nature des échanges croisés entre la France et le Qatar nous renseigne-t-elle sur les avantages comparatifs et la spécialisation des deux pays ?

• **Document 4.** Comparez les parts de la valeur ajoutée étrangère dans la valeur des exportations brutes de différents pays présentés. Quels liens peut-on établir avec l'internationalisation de la production et les stratégies des firmes ?

Définir le plan

I. Un commerce international permis par les différences entre les économies	• Quel rôle jouent les dotations factorielles dans les échanges (documents 1 et 3) ? • Quel en est l'impact sur les économies (document 2) ? • Quels sont les liens entre les avantages comparatifs et la fragmentation de la chaîne de valeur (document 4) ?
II. Un commerce mondial en essor grâce aux échanges entre économies semblables	• Montrez qu'il existe des échanges intrabranches (document 1). • Quels avantages en retirent les pays dont les économies sont comparables ? • En quoi l'internationalisation de la chaîne de valeur peut-elle expliquer une partie de ce commerce mondial (document 4) ?

14 CORRIGÉ GUIDÉ

Les titres des parties ne doivent pas figurer sur votre copie.

Introduction

[accroche] Bien qu'il marque le pas à la suite de la crise de 2008, le commerce international a tendance à croître fortement depuis une cinquantaine d'années. [présentation du sujet] Entendu au sens large comme l'ensemble des échanges internationaux de matières premières, de produits semi-finis, de produits finis mais aussi de services, il a été encouragé par les organisations internationales et les États, majoritairement favorables au libre-échange après la fin de la Seconde Guerre mondiale. [problématique] Il convient de s'interroger sur les multiples facteurs qui expliquent à la fois l'importance de ce commerce mondial mais aussi, sur le long terme, son développement. [annonce du plan] En premier lieu, nous analyserons les facteurs des échanges entre économies différentes, puis, en second lieu, nous expliquerons l'essor du commerce entre économies semblables.

▶ Le secret de fabrication

Il convient de bien départager les facteurs du commerce mondial entre ceux qui concernent les économies semblables et ceux qui ont lieu entre des économies différentes. L'internationalisation des chaînes de valeur est un argument qui peut figurer dans les deux parties, mais les mécanismes et illustrations ne sont alors pas les mêmes.

I. Commerce international et différences entre économies

1. La thèse des avantages comparatifs

• Au XIXe siècle, David Ricardo, un économiste classique anglais, a théorisé les bienfaits du libre-échange. Il prend l'exemple de l'Angleterre et du Portugal qui ont chacun un plus grand avantage comparatif à produire respectivement du drap et du vin. Chaque pays se spécialise alors dans la production dans laquelle il est relativement le plus productif et importe les biens qu'il ne produit pas.

• Au XXe siècle, d'autres économistes ont enrichi les travaux de Ricardo en expliquant les échanges internationaux par d'inégales dotations factorielles. Certains pays ont un facteur de production plus abondant qu'ils pourront se procurer à moindre coût. Ils ont alors intérêt à se spécialiser dans les productions utilisant intensément le facteur de production abondant et à importer les autres productions.

2. La spécialisation des économies à la base du commerce international

• Les pays qui se spécialisent vont donc exporter les biens ou services pour lesquels ils bénéficient d'avantages comparatifs en termes de productivité ou de dotations factorielles. Ils vont donc réaliser des échanges interbranches. Par exemple, les importations de la France en provenance du Qatar, dont le sous-sol regorge d'hydrocarbures, sont constituées à 86,1 % de gaz naturel et de produits pétroliers (document 3). Mais les avantages comparatifs peuvent également se construire : on parle alors de dotations technologiques. La France a ainsi fait de certaines de ses industries de véritables « fers de lance » de son économie. C'est le cas de l'aéronautique : en 2018, 77 % de ses exportations à destination du Qatar concernent des aéronefs et engins spatiaux (document 3). Et environ 25 % de ses exportations industrielles totales sont constituées de matériels de transport (document 1).

MOT CLÉ
Les services sont les secteurs du transport, du tourisme, du commerce, de l'assurance ou de l'information-communication. Leur part dans les échanges internationaux connaît un essor important.

• Les firmes s'appuient sur la spécialisation des territoires pour localiser leur production : elles vont ainsi profiter des avantages comparatifs à chaque stade de la production, d'autant que les coûts de transport baissent. La fragmentation croissante de la chaîne de valeur qui en résulte donne naissance à une hausse du commerce de produits semi-finis. L'examen de la valeur ajoutée de la production destinée à l'exportation montre ainsi qu'une partie est imputable aux importations : c'est le cas, en 2016, de 40 % des biens et services exportés par l'Irlande (document 4).

3. Le commerce mondial, source de multiples avantages

• Ricardo a démontré que les pays qui se spécialisaient réalisaient un gain en commerçant entre eux. Les échanges internationaux sont depuis considérés comme un moteur essentiel de la croissance. Depuis 2008, le commerce mondial de marchandises et le PIB mondial évoluent de manière parallèle : ils ont tous deux augmenté de 25 % environ en dix ans, tandis que le tassement du PIB mondial qui a suivi la crise de 2008 s'est accompagné d'une baisse de 12 % du commerce mondial de biens (document 2).

• En se tournant vers le commerce international, les firmes peuvent profiter d'une diminution des coûts de production liée aux avantages comparatifs. Elles peuvent ainsi améliorer leur compétitivité-prix. Les ménages vont pouvoir profiter d'une baisse des prix, qui alimente la demande. À l'échelle macro-économique, les avantages qui en résultent favorisent la croissance.

II. Un commerce mondial favorisé par les échanges entre économies semblables

1. De nombreux échanges entre économies comparables

• Depuis la création du GATT en 1947, remplacé par l'OMC en 1995, les accords de libre-échange se multiplient. On voit alors croître les échanges dits intra-zone, concernant des pays proches géographiquement et parfois économiquement. L'élargissement des marchés permet aux firmes de réaliser des économies d'échelle et de gagner en compétitivité-prix.

> **▶ Le conseil de méthode**
>
> Les documents sont tous factuels dans une dissertation. Il convient donc de se poser des questions sur l'usage des données. Demandez-vous à chaque fois quel est l'intérêt du document, en rapport avec la question. Ce sont vos connaissances et la bonne compréhension du sujet qui vont vous permettre d'exploiter au mieux les statistiques. Ici les exportations et importations françaises sont rapprochées de la notion d'échanges intrabranches.

• Les échanges peuvent concerner un même type de produits : on parle alors d'échanges intrabranches. En 2018, la France exporte des produits agricoles et de la pêche et en importe également pour des montants relativement proches. Il en est de même pour les matériels de transport (document 1).

2. La recherche de différenciation des produits

• Dans un contexte de mondialisation accrue, les firmes vont essayer de se soustraire à la concurrence en menant des stratégies de différenciation de produits, source de compétitivité hors-prix. La mise sur le marché de produits aux caractéristiques différentes va ainsi alimenter le commerce mondial.

• Dans la seconde moitié du XXe siècle, différents économistes ont mis en évidence la demande de différence des consommateurs. Des produits, en apparence similaires, peuvent présenter des caractéristiques différentes. Si, par exemple, la France importe des voitures d'Allemagne, elle en exporte également : il s'agit de biens au design et à la qualité distincts. Les échanges internationaux permettent ainsi aux ménages de satisfaire ce besoin de variété.

3. La fragmentation des chaînes de valeur dans des économies comparables

• Pour optimiser la production et gagner en compétitivité, les firmes peuvent choisir de se concentrer sur leur métier de base. Par exemple, les fabricants automobiles font appel à des équipementiers qui vont leur fournir des pièces détachées : des pare-brise, des pots d'échappement, etc. Une partie de la production est ainsi externalisée, c'est-à-dire confiée à des sous-traitants. Les firmes mettent alors en concurrence différents fournisseurs, dont certains peuvent se situer à l'étranger, contribuant à fragmenter la chaîne de valeur mondiale.

• L'internationalisation de la production qui en résulte peut ainsi concerner des économies semblables. La réalisation du produit fini va nécessiter d'importer des biens intermédiaires ou semi-finis, certains pouvant franchir la frontière plusieurs fois. La valeur ajoutée créée dans la plupart des pays de l'OCDE provient de productions réalisées en partie à l'étranger (document 4). Les stratégies des firmes conduisent ainsi à un essor du commerce mondial.

À NOTER
Il ne faut pas confondre commerce international et internationalisation de la production. La seconde notion n'est à présenter que dans la mesure où elle favorise le développement du commerce international.

Conclusion

[bilan] Une multiplicité de facteurs explique le commerce international. Une partie des échanges vient de la complémentarité des spécialisations des économies, en raison d'avantages comparatifs. En outre, les firmes, en fragmentant leur chaîne de valeur pour profiter de ces avantages, vont elles-mêmes être à l'origine d'échanges. Mais le commerce mondial concerne également des économies comparables, permettant aux entreprises de gagner en compétitivité et aux consommateurs de répondre à leurs besoins. [ouverture] La crise sanitaire que traverse l'économie mondiale en 2020 nourrit les critiques à l'encontre de la mondialisation, déjà pointée du doigt pour les dommages créés à l'environnement. Une relocalisation d'activités et une baisse des échanges sont-elles possibles ? La forte imbrication des économies semble pourtant difficilement contournable…

Les instruments de la régulation financière

30 min
4 points

INTÉRÊT DU SUJET • Ce sujet permet d'aborder les notions essentielles du programme : la régulation du système financier et l'aléa moral des banques.

Quels sont les principaux instruments de régulation pour réduire l'aléa moral des banques ?

LES CLÉS DU SUJET

Définir les mots clés

- Les **instruments de régulation** concernent les mesures prises par les pouvoirs publics afin d'éviter le retour des crises financières.
- Le fait que les banques prennent des risques inconsidérés sur le marché car elles sont certaines d'être secourues en cas de crise est qualifié d'**aléa moral des banques.**

Structurer la réponse

- Dans un premier temps, vous devez présenter les **mesures** prises pour limiter les activités spéculatives des banques, puis dans un second temps, la mise en place de la **supervision bancaire**.
- La réponse nécessite de définir les **mots clés** en introduction et de présenter **chaque mesure** dans une partie distincte.

15 CORRIGÉ GUIDÉ

Les titres de parties ne doivent pas figurer sur votre copie.

Introduction

Pour éviter le retour des crises financières, les pouvoirs publics mettent en œuvre des mesures de régulation. Pour les banques, il s'agit essentiellement de réduire l'aléa moral, c'est-à-dire une prise de risque inconsidérée de leur part, car elles sont certaines d'être secourues en cas de crise.

CONSEIL
Définissez les mots clés du sujet dans l'introduction.

On peut mettre en évidence deux types de mesures de régulation : celles qui limitent les activités spéculatives des banques et celles concernant la supervision bancaire.

Développement

- Même s'il est quasiment impossible de faire disparaître totalement la spéculation, un certain nombre de réformes concernant le système bancaire sont mises en place pour mieux contrôler l'activité bancaire. Ces réformes réalisent une séparation plus nette entre les activités de financement des banques et leurs activités spéculatives. Ainsi, l'épargne des ménages est mieux protégée.
- Pour réduire la situation d'aléa moral des banques, le système nécessite d'être contrôlé par un organisme indépendant dans le pays d'origine des banques (l'Autorité de contrôle prudentiel et de résolution en France) mais également au niveau européen. C'est l'objectif de la supervision bancaire, notamment le Mécanisme de surveillance unique (MSU). Ce mécanisme permet d'empêcher la propagation des difficultés que pourrait connaître une banque européenne à l'ensemble des autres banques de l'Union européenne.

Conclusion

Pour éviter les crises bancaires, les pouvoirs publics ont pris des mesures de régulation. Des réformes ont été mises en place pour limiter la spéculation des banques et un mécanisme de surveillance des banques a été créé au niveau européen.

16 Étude de document

Les indicateurs de la crise des années 1930

1 heure
6 points

INTÉRÊT DU SUJET • Ce sujet porte sur l'évolution d'indicateurs de la crise de l'économie réelle aux États-Unis après le krach boursier d'octobre 1929.

DOCUMENT Les principaux indicateurs de la crise des années 1930 aux États-Unis

	1929	1930	1931	1932
Production industrielle (100 en 1928)	111	96 (a)	78 (b)	**54 (c)**
Indice des prix (100 en 1926)	95,3	86,4	73	64
Taux de chômage (%)	3,1	8,8	16,1	24

Source : Charles Ambrosi, Maurice Baleste, Max Tacel, *Économie contemporaine*, tome 1, Paris, Delagrave, 1990.

(a) : novembre 1929.
(b) : février 1931.
(c) : avril 1932.

▶ **1.** Que signifie la valeur en gras ?

▶ **2.** Mettez en évidence l'évolution des principaux indicateurs de l'économie réelle lors de la crise des années 1930 aux États-Unis.

LES CLÉS DU SUJET

Définir les mots clés

• Les indicateurs du tableau sont ceux de l'**économie réelle**. La production industrielle représente la production de biens matériels en utilisant les facteurs de production travail et capital. L'indice des prix est une mesure de l'inflation définie comme une hausse durable et générale des prix. Le taux de chômage est la part des actifs sans emploi et recherchant un emploi par rapport à l'ensemble des actifs.

• La **crise des années 1930** est la crise que connaît l'économie au cours des années 1930 après le krach boursier de Wall Street en octobre 1929.

Comprendre le document

• Les données du document permettent de mesurer l'**évolution** d'indicateurs de l'économie réelle aux États-Unis entre 1929 et 1932.

• Les données du tableau n'ont **pas la même unité**. La production industrielle et l'indice des prix sont des indices, base 100 en 1928 pour la production industrielle et en 1926 pour l'indice des prix. Le taux de chômage est en %.

Structurer la réponse à la seconde question

• Dans un premier temps, étudiez l'évolution de la **production industrielle** entre 1929 et 1932.

• Dans un second temps, étudiez l'évolution de l'**inflation** et du **taux de chômage** au cours de la période considérée.

S'ENTRAÎNER

16 CORRIGÉ GUIDÉ

▶ **1.** Selon l'*Économie contemporaine*, la production industrielle aux États-Unis en 1932 était à l'indice 54 pour un indice 100 en 1928. La production industrielle a donc baissé de **46 %** entre 1928 et 1932.

CONSEIL
Pour comprendre les données d'un document statistique, il faut bien analyser le titre et les unités du document. Un indice mesure une évolution par rapport à une année de référence dont la valeur est 100 (sans unité).

▶ **2.** *Les titres de parties ne doivent pas figurer sur votre copie.*

Introduction

La crise mondiale des années 1930 a commencé par un krach boursier aux États-Unis en octobre 1929. Dès le début des années 1930, la crise financière s'est diffusée à l'économie réelle.

Le document illustre cette crise aux États-Unis par l'évolution de la production industrielle, puis celle des prix et du chômage.

Développement

- La production industrielle représente la production de biens matériels en utilisant les facteurs de production travail et capital. Après le krach boursier d'octobre 1929, la production industrielle baisse de 57 points entre 1929 et 1932 alors qu'en 1929 cette production avait augmenté de 11 % par rapport à 1928. La baisse de la production industrielle s'accélère entre 1929 et 1932.

- L'évolution de l'indice des prix au cours de la période étudiée suit celle de la production industrielle. L'indice des prix diminue de 31,3 points entre 1929 et 1932.

> **CONSEIL**
> Utilisez les données statistiques les plus pertinentes du document.

- Quant au taux de chômage, c'est-à-dire la part des actifs sans emploi et recherchant un emploi par rapport à l'ensemble des actifs, il est multiplié par 8 environ.

Conclusion

Après le krach boursier d'octobre 1929, les indicateurs de l'économie réelle se dégradent fortement entre 1929 et 1932. C'est notamment le cas de la production industrielle. L'indice des prix baisse également alors que le taux de chômage augmente.

17 Raisonnement

Régulation financière et crises financières

2 h 30
10 points

S'ENTRAÎNER

INTÉRÊT DU SUJET • Ce sujet permet d'aborder une question clé du programme, celle de la régulation financière et de son efficacité à éviter le retour des crises financières.

Vous montrerez comment la régulation financière peut limiter les risques de crises financières.

DOCUMENT 1 La loi bancaire de juillet 2013

Fin juillet 2013, la loi de régulation et de séparation des activités bancaires a finalement été adoptée au terme de six mois d'échanges entre députés et sénateurs. Dans son premier volet, elle vise à isoler les opérations spéculatives des banques, à renforcer les pouvoirs des autorités de contrôle, à encadrer les rémunérations des dirigeants et des *traders* et à lutter contre l'évasion fiscale et le blanchiment des capitaux.

[…] les activités spéculatives d'une banque réalisées pour son propre compte, sans utilité pour le financement de l'économie et sans lien avec les clients, devront être cantonnées dans une filiale séparée. Cette dernière se verra appliquer un certain nombre de mesures destinées à prévenir toute transmission de risques à l'ensemble du groupe bancaire (interdiction de recevoir des dépôts par exemple).

[…] pour prévenir les risques systémiques sur les marchés financiers, la loi instaure la création du Haut conseil de stabilité financière. […] cette instance pourra imposer à certains établissements bancaires de relever leurs fonds propres pour faire face à des risques supplémentaires.

Source : « Régulation : ce qu'il faut retenir de la loi bancaire », lafinancepourtous.com, 24 juillet 2013.

DOCUMENT 2 Évolution du ratio de solvabilité et des fonds des principales banques françaises

	2008	2009	2010	2011	2012	2013	2014	2015	2017
Fonds propres (en milliards d'euros)	132	161	181	198	225	240	253	275	306
Ratio de solvabilité (en %)	5,8	7,1	7,9	8,4	9,7	10,9	11,8	12,6	13,8

Source : d'après Acpr.banque-france.fr.

DOCUMENT 3 La supervision bancaire par la Banque centrale européenne

Entré en vigueur en novembre 2014, le Mécanisme de surveillance unique [MSU] repose sur une supervision intégrée des établissements de crédit de la zone euro. Ce système intégré permet à la BCE [Banque centrale européenne] et aux autorités compétentes nationales (ACN), dont l'ACPR[1], d'assurer un contrôle plus cohérent et plus fin sur le secteur bancaire européen, sur la base d'une réglementation, d'une approche et de procédures communes. Si la réglementation est désormais largement commune pour l'ensemble de l'Union européenne [...], la supervision unique s'exerce au sein de la zone euro. [...]

Dans le cadre du MSU, la BCE peut prendre des décisions contraignantes à l'encontre des établissements supervisés : détermination de l'importance de l'établissement, fixation des exigences de fonds propres, appréciation de l'honorabilité et de la compétence des dirigeants, validation des homologations ou rachats d'instruments de fonds propres, imposition de mesures ou de sanctions...

La BCE est en outre compétente pour l'octroi ou le retrait de l'agrément d'établissement de crédit et la validation des acquisitions de participations qualifiées pour l'ensemble des établissements de la zone.

Source : Acpr.banque-france.fr.

1. ACPR : Autorité de contrôle prudentiel et de résolution. Elle a pour fonction de contrôler les secteurs de la banque et de l'assurance en France.

LES CLÉS DU SUJET

Analyser les termes du sujet et mobiliser ses connaissances

Analyse du sujet

vous montrerez
On vous demande d'expliquer comment les crises financières peuvent être, en partie, évitées grâce à la régulation.

régulation financière
Ensemble de mesures prises par les pouvoirs publics pour éviter les crises financières.
Elles s'articulent autour de deux axes principaux :
- le contrôle du système financier ;
- la réglementation du système financier.

crises financières
Chute des prix des actifs financiers ainsi que défaillance d'institutions financières et non financières.

Exploiter les documents

- **Document 1.** Ce texte porte sur la loi Moscovici (ministre français de l'Économie et des Finances entre 2012 et 2014), qui a pour objectif de renforcer le **contrôle de l'activité des banques** afin de réduire l'aléa moral caractérisant le système bancaire. Le texte fournit un exemple de régulation financière : il présente des mesures prises pour limiter la spéculation à l'origine des crises financières.
- **Document 2.** Ce tableau statistique permet de constater l'augmentation des fonds propres des banques françaises ainsi que l'accroissement de leur ratio de solvabilité entre 2008 et 2017. Ce document permet de mesurer les effets d'une autre forme de régulation, l'application de **règles prudentielles**, pour limiter les crises financières.
- **Document 3.** Ce texte porte sur le **Mécanisme de supervision unique** (MSU) qui consiste à contrôler les banques européennes afin d'éviter que la faillite d'une banque au sein de la zone euro entraîne la faillite de l'ensemble du système bancaire de cette zone. La Banque centrale européenne (BCE) est chargée de ce contrôle.

Définir les arguments

Argument 1	La régulation financière peut limiter les risques de crise financière par le contrôle de la finance (documents 1 et 3).
Argument 2	La régulation financière peut limiter les risques de crise financière par la réglementation de la finance (document 2).

S'ENTRAÎNER

17 CORRIGÉ GUIDÉ

Les titres de parties ne doivent pas figurer sur votre copie.

Introduction

Les crises financières désignent la chute des prix des actifs financiers ainsi que la défaillance d'institutions financières et non financières. Elles ont des effets négatifs sur l'économie réelle, comme le montrent les crises de 1929 et de 2008. C'est pourquoi les pouvoirs publics doivent réguler le système financier, c'est-à-dire mettre en œuvre des mesures destinées à limiter ces crises. Nous montrerons que le risque de crise peut être limité grâce au contrôle du système financier, d'une part, et à la réglementation, d'autre part.

I. Le contrôle du système financier

> **▶ Le secret de fabrication**
> Pour montrer comment la régulation peut limiter les risques de crises, commencez par expliquer en quoi le système financier est incapable de s'autoréguler.

- La répétition des crises financières montre que le marché financier est incapable de s'autoréguler. En effet, la spéculation, notamment celle des banques, engendre l'instabilité des marchés financiers, instabilité caractérisée par d'importantes fluctuations sur les marchés bancaires et financiers.
- Pour mieux contrôler l'activité des banques, la loi Moscovici votée en 2013 en France a réformé le système bancaire en imposant une séparation plus nette entre les activités de financement des banques et leurs activités spéculatives (document 1).
- Au niveau européen, un Mécanisme de supervision bancaire unique est mis en place pour empêcher que les difficultés pouvant être rencontrées par une banque européenne ne se propagent à l'ensemble des banques dans les différents pays de l'Union européenne. C'est la Banque centrale européenne qui a la responsabilité de cette supervision (document 3).

II. La réglementation du système financier

• Le rôle essentiel des banques dans l'économie est à l'origine d'un phénomène d'aléa moral : les banques prennent des risques, car elles sont assurées d'être renflouées par les pouvoirs publics en cas de crise. Pour réduire cet aléa moral, la régulation va consister à établir des règles prudentielles qui définissent des ratios de solvabilité pour obliger les banques à accroître leurs fonds propres. Ainsi, pour les banques françaises, le ratio de solvabilité est passé de 5,8 % en 2008 à 13,8 % en 2017, alors que leurs fonds propres étaient multipliés par 2,3 environ (document 2).

CONSEIL
Pensez à faire des calculs à partir des données statistiques des documents.
Ici, le calcul d'un coefficient multiplicateur pour le ratio de solvabilité est : 13,8/5,8 = 2,3.

• La régulation vise également à garantir une plus grande transparence des marchés. Celle-ci doit être assurée par l'action des agences de notation dont le rôle est d'évaluer les risques de non-remboursement que présentent les emprunteurs. L'Union européenne a décidé en 2012 d'encadrer l'activité des agences de notation pour éviter les conflits d'intérêts. En effet, ces agences étant rémunérées par les sociétés dont les risques étaient évalués, elles avaient tendance à minimiser les risques de ceux qui les rétribuaient.

MOT CLÉ
On parle de conflit d'intérêts lorsqu'une institution ne peut assurer sa mission d'une manière objective.

Conclusion

Depuis la crise financière de 2008, les pouvoirs publics ont instauré de nouvelles mesures de régulation du système financier aux niveaux national et européen. Pour limiter la spéculation et les prises de risque par les banques, le contrôle et la réglementation ont été renforcés. Les activités spéculatives des banques sont mieux séparées de leurs activités de financement, et un mécanisme de supervision bancaire unique a été créé au niveau européen. De nouvelles règles prudentielles ont été définies et la mission des agences de notation a été encadrée.

S'ENTRAÎNER

18 Dissertation

L'instabilité financière

4 heures
20 points

INTÉRÊT DU SUJET • L'instabilité financière est la principale caractéristique du système financier. L'expliquer est donc une question essentielle du programme.

Comment expliquer l'instabilité financière ?

DOCUMENT 1 La crise des tulipes

De 5 200 guilders[1] en 1636, le prix d'un seul bulbe de Semper Augustus[2] passa à 10 000 guilders en janvier 1637 [...] soit l'équivalent de 102 000 euros aujourd'hui.

Il est vrai que la rareté de cette fleur justifiait que, dans le cadre d'un marché porteur, son prix soit bien plus élevé que celui des autres fleurs. Mais on a du mal à le considérer comme normal, c'est-à-dire comme reflétant uniquement l'état de rareté de la fleur [...]. Car le niveau de prix atteint n'avait plus la moindre signification économique et sociale. [...] avec 3 000 guilders on pouvait à l'époque acheter à la fois huit porcs gras, quatre veaux gras, douze moutons, vingt-quatre tonnes de blé, quarante-huit tonnes d'orge, deux barriques de vin, quatre barils de bière, deux tonnes de beurre, mille livres de fromage, une timbale d'argent, un lot d'habits, un lit avec matelas et literie et un bateau en prime ! La course à l'innovation battait son plein pour tenter de créer des fleurs aux couleurs rares, ce qui donna par exemple lieu à des promesses de récompense pour celui qui pourrait produire une tulipe noire, dont le prix aurait sans doute pu dépasser celui de la Semper Augustus.

Source : Christian Chavagneux, *Une brève histoire des crises financières. Des tulipes aux subprimes*, Éditions La Découverte, 2011.

1. Guilders : unité monétaire des Provinces-Unies.
2. Semper Augustus : variété de tulipe aux pétales blancs et roses.

DOCUMENT 2 Évolution à long terme des rythmes de croissance (taux annuel moyen en %)

	PIB par tête à prix constants	
	1870-1913	1913-1929
Royaume-Uni	1,0	0,3
Allemagne	1,6	0,8
France	1,5	1,5
États-Unis	2,0	1,7

Source : D'après Jean-Charles Asselain, *Histoire économique du xxe siècle. La montée de l'État (1914-1939)*, Presses de Sciences Po & Dalloz, 1995.

DOCUMENT 3 Évolution du prix de l'immobilier entre 1997 et 2007 (en %)

	1997-2007
États-Unis	171
France	139
Espagne	189
Royaume-Uni	211

Source : D'après André Orléan, *De l'euphorie à la panique : penser la crise financière*, Éditions Rue d'Ulm, 2009.

LES CLÉS DU SUJET

Analyser la consigne et dégager une problématique

Analyse du sujet

comment expliquer
On vous demande d'analyser les mécanismes du système financier qui l'empêchent d'atteindre un équilibre stable.

instabilité financière
Mouvements erratiques des variables financières, comme les cours boursiers ou, plus généralement, la valeur des actifs sur le marché financier.

• **Problématique.** Quelles sont les caractéristiques du marché financier qui l'empêchent de conserver un équilibre stable ?

Exploiter les documents

• **Document 1.** Ce texte décrit la spéculation sur les tulipes dans les Provinces-Unies (aujourd'hui les Pays-Bas) au XVIIe siècle. Il met en évidence le **caractère irrationnel de la spéculation.**

• **Document 2.** Les données statistiques du document 2 permettent de comparer les taux de croissance de quatre pays (Royaume-Uni, Allemagne, France, États-Unis) au cours de la période 1873-1929. On remarque l'**accélération de la croissance** de ces pays durant les années 1920, accélération qui peut en partie expliquer la forte hausse des cours boursiers avant le krach d'octobre 1929.

• **Document 3.** Les données statistiques du document 3 mettent en évidence la **très forte hausse des prix de l'immobilier** dans quatre pays (États-Unis, France, Espagne, Royaume-Uni) avant la crise des *subprimes* en 2007-2008, l'immobilier constituant le collatéral des crédits *subprimes*.

Définir le plan

I. L'instabilité structurelle du système financier	• Expliquez en quoi consiste la spéculation. Qu'est-ce qu'une bulle spéculative ? (documents 1 et 2) • Étudiez les asymétries d'information. Quelles sont leurs conséquences sur le système financier ? (document 3)
II. L'insuffisance de la régulation du système financier	• Abordez le processus de déréglementation qui s'est produit à partir des années 1980. Quelles en ont été les conséquences sur l'activité spéculative ? • Étudiez le contrôle des institutions financières. Quel rôle les agences de notation jouent-elles ? Quel problème posent les paradis fiscaux ?

18 CORRIGÉ GUIDÉ

Les titres de parties ne doivent pas figurer sur votre copie.

Introduction

[accroche] La crise des *subprimes*, en 2008, a confirmé l'instabilité du système financier constatée depuis les années 1980. [présentation du sujet] Comment expliquer cette instabilité qui se manifeste par une importante volatilité des cours des titres financiers et par des crises financières récurrentes ? [problématique] Expliquer l'instabilité financière revient à mettre en évidence les caractéristiques du système financier qui l'empêchent de conserver un équilibre stable. [annonce du plan] Pour répondre à cette problématique, il faut d'abord insister sur l'instabilité structurelle du système financier, puis sur le manque de régulation de ce système.

I. L'instabilité structurelle du système financier

> ▶ **Le secret de fabrication**
> Pour comprendre l'instabilité financière, il faut commencer par expliquer le fonctionnement du marché financier.

1. Un marché dominé par les comportements spéculatifs

• La spéculation consiste à acheter des actifs pour les revendre à un prix plus élevé. Lorsque le prix des actifs, notamment les actifs financiers, augmente de manière excessive par rapport à leur valeur réelle, il se forme une bulle spéculative. Le marché des tulipes dans les Provinces-Unies au XVIIe siècle est une bonne illustration de la formation d'une bulle (document 1).

• La bulle se forme en période de confiance dans l'économie, confiance alimentée par l'accélération de la croissance économique et la hausse des profits des entreprises. Ce fut le cas au cours des années 1920, avant le krach boursier de Wall Street en octobre 1929 (document 2). Spéculant sur la hausse de la valeur des actifs, de plus en plus d'investisseurs acquièrent ces titres, ce qui a pour effet d'augmenter la valeur de ces actifs sur le marché financier.

• Un événement économique comme la hausse des taux d'intérêt modifie les anticipations des investisseurs qui revendent leurs actifs, provoquant une baisse brutale de leur valeur. Dès lors, la bulle éclate lorsque les cours s'effondrent. Le comportement irrationnel des investisseurs s'explique par leurs comportements « mimétiques » rendant le système financier instable.

> **MOT CLÉ**
> En économie, on considère qu'un agent économique a un comportement irrationnel lorsqu'il n'utilise pas au mieux les ressources dont il dispose pour atteindre son objectif (maximum de profit ou de plaisir).

2. Un marché caractérisé par des asymétries d'informations

• L'asymétrie d'information est la situation du marché pour laquelle tous ses acteurs n'ont pas la même information. Par exemple, lors de la crise des *subprimes*, la titrisation des crédits *subprimes* a entraîné des asymétries d'information entre offreurs et demandeurs de capitaux : ceux qui ont acquis les titres adossés aux crédits *subprimes* n'ont pas eu connaissance des risques encourus.

S'ENTRAÎNER

• L'aléa moral est une forme d'asymétrie d'information concernant les banques. En effet, celles-ci prennent des risques car elles sont assurées d'être renflouées par les pouvoirs publics en cas de panique bancaire. Ainsi, la hausse des prix de l'immobilier, plus de 171 % aux États-Unis entre 1997 et 2007 (document 3), a encouragé les banques à accorder des crédits *subprimes* sans prendre de garanties suffisantes sur la solvabilité des emprunteurs.

II. L'insuffisance de la régulation du système financier

▶ Le secret de fabrication

Le dossier documentaire du sujet ne permet pas d'illustrer la seconde partie du développement. Celle-ci s'appuie donc uniquement sur vos connaissances.

1. L'insuffisance de la réglementation

• À partir des années 1980, le marché financier a connu un processus de déréglementation. Celle-ci consiste à supprimer un certain nombre de règles encadrant les activités financières.

• La déréglementation a encouragé l'activité spéculative des institutions financières, notamment les banques. La séparation entre leur activité traditionnelle d'intermédiaire financier et leurs interventions sur le marché financier pour leur propre profit a alors quasiment disparu.

• Cependant, depuis la crise de 2008, la réglementation a évolué avec le renforcement des règles prudentielles. Celles-ci, définies par le Comité de Bâle, ont notamment pour effet d'obliger les banques à accroître leurs fonds propres.

2. Le manque de contrôle des institutions financières

• La qualité de l'information dont disposent les opérateurs financiers est un déterminant essentiel de la stabilité des marchés. Sur le marché financier, cette transparence est, en principe, favorisée par des agences de notation dont le rôle est d'évaluer les risques que présentent les emprunteurs. Or, ces agences sont rémunérées par les sociétés dont les risques sont évalués. Cette situation implique une sous-évaluation des risques remettant en cause la stabilité financière.

• Une part importante des opérations financières a lieu dans des paradis fiscaux, caractérisés par un faible niveau de taxation et par le secret bancaire. Dès lors, l'existence de ces paradis fiscaux rend presque impossible le contrôle des banques et accroît les probabilités de crises.

• Cependant, des mesures ont été prises, depuis 2008, pour réduire le secret bancaire. Des accords portant sur des échanges d'informations fiscales ont été établis. Les pressions sur les paradis fiscaux se sont accrues, permettant de réduire leur nombre.

MOT CLÉ
Les échanges d'informations fiscales impliquent que les pays établissent la liste des étrangers possédant un compte bancaire sur leur territoire.

Conclusion

[bilan] Ainsi, l'instabilité financière s'explique par des causes structurelles. Les comportements mimétiques des opérateurs financiers manquent de rationalité et favorisent les bulles spéculatives qui finissent par éclater. Les asymétries d'information accroissent l'instabilité du marché financier, notamment la situation d'aléa moral des banques. Les causes structurelles de l'instabilité financière sont renforcées par l'insuffisance de la régulation du marché financier. [ouverture] Depuis la crise des *subprimes*, les gouvernements ont pris des mesures pour mieux réguler le marché financier. La question reste de savoir si cette régulation est suffisante pour éviter le retour des crises financières.

S'ENTRAÎNER

19 Mobilisation des connaissances

La politique européenne de la concurrence

30 min
4 points

INTÉRÊT DU SUJET • La politique européenne de la concurrence est un sujet d'actualité, notamment avec la volonté de la Commission européenne de limiter le pouvoir économique des GAFA (Google, Apple, Facebook, Amazon).

Quelles sont les caractéristiques de la politique européenne de la concurrence dans le cadre du marché commun ?

LES CLÉS DU SUJET

Définir les mots clés

- La **politique de la concurrence** désigne l'ensemble des institutions et réglementations ayant pour rôle de faire respecter les principes de la concurrence.
- Le marché commun, ou **marché unique**, prévoit la libre circulation des biens, mais également des services, des capitaux et des personnes. L'Acte unique européen, en 1986, instaure définitivement le marché unique à partir de 1993.

Structurer la réponse

- On présentera d'abord les **objectifs** de la politique européenne de la concurrence.
- On explicitera ensuite les **modalités de mise en œuvre** de celle-ci.

19 CORRIGÉ GUIDÉ

Les titres de parties ne doivent pas figurer sur votre copie.

Introduction

La politique de la concurrence désigne l'ensemble des institutions et réglementations destinées à garantir les principes concurrentiels. Cette politique a pour rôle de faire respecter la libre concurrence et de réguler le marché. Au niveau européen, elle s'inscrit dans le cadre du marché unique. Pour caractériser la politique de la concurrence européenne, nous allons d'abord présenter ses objectifs, puis expliquer ses modalités de mise en œuvre.

Développement

- Le principal objectif de la politique de la concurrence européenne est d'assurer le bien-être des consommateurs de l'Union européenne. En effet, la concurrence leur est favorable : elle doit permettre une baisse des prix et une amélioration de la qualité des produits offerts sur le marché.

- La politique européenne de la concurrence vise également à favoriser la compétitivité des entreprises européennes en les encourageant à innover et à être plus efficaces.

> **À NOTER**
> L'innovation est un moyen d'accroître la compétitivité hors-prix des entreprises.

- La politique européenne de la concurrence est une compétence exclusive de l'Union européenne et sa mise en œuvre est de la responsabilité de la Commission européenne. Cette politique définit des règles s'appliquant non seulement aux entreprises (interdiction des ententes, des abus de position dominante), mais également aux pouvoirs publics (interdiction des aides de l'État susceptibles de fausser la concurrence).

Conclusion

Afin de favoriser la concurrence dans le cadre du marché unique européen, l'Union européenne met en place une politique de la concurrence. Cette politique doit permettre une concurrence libre et non faussée qui améliore le bien-être des consommateurs et l'efficacité des entreprises. Sa mise en œuvre est de la responsabilité de la Commission européenne.

S'ENTRAÎNER

20 Étude de document

La situation des finances publiques de pays de l'UE

1 heure
6 points

INTÉRÊT DU SUJET • Le document statistique étudié ici permet de montrer l'évolution contrastée de la situation des finances publiques de quatre pays de la zone euro.

DOCUMENT **Solde public et dette publique dans la zone euro entre 2016 et 2018 (en % du PIB)**

	Solde public			Dette publique		
	2016	2017	2018	2016	2017	2018
Allemagne	0,9	1	1,7	68,5	64,5	**60,9**
Grèce	0,5	0,7	1,1	178,5	176,2	181,1
France	– 3,5	– 2,8	– 2,5	98	98,4	98,4
Italie	– 2,5	– 2,4	– 2,1	131,4	131,4	132,2
Zone euro	– 1,6	– 1	– 0,5	89,2	87,1	85,1

Source : Eurostat.

▶ **1.** Que signifie la valeur en gras soulignée ?

▶ **2.** Mettez en évidence l'évolution des soldes publics et dettes publiques des quatre pays de la zone euro mentionnés dans le tableau.

LES CLÉS DU SUJET

Définir les mots clés

- Le **solde public** est la différence entre les recettes publiques et les dépenses publiques au cours d'une année. Si ce solde est positif, on parle d'excédent public ; si ce solde est négatif, de déficit public.
- La **dette publique** est la dette de l'État. Son évolution annuelle résulte des emprunts de l'État et des remboursements réalisés au cours de l'année.
- La **zone euro** est composée des pays de l'Union européenne ayant adopté l'euro comme monnaie unique.

Comprendre le document

- La source de ce document est **Eurostat**, la principale institution fournissant des statistiques sur l'Union européenne.
- Les données présentées permettent d'évaluer et de comparer l'**évolution du solde public et de la dette publique**, exprimés en pourcentage du produit intérieur brut (PIB), de quatre pays de la zone euro et de la zone dans son ensemble entre 2016 et 2018.

Structurer la réponse à la seconde question

- Dans un premier temps, nous étudierons l'**évolution de 2016 à 2018** du solde public et de la dette publique pour la zone euro.
- Dans un second temps, nous ferons une **comparaison entre les quatre pays** mentionnés dans le tableau.

S'ENTRAÎNER

20 CORRIGÉ GUIDÉ

▶ **1.** Selon Eurostat, en 2018, la dette publique de l'Allemagne représente 60,9 % de son PIB – ou bien : selon Eurostat, en 2018, pour un PIB égal à 100 en Allemagne, la dette publique est de 60,9.

À NOTER
Le pourcentage mesure une proportion, c'est-à-dire une valeur dans un ensemble représenté par la valeur 100.

▶ **2.** *Les titres de parties ne doivent pas figurer sur votre copie.*

Introduction

Le document est un tableau statistique issu d'Eurostat, principale source statistique de l'Union européenne. Les données portent sur l'évolution du solde public et de la dette publique, en pourcentage du produit intérieur brut (PIB), de la zone euro et de quatre pays de cette zone (Allemagne, Grèce, France, Italie) entre 2016 et 2018. Le solde public est la différence entre les ressources et les dépenses de l'État ou de la zone, et la dette publique est la dette de l'État ou de la zone.

Nous analyserons tout d'abord l'évolution du solde public et de la dette publique de la zone euro dans son ensemble, puis les évolutions de ces données pour chacun des pays mentionnés afin de les comparer.

Développement

> **▶ Le secret de fabrication**
> Attention aux calculs mettant en jeu des valeurs négatives.
> • Pour le solde public de la zone euro :
> – 0,5 % en 2018 – (– 1,6 %) en 2016 = 1,1 point de pourcentage.
> • Pour la dette publique de la zone euro :
> 85,1 % en 2018 – 89,2 % en 2016 = – 4,1 points de pourcentage.

• Dans la zone euro, le solde public reste déficitaire au cours de la période étudiée (2016-2018). Cependant, on constate une baisse de ce déficit de 1,1 point de pourcentage. La dette publique dans la zone euro diminue également de 4,1 points de pourcentage.

• Une comparaison entre les quatre pays étudiés dans le document permet de mettre en évidence la situation de l'Allemagne. En effet, ce pays est le seul à connaître une baisse de son endettement public : moins 7,6 points de pourcentage entre 2016 et 2018. L'Allemagne a un excédent budgétaire public tout comme la Grèce, mais celle-ci voit sa dette publique augmenter de 2,6 points de pourcentage. La France et l'Italie ont un déficit budgétaire et leur dette publique augmente.

Conclusion

Entre 2016 et 2018, le déficit public de la zone euro dans son ensemble baisse. C'est aussi le cas pour la Grèce, la France et l'Italie. Cependant, il faut distinguer le cas de l'Allemagne qui connaît un excédent public qui s'accroît au cours de la période. L'Allemagne se distingue également pour sa dette publique qui est moins élevée, comme dans la zone euro, alors que celles de la Grèce, de la France et de l'Italie augmentent.

21 Raisonnement

Union économique et monétaire et politique conjoncturelle

2 h 30
10 points

S'ENTRAÎNER

INTÉRÊT DU SUJET • Le sujet porte sur une question essentielle de la monnaie unique liée à ses particularités concernant les politiques conjoncturelles.

▶ **Vous montrerez que l'Union économique et monétaire renforce les interdépendances entre les politiques conjoncturelles des États membres et subit les effets négatifs d'un manque de coordination.**

DOCUMENT 1 **Déficit (-) ou excédent (+) public dans quatre pays de l'Union économique et monétaire (en % du PIB)**

	2008	2009	2012	2018
Allemagne	– 0,1	– 3,1	0,2	1,7
Espagne	– 1,5	– 11,2	– 9,4	– 2,5
France	– 3,3	– 7,5	– 5,3	– 2,5
Italie	– 2,7	– 5,5	– 3,8	– 2,1

Source : Eurostat

DOCUMENT 2 **La justification du Pacte de stabilité et de croissance**

La Banque centrale européenne (BCE) a reçu pour mission d'assurer, en toute indépendance des pouvoirs politiques, la stabilité des prix dans la zone euro. Les traités européens sont formels sur la priorité de cet objectif. Pour le respecter, la BCE s'est dotée d'une stratégie qu'elle a appliquée scrupuleusement depuis la naissance de l'euro. […]

Le Pacte de stabilité et de croissance [PSC] s'inscrit dans le cadre général de la coordination des politiques économiques prévue par les traités depuis la création de l'euro. Il répond aux dispositions stipulant que les États membres « évitent les déficits excessifs ». Le PSC entend imposer aux participants à la zone euro une culture de stabilité des finances publiques. Il s'agit d'empêcher que la situation budgétaire d'un État entraîne une fragilisation de l'ensemble de la zone monétaire en diffusant, à travers des effets de débordement, des pressions inflationnistes, des tensions sur les taux d'intérêt et une perte de valeur externe de l'euro. En effet, un déficit public et l'accroissement de la dette d'un État membre peuvent entraîner, pour l'ensemble de la zone euro, des pressions sur les prix (par une augmentation de la demande de biens et de services) et sur les taux d'intérêt (par un surcroît de demandes de financement), tout cela risquant de générer, en plus, des impacts négatifs sur la valeur externe de la monnaie unique. De fait, le PSC vient largement en appui de la politique de stabilité des prix pilotée par la BCE.

Source : Michel Dévoluy, « L'Euro et le PSC dans la tourmente », *Cahiers français*, n° 359, novembre-décembre 2010, La Documentation française © DILA.

DOCUMENT 3 **Évolution du taux de chômage dans l'Union européenne (en % de la population active)**

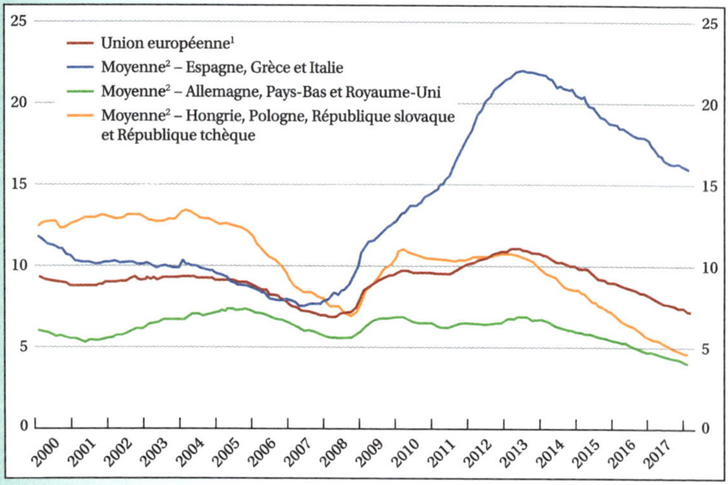

Source : Eurostat, *Emploi et chômage (Enquête sur les forces de travail)*, base de données Eurostat, 2018.

1. Union européenne à 28. 2. Moyenne pondérée.

LES CLÉS DU SUJET

Analyser les termes du sujet et mobiliser ses connaissances

Analyse du sujet

vous montrerez
Expliquez les effets des politiques conjoncturelles de l'UEM.

Union économique et monétaire
Accord passé entre les pays européens pour mettre en place une monnaie unique.

politiques conjoncturelles
Politiques économiques visant à agir sur les grands équilibres économiques.

interdépendances
Politiques conjoncturelles nationales dépendantes les unes des autres.

coordination
Pratiques et règles qui permettent de mener des politiques conjoncturelles non contradictoires.

Exploiter les documents

• **Document 1.** Le tableau statistique porte sur l'**évolution** de la situation du budget de quatre pays de l'Union économique et monétaire (UEM) de 2008 (début de la crise des *subprimes*) à 2018. Dès 2009, tous ont un déficit supérieur à celui imposé par le Pacte de stabilité et de croissance (PSC), soit moins de 3 % du produit intérieur brut (PIB). Les années suivantes, l'Allemagne réduit son déficit puis se retrouve avec un excédent budgétaire alors que les autres pays restent en dehors du PSC. Cependant, en 2018, tous retrouvent la condition budgétaire imposée par le PSC.

• **Document 2.** Le texte met en évidence les **contraintes** pesant sur les politiques budgétaires des pays de l'UEM alors que la politique monétaire est unique. Ces contraintes impliquent de coordonner ces politiques budgétaires, coordination inscrite dans les règles du PSC.

• **Document 3.** Le graphique permet de comparer l'évolution des taux de chômage des pays de l'Union européenne dont les différences rendent difficile la coordination des politiques conjoncturelles.

Définir les arguments

Argument 1	L'UEM implique une politique monétaire unique et des politiques budgétaires nationales contraintes.
Argument 2	Les caractéristiques de l'UEM nécessitent la coordination entre les politiques conjoncturelles.

21 CORRIGÉ GUIDÉ

Les titres de parties ne doivent pas figurer sur votre copie.

Introduction

L'Union économique et monétaire (UEM) est l'accord passé entre les pays de l'Union européenne pour adopter une monnaie unique remplaçant les monnaies nationales. Dès lors, ces pays ont une politique monétaire unique alors que les politiques budgétaires restent nationales. Ces caractéristiques nécessitent l'interdépendance entre les politiques conjoncturelles qui sont les politiques économiques destinées à agir sur les grands équilibres économiques.

I. L'UEM implique une politique monétaire unique et des politiques budgétaires nationales

• L'UEM est effective depuis le 1er janvier 1999. Tous les pays de l'Union européenne ayant adopté l'euro comme monnaie unique ont une politique monétaire identique mise en œuvre par la Banque centrale européenne (BCE). Celle-ci a pour objectif quasi unique la stabilité des prix (document 2), c'est-à-dire un niveau d'inflation avoisinant les 2 %. Le principal instrument utilisé par la BCE pour atteindre cet objectif est le taux d'intérêt auquel les banques se refinancent auprès de la banque centrale.

> **À NOTER**
> Pour comprendre la nécessité de l'interdépendance des politiques conjoncturelles des pays de l'UEM, il faut savoir que la politique monétaire s'applique à tous les pays, quelle que soit leur situation économique.

• Les politiques budgétaires des pays de l'UEM sont autonomes. Cependant, elles sont encadrées par le Pacte de stabilité et de croissance (document 2). Selon ce pacte, les pays de la zone euro ne doivent pas avoir un déficit budgétaire supérieur à 3 % du produit intérieur brut (PIB), ni un taux d'endettement public supérieur à 60 % du PIB. Si un pays dépasse ces limites, la Commission européenne peut entamer une procédure de déficit excessif pouvant conduire à des pénalités.

II. Les caractéristiques de l'UEM nécessitent une coordination entre les politiques conjoncturelles

• Les chocs économiques peuvent toucher d'une manière différente les pays de l'UEM : on parle de chocs asymétriques. Ainsi, le chômage a fortement augmenté dans certains pays comme l'Espagne, la Grèce et l'Italie (document 3). Pour faire face à ces chocs, les pays membres de l'UEM ne peuvent agir que sur leur politique budgétaire. Ce fut le cas en 2008 au moment de la crise des *subprimes*. Ainsi, la plupart des pays de l'UEM ont connu une forte hausse des déficits budgétaires en 2009, ces déficits devenant supérieurs à ce qui est imposé par le PSC (document 1). Cependant, dès 2012, l'Allemagne a un déficit inférieur à 3 % du PIB et même un excédent budgétaire en 2018 alors que les autres pays respectent la contrainte du PSC (document 1).

• L'augmentation du déficit public peut avoir des effets inflationnistes entraînant une politique monétaire restrictive de la BCE avec une hausse de son taux directeur se traduisant par celle des taux d'intérêt. Or cette hausse risque d'avoir des effets négatifs sur la croissance économique, notamment pour les pays les plus touchés par le choc économique. La hausse du taux d'intérêt peut aggraver le déficit budgétaire car la charge du remboursement de la dette publique est plus élevée. C'est ainsi que les pays les plus déficitaires ont dû réduire leur déficit (document 1).

À NOTER
Les politiques d'austérité imposées aux pays les plus déficitaires ont failli remettre en cause l'UEM du fait de la hausse du chômage et de la récession qu'ont connues ces pays.

S'ENTRAÎNER

Conclusion

La création de l'UEM a renforcé l'interdépendance entre les politiques conjoncturelles des États membres. Ainsi, une politique monétaire menée exclusivement par la BCE suppose des mesures définies par le Pacte de stabilité et de croissance (PSC) incitant les pays à limiter leur déficit public ainsi que leur endettement. Cependant, la coordination des politiques conjoncturelles nationales par le PSC apparaît insuffisante et pourrait même inciter des pays à quitter l'UEM.

22 Dissertation

La coordination des politiques conjoncturelles dans l'UEM

4 heures
20 points

INTÉRÊT DU SUJET • Ce sujet sur les difficultés de coordination des politiques économiques au sein de l'Union économique et monétaire (UEM) permet d'expliquer les principales caractéristiques de cette union et de mettre en évidence ses limites.

Quelles sont les difficultés des États membres de l'Union économique et monétaire à coordonner leurs politiques conjoncturelles ?

DOCUMENT 1 Indicateurs pour sept pays de la zone euro

	Taux de croissance du PIB en volume en 2018[1]	Solde public en 2018[2]	Dette publique en 2018[2]	Poids des prélèvements obligatoires en 2017[2]	Poids des dépenses publiques en 2017[2]
Zone euro	1,9	– 0,5	85,1	41,4	45,8
Allemagne	1,5	1,7	60,9	40,5	43,9
Irlande	8,2	0	64,8	23,5	26,3
Grèce	1,9	1,1	181,1	41,8	48,4
Espagne	2,5	– 2,5	97,1	34,5	41
France	1,7	– 2,5	98,4	48,4	56,5
Italie	0,8	– 2,1	132,2	42,4	47,3
Portugal	5,1	– 0,5	121,5	36,9	45,7

Source : d'après Eurostat et Statista.

1. En %. 2. En % du PIB.

DOCUMENT 2 **Le Pacte de stabilité et de croissance**

Le Pacte de stabilité et de croissance (PSC) a été adopté au Conseil européen d'Amsterdam en juin 1997. [...] Le PSC comporte deux types de dispositions :

– La surveillance multilatérale, disposition préventive : les États de la zone euro présentent leurs objectifs budgétaires à moyen terme dans un programme de stabilité actualisé chaque année. Un système d'alerte rapide permet au Conseil ECOFIN, réunissant les ministres de l'Économie et des Finances de l'Union, d'adresser une recommandation à un État en cas de dérapage budgétaire.

– La procédure des déficits excessifs, disposition dissuasive. Elle est enclenchée dès qu'un État dépasse le critère de déficit public fixé à 3 % du PIB, sauf circonstances exceptionnelles. Le Conseil ECOFIN adresse alors des recommandations pour que l'État mette fin à cette situation. Si tel n'est pas le cas, le Conseil peut prendre des sanctions : dépôt auprès de la Banque centrale européenne qui peut devenir une amende (de 0,2 à 0,5 % du PIB de l'État en question) si le déficit excessif n'est pas comblé.

Source : Vie-publique.fr.

DOCUMENT 3 **Évolution des indices des prix à la consommation harmonisés dans la zone euro et dans cinq pays de l'UEM en 2017[1] (en %)**

	Zone euro	Allemagne	Belgique	France	Irlande	Lituanie
Inflation	1,7	1,6	2,1	1,2	0,5	3,8

Source : Eurostat.

1. Évolution de l'indice de décembre 2017 par rapport à l'indice de décembre 2016.

S'ENTRAÎNER

DOCUMENT 4 **Taux de chômage dans cinq pays de la zone euro (en %)**

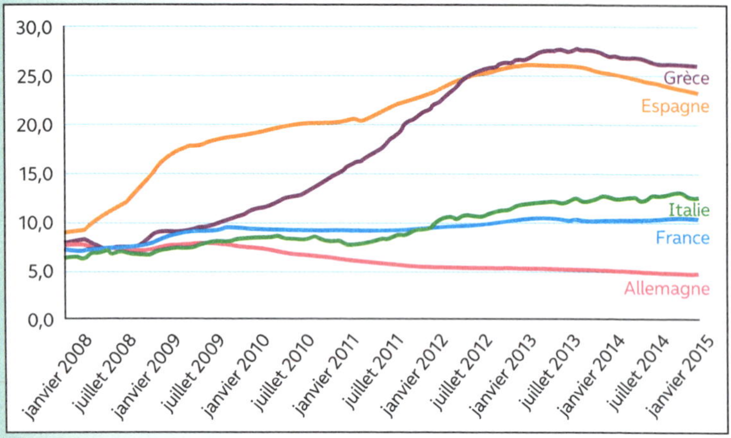

Source : d'après Eurostat, 2015.

LES CLÉS DU SUJET

Analyser la consigne et dégager une problématique

quelles sont les difficultés
Sujet-analyse : on vous demande d'expliquer les raisons qui rendent difficile la coordination des politiques conjoncturelles.

Union économique et monétaire (UEM)
Dernière étape de l'intégration économique européenne, l'UEM repose sur l'union économique à laquelle s'ajoute une monnaie unique.

Analyse du sujet

politiques conjoncturelles
Décisions des pouvoirs publics visant à agir sur les grands équilibres économiques à court terme (croissance, plein-emploi, stabilité des prix…).

coordonner
Mener des actions concertées dans un intérêt commun.

• **Problématique.** La création d'une union économique et monétaire (UEM) avec l'adoption de la monnaie unique en zone euro a modifié les règles définissant les politiques conjoncturelles des pays de cette zone : la politique monétaire est centralisée alors que chaque pays dispose de son autonomie budgétaire. Il faut donc coordonner ces politiques par des actions concertées au niveau budgétaire. Or, cette coordination est difficile à mettre en place. Pourquoi ?

Exploiter les documents

• **Document 1.** Ce tableau statistique porte sur les indicateurs économiques de sept pays de l'UEM en 2018 ou 2017. Il met en évidence les **différences de situation économique entre ces pays**, notamment en ce qui concerne la croissance économique.

• **Document 2.** Ce texte rappelle les **contraintes imposées par le Pacte de stabilité et de croissance** (PSC) s'exerçant sur les politiques budgétaires nationales et les éventuelles sanctions pour les pays qui ne les respectent pas.

• **Document 3.** Ce tableau statistique permet de **comparer les taux d'inflation** de cinq pays membres de l'UEM. Les différences observées compliquent la définition d'une politique monétaire unique, s'appliquant efficacement à l'ensemble de ces pays.

• **Document 4.** Ce graphique montre les **écarts importants de taux de chômage** entre cinq pays de l'UEM, écarts qui rendent difficile la coordination des politiques budgétaires.

Définir le plan

I. Des politiques budgétaires coordonnées indispensables dans le cadre d'une politique monétaire unique	• Quelles sont les caractéristiques de la politique monétaire dans l'UEM ? • Pourquoi les politiques budgétaires doivent-elles être coordonnées ? (document 2)
II. Les difficultés de la coordination des politiques budgétaires	• Quelle est la situation économique des membres de l'UEM ? (documents 1 ; 3 et 4) • Les pays de l'UEM sont-ils solidaires ?

22 CORRIGÉ GUIDÉ

Les titres de parties ne doivent pas figurer sur votre copie.

Introduction

[accroche] La crise économique démarrée en 2008 a révélé des problèmes de coordination des politiques conjoncturelles entre les 19 pays membres de l'Union économique et monétaire (UEM).

[présentation du sujet et problématique] Dernière étape de l'intégration économique européenne réalisée en 1992, l'UEM repose sur l'union économique à laquelle s'ajoute une monnaie unique. Sa création a modifié les règles des politiques conjoncturelles de ses pays membres, c'est-à-dire les décisions des pouvoirs publics visant à agir sur les grands équilibres économiques à court terme. La politique monétaire est centralisée alors que chaque pays dispose de son autonomie budgétaire, il faut donc coordonner ces politiques par des actions concertées au niveau budgétaire. Or, cette coordination est difficile à mettre en place. Pourquoi ?

> **À NOTER**
> L'articulation des deux instruments de la politique conjoncturelle (monnaie et budget) est appelée *policy mix*.

[annonce du plan] Nous montrerons pourquoi la coordination des politiques conjoncturelles est indispensable depuis la création de la monnaie unique, avant d'expliquer les difficultés de coordination.

I. La nécessaire coordination des politiques budgétaires dans le cadre d'une politique monétaire unique

> **▶ Le secret de fabrication**
> Pour comprendre les difficultés de coordination des politiques au sein de l'UEM, il faut commencer par analyser les caractéristiques des politiques conjoncturelles de ses États membres.

1. Une politique monétaire unique...

• Depuis le 1er janvier 1999, les pays ayant adhéré à la zone euro sont soumis à une politique monétaire commune menée par la Banque centrale européenne (BCE), indépendante du pouvoir politique. D'après ses statuts, la BCE a pour objectif principal et quasi unique la stabilité des prix, qui se traduit par un taux d'inflation avoisinant les 2 %. Pour atteindre cet objectif, la BCE agit sur les taux d'intérêt auxquels les banques se refinancent auprès d'elle. Ces taux d'intérêt s'appliquent à tous les pays de la zone euro, quelle que soit leur situation économique.

• La politique monétaire commune peut avoir des effets différents sur la croissance économique des pays membres de l'UEM. Ainsi, si le taux d'inflation moyen devient trop élevé, la BCE augmente ses taux d'intérêt, ce qui a pour effet de freiner la croissance économique. Or, les écarts d'inflation peuvent être importants entre les pays, comme c'était le cas en 2017 (document 3). Afin d'éviter les effets pervers d'une politique monétaire trop restrictive, les pays membres de l'UEM, qui ont conservé l'autonomie de l'instrument budgétaire, n'ont pas d'autre solution que de mettre en œuvre une politique budgétaire expansive.

2. … nécessite la coordination des politiques budgétaires

• Tous les pays membres de l'UEM ne répondent pas de la même manière à un choc économique. Ainsi, un pays qui connaît un ralentissement de sa croissance peut y faire face en augmentant ses dépenses publiques. Cependant, cette hausse a un effet inflationniste sur l'ensemble de la zone euro, ce qui appelle une réaction de la BCE : elle augmente ses taux d'intérêt, ce qui a pour conséquence d'empêcher la reprise de l'activité dans le pays concerné par la récession. Cet exemple nous montre pourquoi la politique monétaire commune nécessite des politiques budgétaires coordonnées. C'est le but du Pacte de stabilité et de croissance (PSC), qui encadre les politiques budgétaires des pays membres de l'UEM.

• Le PSC est le résultat de la volonté des pays membres de conserver leur autonomie budgétaire au moment de l'adoption de la monnaie unique. D'après ce pacte, les pays de la zone euro ne doivent pas avoir un déficit budgétaire de plus de 3 % du produit intérieur brut (PIB) ni un taux d'endettement dépassant les 60 % du PIB. Si un pays franchit ces limites, la Commission européenne peut entamer une procédure de déficit excessif qui peut conduire à des pénalités pour ce pays (document 2).

II. Les difficultés de la coordination des politiques budgétaires

1. Des situations économiques divergentes

• Dix ans après la crise financière de 2008, les situations économiques divergent entre les pays de l'UEM. Ainsi, la croissance économique en 2018 est de 8,2 % en Irlande, mais elle n'est que de 0,8 % en Italie (document 1). Le taux d'inflation en 2017 n'est que de 0,5 % en Irlande tandis qu'il est de 3,8 % en Lituanie (document 3). Le chômage a augmenté de près de 15 points en Grèce et en Espagne entre 2008 (début de la crise) et 2015 alors qu'il a baissé en Allemagne (document 4).

• La crise de 2008 a constitué un choc asymétrique dans le sens où elle n'a pas touché de la même manière tous les pays de l'UEM. Pour éviter une récession importante, certains ont été obligés d'augmenter fortement leurs dépenses publiques dans un premier temps. Mais le PSC les a ensuite contraint à réduire ces dépenses afin de limiter un taux d'endettement déjà trop élevé. Cependant, certains États, comme la Grèce, ont encore une dette publique très élevée : 181,1 % du PIB en 2018 malgré un excédent public cette même année (document 1).

MOT CLÉ
On parle d'excédent public lorsque les recettes de l'État sont supérieures à ses dépenses.

2. Une insuffisante solidarité entre les pays de l'UEM

• Lors de la crise financière de 2008, tous les pays de l'UEM n'ont pas été touchés de la même manière. Ceux qui connaissaient le plus de difficultés n'ont pas bénéficié de la solidarité européenne, notamment financière, comme l'illustre la façon dont a été traitée la crise de la dette grecque. Les pays de la zone euro ont imposé au gouvernement grec des politiques accentuant la récession, synonyme de chômage et de pauvreté. Cependant, la création d'un fonds de solidarité financière (Mécanisme européen de stabilité, MES), entré en vigueur en 2012, constitue une avancée dans la solidarité, même si ses moyens restent encore limités.

• Pour mener une politique conjoncturelle cohérente, la politique monétaire unique pourrait être accompagnée d'un budget européen suffisamment conséquent pour pouvoir relancer les dépenses des pays dont l'activité est trop faible pour atteindre le plein-emploi. Aujourd'hui, le budget européen représente à peine 1 % du PIB européen, ce qui est nettement insuffisant pour mettre en action la solidarité entre les pays de la zone euro.

Conclusion

[bilan] La création de l'UEM a profondément modifié les conditions de mise en œuvre des politiques conjoncturelles pour les pays membres. La politique monétaire menée par la BCE devient commune, mais les États conservent l'autonomie de leur politique budgétaire. Cependant, ces politiques budgétaires sont soumises à des contraintes définies par le PSC. L'existence d'une zone monétaire commune rend en effet nécessaire une plus grande convergence des politiques économiques. Malgré les règles du PSC, les divergences entre les économies de la zone euro restent importantes. Face aux crises financières, la solidarité entre pays de l'UEM n'est pas suffisante.
[ouverture] Aujourd'hui, se pose la question de savoir si les pays de la zone euro sont prêts à réformer les institutions de l'Union économique et monétaire pour résister à une nouvelle crise, comme celle liée à la Covid-19.

La stratification sociale selon Karl Marx

30 min
4 points

INTÉRÊT DU SUJET • La connaissance de l'analyse marxiste de la stratification sociale est un enjeu important du programme : la notion de classes sociales est en effet incontournable pour étudier les sociétés contemporaines.

▶ Comment la société est-elle structurée selon Karl Marx ?

LES CLÉS DU SUJET

Définir le mot clé

La **structure sociale** désigne une organisation de la société en positions sociales distinctes et hiérarchisées, qui peuvent donner naissance à des groupes sociaux.

Structurer la réponse

- On pourra d'abord présenter les **mécanismes qui déterminent l'existence** de classes sociales distinctes et hiérarchisées.
- On montrera ensuite que ces classes forment des groupes sociaux dotés d'une **conscience de classe**.

23 CORRIGÉ GUIDÉ

Les titres des parties ne doivent pas figurer sur votre copie.

Introduction

La structure sociale correspond à l'organisation de la société en positions sociales distinctes et hiérarchisées. L'analyse qu'en fait Karl Marx mobilise la notion de classes sociales.

Développement

- Pour Marx, c'est le mode de production, c'est-à-dire l'organisation de la production et des échanges, qui détermine la structure sociale. Le mode de production capitaliste se caractérise par l'existence de deux grands groupes distincts. Le premier, le prolétariat ou classe ouvrière, ne possède que sa force de travail qu'il doit, pour assurer sa subsistance, vendre au second, la bourgeoisie. Cette dernière possède les moyens de production (le capital), ce qui assure sa domination sur le prolétariat. Ces deux groupes, qui forment les deux grandes classes sociales caractérisant la société capitaliste, ont des intérêts objectivement opposés.

- Dans un premier temps, la concurrence à laquelle se livrent les ouvriers pour vendre leur force de travail les empêche d'agir collectivement pour défendre leurs intérêts communs face à la bourgeoisie : ils ne forment alors qu'une « classe en soi ». Mais, progressivement, émerge une « conscience de classe », c'est-à-dire le sentiment de partager les mêmes intérêts et de devoir lutter collectivement contre la bourgeoisie. Chacune des deux grandes classes sociales devient ainsi une « classe pour soi », c'est-à-dire un groupe social doté d'un sentiment d'appartenance, uni pour défendre son intérêt face à l'autre.

À NOTER
En mobilisant les notions de « conscience de classe », « classe en soi », « classe pour soi » et « lutte des classes », votre réponse attestera de votre bonne maîtrise de l'analyse marxiste de la stratification sociale.

Conclusion

Ainsi, pour Marx, la structure sociale se caractérise par l'existence de groupes sociaux distincts et hiérarchisés, les classes sociales, qu'une lutte (la « lutte des classes ») oppose pour faire triompher leurs intérêts respectifs.

24 Étude de document

Les inégalités de salaires selon le sexe et la catégorie socioprofessionnelle

1 h
6 points

S'ENTRAÎNER

INTÉRÊT DU SUJET • Nombre des inégalités qui structurent la société française sont liées à la catégorie socioprofessionnelle, mais il existe d'autres facteurs de différenciation, comme le montre ce document.

DOCUMENT **Salaires nets mensuels moyens[1] (en euros) selon le sexe et la catégorie socioprofessionnelle (2016)**

	Hommes	Femmes	Ensemble	Écart femmes/hommes (%)
Cadres supérieurs	4 377	3 477	**4 060**	- 21
Prof. intermédiaires	2 396	2 055	**2 241**	- 14
Employés	1 681	1 549	**1 590**	- 8
Ouvriers	1 731	1 441	**1 681**	- 17
Ensemble	**2 431**	**1 968**	**2 238**	**- 19**
Écart ouvriers/cadres (€)	2 646	2 036	**2 379**	
Écart ouvriers/cadres (%)	- 60	- 59	**- 59**	

Source : Insee, données 2016.

1. Salaires nets en équivalent temps plein.

▶ **1.** Rédigez une phrase explicite donnant la signification de chacune des données entourées en rouge dans le tableau.

▶ **2.** Mettez en évidence les différents facteurs qui contribuent aux inégalités de salaire.

LES CLÉS DU SUJET

Comprendre le document

• Ce tableau permet de **comparer les niveaux de salaire** entre les différentes catégories socioprofessionnelles (CSP) et selon le sexe. On y trouve les salaires mensuels nets moyens en euros pour les hommes et les femmes appartenant aux différentes CSP, ainsi que les écarts en pourcentages entre hommes et femmes pour les différentes CSP et les écarts en euros et pourcentages entre les ouvriers et les cadres.
• L'« ensemble » **en ligne** correspond au salaire moyen toutes CSP confondues ; l'« ensemble » **en colonne** correspond au salaire moyen dans les différentes CSP, hommes et femmes confondus.

Structurer la réponse à la seconde question

• On expliquera d'abord que la **catégorie socioprofessionnelle** est un facteur important d'inégalités de salaire.
• On mettra ensuite en évidence que les inégalités de salaire sont aussi liées au **sexe** et qu'elles sont particulièrement fortes dans la CSP cadres supérieurs.

24 CORRIGÉ GUIDÉ

▶ **1.** Selon l'Insee, en 2016, les ouvriers, hommes et femmes confondus, percevaient en moyenne un salaire net mensuel inférieur de 59 % à celui des cadres supérieurs, c'est-à-dire plus de deux fois moins élevé. Par ailleurs, le salaire net mensuel des femmes était en moyenne inférieur de 19 % à celui des hommes, toutes catégories socioprofessionnelles confondues.

▶ **2.** *Les titres des parties ne doivent pas figurer sur votre copie.*

Introduction

Le document est un tableau statistique construit à partir de données collectées en 2016 par l'Insee. Il indique le salaire mensuel net moyen en euros selon la catégorie socioprofessionnelle (CSP) et le sexe. Il présente également les écarts en pourcentage entre les différentes CSP selon le sexe, et les écarts en euros et pourcentages entre les ouvriers et les cadres.

Développement

• Les inégalités de salaires sont d'abord liées à la catégorie socioprofessionnelle à laquelle appartiennent les individus salariés. Ainsi, avec un salaire moyen de plus de 4 000 euros, les cadres supérieurs obtiennent des rémunérations plus élevées que toutes les autres CSP : en moyenne, ils perçoivent environ 1 800 euros de plus par mois que les membres des professions intermédiaires, environ 2 400 euros de plus que les ouvriers (le salaire de ces derniers est ainsi inférieur de 59 % à celui des cadres supérieurs) et près de 2 500 euros de plus que les employés.

• Ensuite, le sexe contribue également aux inégalités de salaire. Une femme perçoit en moyenne un salaire inférieur de 19 % à celui des hommes. Quelle que soit la CSP, le salaire moyen des hommes est systématiquement supérieur à celui des femmes. C'est dans la catégorie des cadres supérieurs que l'écart entre les sexes est le plus important : le salaire des femmes y est inférieur de 1 000 euros, soit 21 %, à celui des hommes. À l'inverse, c'est dans la catégorie des employés que l'écart est le plus faible : les femmes perçoivent un salaire moyen inférieur de 8 % à celui des hommes. Les ouvrières (les moins bien payées chez les femmes) ont un revenu environ trois fois inférieur à celui des cadres supérieurs masculins (les mieux payés chez les hommes).

À NOTER
Attention : si les femmes ont un salaire moyen inférieur de 19 % à celui des hommes, on ne peut pas dire que les hommes ont un salaire supérieur de 19 % à celui des femmes !

Conclusion

Ainsi, plusieurs facteurs contribuent aux inégalités de salaire. La catégorie socioprofessionnelle en reste le déterminant principal. Le sexe est aussi une variable importante de différenciation sociale en matière de salaire, notamment dans les CSP supérieures.

25 Raisonnement

Les évolutions de la structure socioprofessionnelle

2 h 30
10 points

INTÉRÊT DU SUJET • Ce sujet vous permettra de remobiliser et d'organiser vos connaissances relatives aux mutations de la structure socioprofessionnelle depuis la seconde moitié du XXe siècle.

Vous présenterez deux évolutions de la structure socioprofessionnelle en France.

DOCUMENT 1 La loi française en matière d'égalité professionnelle entre les hommes et les femmes

Après la Seconde Guerre mondiale, l'objet de la législation n'est plus de protéger mais de garantir l'égalité des droits entre les femmes et les hommes. La loi de 1972 pose le principe de l'égalité de rémunération [...]. La loi du 11 juillet 1975 interdit de rédiger une offre d'emploi réservée à un sexe. [...] La loi du 13 juillet 1983 réaffirme le principe de l'égalité dans tout le champ professionnel (recrutement, rémunération, promotion ou formation). Enfin, la loi complète l'égalité de traitement par la notion d'égalité des chances. Cette dernière notion implique que des actions spécifiques soient engagées envers les femmes pour garantir une égalité réelle. [...]

Dans le cadre des actions positives, a [...] été promulguée, le 27 janvier 2011, une loi fixant des quotas de femmes dans les conseils d'administration et de surveillance. [...] La loi relative au dialogue social du 17 août 2015 instaure également une obligation de représentation équilibrée au sein des instances représentatives du personnel dans l'entreprise. [...]

En 2018, la loi pour la liberté de choisir son avenir professionnel a mis en place un outil d'évaluation pour mesurer et corriger les différences de rémunération dans les entreprises. Tous les ans, chaque entreprise d'au moins 50 salariés doit calculer et publier sur Internet son « index d'égalité femmes-hommes ».

Source : Vie-publique.fr

DOCUMENT 2 **Répartition des actifs occupés selon la catégorie socioprofessionnelle (1962-2018, en %)**

	1962	1975	1982	1985	1995	2005	2015	2018		
								Femmes	Hommes	Ensemble
Agriculteurs exploitants	15,9	7,8	6,4	7,0	3,5	2,4	1,8	0,8	2,2	1,5
ACCE[1]	10,9	8,1	7,9	8,0	7,5	6,1	6,4	3,8	8,9	6,5
CPIS[2]	4,7	7,2	8,2	8,5	12,5	15,6	17,7	15,7	20,8	18,4
PI[3]	11,0	16,0	17,0	21,1	22,4	23,1	25,4	28,3	23,3	25,7
Employés	18,4	23,5	26,9	25,4	27,8	29,3	28,0	42,7	12,6	27,2
Ouvriers	39,1	37,4	33,6	28,4	24,9	23,5	20,4	8,3	31,7	20,4
Non déterminé	-	-	-	1,7	1,3	0,1	0,3	0,4	0,5	0,4
Total	100,0	100,0	100,0	100,0	100,0	100,0	100,0	100,0	100,0	100,0

Source : Insee.

1. ACCE : artisans, commerçants, chefs d'entreprises.
2. CPIS : cadres et professions intellectuelles supérieures.
3. PI : professions intermédiaires.

Pour les années 1962 à 2015, les valeurs indiquées sont des valeurs « ensemble » (moyenne des hommes et des femmes).

LES CLÉS DU SUJET

Analyser les termes du sujet et mobiliser ses connaissances

Analyse du sujet

- **vous présenterez**
  On vous demande d'exposer, de formuler de manière approfondie.
- **deux évolutions**
  Ici, mobilisez les processus de féminisation des emplois et d'élévation du niveau de qualification qui ont conduit à des changements depuis la seconde moitié du XXe siècle.
- **structure socioprofessionnelle**
  La façon dont se distribue la population active dans les différents types d'emplois ou catégories socioprofessionnelles (CSP).

Exploiter les documents

• **Document 1.** Ce texte, issu du site Vie-publique.fr, présente les principales lois, qui ont, après la Seconde Guerre mondiale, contribué à faciliter l'entrée des femmes sur le marché du travail et à **inciter ou contraindre à plus d'égalité professionnelle** entre les sexes. Sélectionnez les exemples de lois qui montrent la féminisation des emplois en France.

• **Document 2.** Ce tableau statistique de l'Insee présente **l'évolution de la distribution des actifs** dans les CSP de 1962 à 2018. Repérez-en les grandes transformations et mettez-les en corrélation avec les processus qu'elles illustrent.

Définir les arguments

Argument 1	La féminisation des emplois a modifié la structure socioprofessionnelle au cours de ces 70 dernières années.
Argument 2	L'augmentation de la qualification des emplois participe aussi aux transformations de la structure socioprofessionnelle depuis les années 1950.

25 CORRIGÉ GUIDÉ

Les titres des parties ne doivent pas figurer sur votre copie.

Introduction

La structure socioprofessionnelle correspond à la façon dont la population active se distribue dans les différents types d'emplois et dans les catégories socioprofessionnelles (CSP). En France, plusieurs facteurs ont contribué à la transformer. Nous présenterons deux de ces évolutions. Tout d'abord, nous verrons que la structure socioprofessionnelle s'est modifiée sous l'impulsion de la féminisation des emplois, puis nous montrerons que l'augmentation de la qualification des emplois participe aussi à ces transformations depuis les années 1950.

S'ENTRAÎNER

I. La féminisation des emplois

> ▶ **Le secret de fabrication**
> Il est important de bien définir la féminisation, pour ensuite montrer comment ce processus a modifié la structure des emplois depuis 70 ans.

• La féminisation des emplois a modifié la structure socioprofessionnelle au cours des 70 dernières années. Depuis la fin de la Seconde Guerre mondiale en France, l'augmentation des emplois est essentiellement due à une croissance continue de ceux occupés par les femmes. Ce processus de féminisation des emplois est lié entre autres aux évolutions de la place des femmes dans la société et aux progrès dans la reconnaissance de leurs droits. Par exemple, dès 1975 la loi interdit de rédiger une offre d'emploi réservée à un sexe ; et en 2018, elle contraint les entreprises à réduire les écarts de salaires entre hommes et femmes (document 1).

• Cette féminisation des emplois est visible au travers du développement de certaines catégories socioprofessionnelles : les employés et les professions intermédiaires ont vu leur poids dans la population active augmenter, notamment dans le secteur des services. Ainsi, entre 1962 et 2018, la part des employés a augmenté de 8,8 points de pourcentage (document 2). Et la proportion des femmes dans cette CSP est forte : 42,7 % contre 12,6 % pour les hommes, en 2018.

> **CONSEIL**
> Vous devez mobiliser des savoir-faire statistiques. On calcule l'écart relatif en points de pourcentage entre la part des employés dans la population active en 1962 et celle de 2018 en réalisant une soustraction.

II. L'augmentation de la qualification des emplois

• L'augmentation de la qualification des emplois participe aussi aux transformations de la structure socioprofessionnelle depuis les années 1950. La qualification d'un emploi renvoie aux qualités, compétences, niveau et type de diplôme considérés comme nécessaires pour occuper un poste. En France, on observe une nette progression des emplois qualifiés dans l'emploi total. Ainsi, par exemple, la part des cadres et professions intellectuelles supérieures a été multipliée par environ 4 entre 1962 et 2018 (document 2).

> **CONSEIL**
> On peut aussi calculer un écart relatif en calculant le coefficient multiplicateur : ici, on divise la part des cadres et professions intellectuelles supérieures en 2018 par celle de 1962.

• Parallèlement, la part des emplois peu ou pas qualifiés a diminué, notamment en raison de leur recul dans le secteur secondaire. Ainsi, en 1962, 39,1 % des actifs étaient des ouvriers, contre seulement 20,4 % en 2018 (document 2).

Conclusion

La structure des emplois a connu de grands bouleversements en France depuis 70 ans en raison de plusieurs facteurs. Parmi eux, nous remarquons que la part des emplois liés aux services a crû sous l'effet de la féminisation de la population active. Nous constatons également que le poids des cadres et professions intellectuelles supérieures et des professions intermédiaires a augmenté au détriment notamment de celui des ouvriers sous l'effet de la hausse des qualifications des emplois proposés. Cependant, cette évolution ne doit pas cacher le développement d'emplois moins qualifiés dans les services.

26 Dissertation

La pertinence de l'analyse en termes de classes sociales

4 heures
20 points

S'ENTRAÎNER

INTÉRÊT DU SUJET • Ce sujet permet de rendre compte des débats théoriques et statistiques en vigueur sur la pertinence d'une approche en termes de classes sociales pour analyser la structure sociale.

L'analyse en termes de classes sociales est-elle pertinente pour rendre compte de la structure sociale ?

DOCUMENT 1 **Indicateurs de niveau de vie depuis 1996 en France (montants annuels en euros constants de 2017)**

	1996	2002	2008	2010	2012	2013	2014	2017
Niveau de vie médian	17 280	19 150	20 370	20 200	20 120	20 100	20 150	20 880
Niveau de vie moyen	19 610	22 200	23 730	23 820	23 670	23 270	23 270	23 920
1er décile (D1)	9 190	10 680	11 290	10 970	10 670	10 790	10 770	11 190
9e décile (D9)	32 270	36 230	38 140	37 890	38 070	37 380	37 260	38 210
Rapport inter-décile (D9/D1)	3,5	3,4	3,4	3,5	3,6	3,5	3,5	3,4

Source : D'après *France, portrait social*, Insee, 2019.

Champ : France métropolitaine, personnes vivant dans un ménage dont le revenu déclaré à l'administration fiscale est positif ou nul et dont la personne de référence n'est pas étudiante.

DOCUMENT 2 **Les inégalités face à la santé**

La santé de la population s'est améliorée de façon remarquable au cours des dernières décennies, puisqu'en un siècle, nous avons gagné 30 ans de vie en plus. Néanmoins, cet état de santé moyen recouvre d'importantes disparités. À 35 ans, un cadre supérieur a encore 47 ans à vivre en moyenne, un ouvrier 41 ans : ces six ans de différence représentent plus que les progrès accomplis globalement sur l'espérance de vie en un quart de siècle. À âge égal, la mortalité des personnes sans diplôme est deux fois plus élevée que celle des bacheliers. Quel que soit le critère retenu, revenu, éducation, catégorie sociale, statut d'emploi…, les moins favorisés meurent plus prématurément. Dans cette vie plus courte, ils vivent également plus longtemps avec des maladies ou des incapacités. Ainsi, sur les 47 ans qui restent à vivre, en moyenne, à un homme cadre supérieur de 35 ans, celui-ci peut espérer vivre 34 ans sans aucune incapacité même légère, tandis que pour un ouvrier, ce seront 24 ans sur 41 au total. Pour les femmes, si l'écart d'espérance de vie entre cadres supérieures et ouvrières est deux fois moins important que pour les hommes (3 ans), la différence est plus proche pour l'espérance de vie sans aucune incapacité (8 ans). […] Les écarts de mortalité entre groupes sociaux s'observent aussi pour la plupart des pathologies. Ils sont particulièrement élevés pour certaines d'entre elles : un homme ouvrier a deux fois et demie plus de chances de mourir d'un AVC avant 65 ans qu'un cadre, un non diplômé 4,4 fois plus de chances de décéder d'un cancer des voies aéro-digestives supérieures qu'un bachelier. Les cancers contribuent, globalement, à 40 % des écarts de mortalité entre les deux niveaux d'éducation, les maladies cardiovasculaires à un tiers. Pour les femmes, ce sont ces dernières qui contribuent le plus à la surmortalité des non diplômées (pour 40 %), devant les cancers.

Source : Dominique Polton, « Les inégalités de santé », *Cahiers français*, mai-juin 2015, La Documentation française © DILA.

DOCUMENT 3 **Sentiment d'appartenance à une classe sociale (en %)**

Question : Avez-vous le sentiment d'appartenir à une classe sociale ?
Et, si oui, laquelle ?

Sentiment d'appartenance	1966	2001	2002	2010	2015
Non	**39**	**46**	**47**	**36**	**35**
Total Oui	**61**	**54**	**53**	**64**	**65**
La classe bourgeoise	4	2	2	3	1
Les classes dirigeantes	–	–	0	–	0
Les cadres	1	3	3	2	3
Les classes moyennes	13	27	22	38	38
La classe ouvrière	23	9	14	6	6
Les travailleurs, les salariés	3	2	2	1	3
Les paysans, les agriculteurs	3	1	1	1	0
Les commerçants	1	–	1	–	0
Les pauvres	3	1	1	2	3
Autre	8	6	5	10	11

Source : *L'État de l'opinion*, TNS-Sofres, 2016.

Note : en raison des arrondis la somme des données d'une même colonne ne correspond pas toujours exactement au « Total Oui ».

S'ENTRAÎNER

LES CLÉS DU SUJET

Analyser la consigne et dégager une problématique

Analyse du sujet

- **Classes sociales** : Vous devez maîtriser la théorie des classes sociales de Karl Marx.
- **pertinente** : Vous devez être capable de rendre compte des principaux débats théoriques et statistiques de l'approche en termes de classes sociales.
- **structure sociale** : Organisation de la société en groupes sociaux hiérarchisés selon des critères qui peuvent être multiples (catégorie socioprofessionnelle, revenu, âge…)

• **Problématique.** Elle reformulera le sujet en faisant apparaître les débats théoriques et statistiques autour de la pertinence de l'analyse en termes de classes sociales.

Exploiter les documents

• **Document 1.** Ce tableau vous renseigne sur l'**évolution du niveau de vie** en France. Quel constat pouvez-vous faire ? Quel calcul peut le justifier ? Demandez-vous si votre constat met en évidence l'existence de classes sociales ou non.

• **Document 2.** Ce texte traite des **inégalités liées à la santé**. Quels exemples permettent de dire que l'analyse en termes de classes sociales est encore valable aujourd'hui ? Lesquels s'y opposent ?

• **Document 3.** Ce tableau donne les résultats d'une enquête d'opinion sur le sentiment d'appartenance à une classe sociale. Commencez par lire la ligne « Total Oui » : qu'en déduisez-vous ? Demandez-vous si certaines catégories de population se distinguent. Ce document remet-il en cause l'analyse en termes de classes sociales ?

Définir le plan

Ce **sujet débat** appelle un plan en deux parties.

I. Une analyse dépassée	• Montrez que la réduction des inégalités et le déclin de la conscience de classe remettent en cause l'analyse en termes de classes sociales.
II. Une nouvelle légitimité	• Expliquez que l'on observe un retour des inégalités et une persistance, chez certains groupes sociaux, d'une conscience de classe.

26 CORRIGÉ GUIDÉ

Les titres de parties ne doivent pas figurer sur votre copie.

Introduction

[accroche] De la fin de la Seconde Guerre mondiale au début des années 1990, la société française a connu un processus continu de réduction des inégalités, permettant à tous de bénéficier d'un niveau de vie plus élevé et de conditions d'existence décentes. En parallèle, les modes de vie se sont rapprochés, laissant place à une vaste classe moyenne, effaçant les disparités économiques et sociales entre les individus.

MOT CLÉ
Le niveau de vie correspond au revenu disponible en tenant compte de la composition du ménage.

[présentation du sujet] Certains théoriciens ont vu dans ce processus de moyennisation le signe de la disparition des classes sociales et ont remis en cause l'analyse fondatrice de Karl Marx de la stratification sociale reposant sur l'existence de deux classes aux positions et intérêts diamétralement opposés. Mais ce mouvement de réduction des inégalités a cessé, les écarts se creusant aujourd'hui. [problématique] Aussi, dans quelle mesure est-il encore pertinent d'analyser la structure sociale française contemporaine à l'aune de la théorie de Marx ? [annonce du plan] Nous verrons que si l'analyse en termes de classes sociales ne semble plus aussi pertinente qu'auparavant, il n'en demeure pas moins qu'elle redevient d'actualité aujourd'hui.

I. L'analyse en termes de classes sociales a perdu de sa pertinence

Au premier abord, l'analyse en termes de classes sociales paraît dépassée. Les inégalités entre groupes sociaux se sont réduites et l'on observe un certain déclin de la conscience de classe.

> **▶ Le secret de fabrication**
> Les introductions des grandes parties doivent annoncer leurs différentes sous-parties sous la forme de phrases précisant la façon dont vous allez répondre au sujet. N'oubliez pas de conclure chaque grande partie en résumant chacune de leurs sous-parties.

S'ENTRAÎNER

1. La réduction des inégalités entre groupes sociaux

• Les écarts de revenu ou de détention de patrimoine sont moins forts aujourd'hui qu'il y a 60 ans. Les ménages ont vu leur niveau de vie s'améliorer : selon l'Insee, entre 1996 et 2017, le revenu médian français est passé de 17 280 à 20 880 euros, soit une augmentation de 20 % (document 1).

> **MOT CLÉ**
> Le revenu médian est le revenu par rapport auquel 50 % de la population gagne plus, et 50 % gagne moins.

• D'autre part, l'accès aux ressources sociales (éducation, emploi, santé, etc.) s'est généralisé. Cela a permis, par exemple, à notre espérance de vie de gagner 30 ans en l'espace d'un siècle (document 2).

> **▶ Le secret de fabrication**
> Dans ce sujet, vous devez montrer s'il existe ou non des inégalités. Pour cela, dans chaque document, vous devez sélectionner les données chiffrées qui vous permettent de justifier vos affirmations. Dès que possible, faites également des calculs d'écarts relatifs afin de montrer que vous maîtrisez les savoir-faire statistiques.

2. Le déclin de la conscience de classe

• Selon Marx, l'autre condition pour qu'un groupe constitue une classe sociale, c'est que ses membres aient un sentiment d'appartenance commun et soient capables de s'organiser pour défendre leurs intérêts. Ce groupe est alors une classe pour soi. Or, en 2015, 35 % des individus interrogés déclarent n'appartenir à aucune classe sociale, selon une enquête de TNS-Sofres (document 3).

• Ce déclin de la conscience de classe est particulièrement fort dans les milieux populaires : en 2015, seuls 6 % des individus revendiquent leur appartenance à la classe ouvrière, soit une proportion presque 4 fois inférieure à celle de 1966 (document 3). À l'inverse, dans le même temps, la part des individus déclarant appartenir aux classes moyennes a été presque multipliée par 3 (de 13 à 38 %).

[conclusion partielle] Ainsi, les conditions objectives d'existence des ménages français, mesurées par l'accès aux ressources économiques et sociales, se sont rapprochées, ce qui rend moins pertinente la théorie des classes sociales comme outil d'analyse de la société française contemporaine. En parallèle, le sentiment d'appartenance à la classe ouvrière décline, au profit de l'identification aux classes moyennes. [transition] Si ces évolutions semblent témoigner d'un processus de moyennisation de la population, d'autres observations suggèrent une pertinence nouvelle de l'analyse en termes de classes sociales.

II. Mais certaines observations redonnent de la légitimité à cette analyse

Deux phénomènes semblent rendre possible un retour à l'analyse en termes de classes sociales. D'une part, le processus de réduction des inégalités s'est arrêté depuis le début des années 1990, et d'autre part la conscience de classe n'a pas totalement disparu.

1. Un processus de réduction des inégalités au point mort

• On observe aujourd'hui des écarts croissants dans l'accès aux ressources socialement valorisées, entre les classes sociales, mais aussi à l'intérieur de chacune d'entre elles.

• En premier lieu, les inégalités économiques et sociales entre classes persistent. Ainsi, selon l'Insee, les 10 % des ménages français les plus pauvres (D1) ont un niveau de vie toujours 3,4 fois inférieur à celui des 10 % des ménages les plus riches (D9) en 2017, comme c'est le cas depuis 1996 (document 1). Nous pouvons en déduire que même si les niveaux de vie moyen et médian augmentent, le processus de réduction des inégalités économiques ne s'est pas poursuivi au-delà des années 1990. De même, si l'espérance de vie n'a cessé de croître au sein de la population, on observe toujours de grandes disparités entre les catégories sociales les plus favorisées et les milieux populaires. Par exemple, un ouvrier a aujourd'hui deux fois et demie plus de chances de mourir d'un accident vasculaire cérébral (AVC) avant 65 ans qu'un cadre (document 2).

• En second lieu, à cette distance interclasses s'ajoute une distance intraclasse de plus en plus grande. Au sein d'une même classe sociale, on note des écarts dans l'accès aux ressources valorisées par la société, qui favorisent une partie des membres de cette classe par rapport à l'autre : c'est le cas des inégalités de revenus entre les hommes et les femmes de même catégorie socioprofessionnelle, ou entre les jeunes cadres et leurs aînés, ou encore entre les salariés résidant en région parisienne et ceux habitant en province.

> **CONSEIL**
> Les notions de distance interclasses et intraclasse renvoient au cours ; vous devez donc les mobiliser dans votre dissertation.

2. La persistance d'une conscience de classe

• En outre, la conscience de classe n'a pas totalement disparu. Une grande partie de la population exprime toujours le sentiment d'appartenir à une classe sociale : c'est le cas de 65 % des individus interrogés en 2015 dans l'enquête TNS-Sofres (document 3). Ce chiffre a même tendance à augmenter ; il s'élevait à 61 % en 1966.

• La persistance du sentiment d'appartenance est notable chez les cadres. La proportion d'individus qui s'en réclament est certes faible, mais elle est relativement stable depuis le début des années 2000. Les ressources économiques des cadres leur permettent de se distinguer des autres groupes sociaux, de même que leur mode de vie qui favorise une socialisation garante de l'entre-soi bourgeois et de leurs intérêts : scolarisation dans des établissements de centre-ville, pratique d'activités sportives dans des clubs qui leur sont réservés, fréquentation de rallyes facilitant l'homogamie. On retrouve ici les caractéristiques marxistes de la classe pour soi.

[conclusion partielle] Ainsi, la société française semble toujours traversée par des inégalités économiques et sociales fortes, inter et intraclasses, qui structurent des groupes sociaux distincts et hiérarchisés. La conscience de classe demeure, quant à elle, un élément fondateur de la bourgeoisie, capable de se mobiliser pour préserver ses intérêts. Ces éléments redonnent de la pertinence à l'analyse de la structure sociale à l'aide de la théorie marxiste des classes sociales.

Conclusion

[bilan] Le débat est donc toujours d'actualité sur la pertinence de l'approche en termes de classes sociales pour rendre compte de la société française, tant au niveau théorique que statistique, du fait de l'évolution des distances inter et intraclasses, de l'articulation des inégalités avec les rapports de genre, et de la plus ou moins grande conscience de classe de certains groupes sociaux. [ouverture] Nous pouvons nous demander par ailleurs dans quelle mesure les facteurs d'individualisation contribuent à brouiller les distances inter et intraclasses.

Essor du numérique et mutations de l'emploi

30 min
4 points

INTÉRÊT DU SUJET • L'essor du numérique a bouleversé nos modes de consommation et a également eu un impact sur les emplois d'aujourd'hui et de demain. Entre ingénieurs informatiques et chauffeurs de VTC, quels types d'emplois crée l'économie numérique ?

▶ Montrez que le numérique accroît la polarisation des emplois.

LES CLÉS DU SUJET

Définir les mots clés

• Associé aux technologies de l'information et de la communication (TIC), le **numérique** désigne l'utilisation de nouveaux outils informatiques de travail ou de formation (ordinateurs, smartphones, logiciels, réseau Internet, plateformes de services…).

• La **polarisation des emplois** désigne la déformation de la structure de l'emploi où la part des emplois situés aux deux extrémités de l'échelle des qualifications augmente, tandis que celle des emplois intermédiaires diminue.

Structurer la réponse

• On mettra en évidence que le numérique fait **disparaître certains emplois** fondés sur des actions automatisables.

• On montrera que, parallèlement, l'économie numérique crée à la fois des **emplois très qualifiés** dans la conception et le développement des outils innovants, et des **emplois peu qualifiés et précaires** dans de nombreux secteurs.

27 CORRIGÉ GUIDÉ

Les titres de parties ne doivent pas figurer sur votre copie.

Introduction

L'utilisation croissante de nouveaux outils informatiques de travail ou de formation (ordinateurs, smartphones, logiciels, réseau Internet, plateformes de services…) transforme l'organisation des entreprises et nos modes de consommation. Le numérique a donc des répercussions sur le travail et l'emploi.

Développement

- Si de nombreux marchés et emplois se créent grâce à l'économie numérique, beaucoup de métiers vont disparaître ou devront subir de profondes mutations. Le numérique peut conduire à remplacer des tâches routinières, répétitives qui seraient « numérisables » ou automatisables. Les emplois à qualification moyenne, comme ceux des opérateurs de machines, des employés de bureau ou des chargés de service clientèle, sont menacés par l'automatisation et la robotisation.

- Parallèlement, le numérique crée des activités « non numérisables » qui nécessitent soit une très haute qualification (conception, développement et commercialisation d'outils innovants), soit peu de qualifications mais, encore, une intervention humaine, (reconnaissance d'images par les « travailleurs du clic » ou livraison de colis). « L'ubérisation » de l'économie désigne notamment les nouveaux services s'appuyant sur des plateformes qui modifient quantitativement (création d'emplois) mais aussi qualitativement (précarisation) le marché de l'emploi en mettant en relation les consommateurs avec des travailleurs peu qualifiés.

À NOTER

On parle de « *gig economy* » pour désigner une économie, issue notamment de « l'ubérisation », ayant recours à des emplois en CDD et intérim ou à la sous-traitance avec des indépendants.

Conclusion

Le numérique modifie en profondeur le contenu et la structure des emplois dans notre société en diminuant les emplois de qualification intermédiaire et en accentuant les écarts en haut et en bas de l'échelle des qualifications, ce qui correspond à une « polarisation des emplois ».

28 Étude de document

Statut d'emploi et type de contrat

1 heure
6 points

S'ENTRAÎNER

INTÉRÊT DU SUJET • En plus du chômage persistant, la précarisation des emplois est une autre évolution importante du marché du travail. Certaines populations sont-elles plus touchées que d'autres par ce phénomène qui fragilise l'intégration sociale ?

DOCUMENT Statut d'emploi et type de contrat en 2019

	Ensemble		Sexe (en %)		Âge (en %)	
	en milliers	en %	Femmes	Hommes	15-24 ans	50 ans ou +
Indépendants	**3 297**	**12,1**	**8,8**	**15,3**	**2,7**	**10,8**
Salariés	**23 876**	**87,9**	**91,2**	**84,7**	**97,3**	**89,2**
Emploi à durée indéterminée	20 284	74,6	77,3	72,1	44,6	77,9
Contrat à durée déterminée	2 472	9,1	11,1	7,2	28,4	8,5
Apprentissage	454	1,7	1,3	2,0	17,4	0,3
Intérim	666	2,4	1,5	3,3	6,9	2,5
Ensemble des emplois	**27 173**	**100,0**	**100,0**	**100,0**	**100,0**	**100,0**

Source : Insee, *enquête Emploi* 2019.

Champ : France hors Mayotte, population des ménages, personnes en emploi.

▶ **1.** Faites une phrase précisant le sens de la donnée entourée.

▶ **2.** Mettez en évidence que les emplois précaires sont occupés de manière inégale dans la population.

LES CLÉS DU SUJET

Définir les mots clés

• L'**emploi** correspond à un poste occupé pour exercer une activité professionnelle rémunérée.

• Le **statut d'emploi** désigne les conditions juridiques dans lesquelles un individu exerce son activité.

• Par **salariés**, il faut entendre toutes les personnes qui travaillent, aux termes d'un contrat, en échange d'un salaire ou d'une rétribution équivalente. Les indépendants ou non-salariés se distinguent des salariés par l'absence de contrat de travail ; ils sont rémunérés sous une autre forme qu'un salaire.

• Les **emplois précaires** désignent ces emplois qui s'éloignent de la forme d'emploi typique qu'est le contrat à durée indéterminée (CDI) – ou les emplois de la fonction publique.

Comprendre le document

• Le document présente la **répartition des statuts d'emploi et types de contrat** selon le sexe et l'âge en France en 2019. Il s'agit de sélectionner les données (des proportions en pourcentages principalement) et de les comparer avec pertinence, afin d'identifier les caractéristiques des individus occupant des emplois précaires.

Structurer la réponse à la seconde question

• La question porte sur les emplois précaires. Il convient donc de se focaliser sur l'analyse des types de contrat. Dans un premier temps, on s'attachera à analyser la **répartition selon les différentes tranches d'âge**, en les comparant entre elles et avec les données d'ensemble.

• Puis, dans un second temps, on effectuera la même démarche pour l'autre variable, **le sexe**.

28 CORRIGÉ GUIDÉ

▶ **1.** En 2019, 12,1 % des personnes occupant un emploi en France sont indépendantes (travailleurs non salariés, professions libérales, à leur compte, chefs d'entreprise). Ce chiffre a été calculé à partir des effectifs donnés en milliers dans la colonne adjacente. Sur 27 173 milliers d'emplois, 3 297 sont sous le statut d'indépendant, ce qui revient à dire que sur 100 emplois, 12 sont occupés sous ce statut.

> **À NOTER**
> Pour une lecture explicite d'une proportion, interrogez-vous sur la façon dont elle a été calculée.

▶ **2.** *Les titres de parties ne doivent pas figurer sur votre copie.*

Introduction

Le document est un tableau à double entrée, publié par l'Insee, qui présente la répartition en pourcentage de la population en emploi selon le statut d'emploi et le type de contrat (pour les salariés), pour deux groupes d'âge et pour les deux sexes. Nous allons montrer l'inégale répartition des emplois précaires (CDD, apprentissage, intérim) selon ces variables : l'âge, puis le sexe.

Développement

- Les moins de 25 ans sont plus fréquemment en contrat à durée limitée, qu'ils soient en CDD (28,4 %), en intérim (6,9 %) ou en apprentissage (17,4 %). La proportion de jeunes en CDD est ainsi trois fois plus importante que celle de l'ensemble de la population en emploi. Concernant l'apprentissage, il faut préciser qu'à ces âges-là, les jeunes en emploi sont souvent peu diplômés ou suivent un cursus professionnalisant.

- Parmi l'ensemble des personnes occupant un emploi, les femmes sont plus souvent que les hommes en CDD (11,1 % contre 7,2 %, soit près de 4 points de différence), mais sont peu concernées par l'intérim et l'apprentissage.

> **CONSEIL**
> Pour comparer deux proportions, on peut utiliser un coefficient multiplicateur ou exprimer l'écart sous forme de différence en point(s) de pourcentage.

Conclusion

La précarisation des emplois apparaît inégalement répartie dans la population active occupée : cette évolution du marché du travail touche surtout les jeunes et les femmes.

S'ENTRAÎNER

29 Raisonnement • Sujet zéro 2020

Numérique et emploi

2 h 30
10 points

INTÉRÊT DU SUJET • Pour mieux comprendre les débats sur le numérique et ses effets sur l'activité économique, il est important d'expliquer les conséquences des nouvelles technologies sur l'emploi.

À l'aide du dossier documentaire et de vos connaissances, vous montrerez que le numérique transforme l'emploi.

DOCUMENT 1 Ubérisation et statut de l'emploi

Le terme « ubérisation » fait son apparition pour la première fois dans le dictionnaire. Le Petit Larousse 2017 [...] le définit comme la « remise en cause du modèle économique d'une entreprise ou d'un secteur d'activité par l'arrivée d'un nouvel acteur proposant les mêmes services à des prix moindres, effectués par des indépendants plutôt que des salariés, le plus souvent *via* des plateformes de réservation sur Internet ». [...] L'ubérisation est un processus économique qui, grâce aux nouvelles technologies numériques, contourne les secteurs classiques de l'économie en créant un nouvel intermédiaire. Cet intermédiaire, qui permet de mettre en relation directe les utilisateurs et les prestataires, se matérialise sous la forme d'une plateforme numérique. Intervenant dans de multiples domaines (voitures de transport avec chauffeur, tourisme, services à la personne, etc.), ces plateformes sont monétisées de diverses manières :

– en prélevant une commission sur les transactions (Uber, Airbnb, La Ruche qui dit oui) ;

– en vendant des encarts publicitaires (Leboncoin) ;

– en offrant des services complémentaires payants (Homexchange, GuestoGuest).

[...] L'ubérisation remet en cause le salariat comme norme. Les prestataires effectuent des « missions », ils sont rémunérés à la tâche. On parle de « revenu », de « chiffre d'affaires » et non plus de « salaire ». Les prestataires sont enregistrés sous le statut d'auto-entrepreneur (ou micro-entrepreneur). Ce statut créé en 2008 propose un régime simplifié de l'entreprise individuelle. […]

Si le travail indépendant permet davantage de liberté dans l'organisation de son temps de travail, il est aussi vecteur d'incertitudes et d'insécurité. La précarisation des indépendants « ubérisés », qui ne bénéficient pas des protections liées au statut de salarié, est régulièrement dénoncée. La loi Travail du 8 août 2016 a introduit l'obligation pour les plateformes de prendre en charge une partie de la protection sociale des indépendants qui leur sont affiliés.

Les critiques dénoncent également un « salariat déguisé » qui accentuerait la sous-traitance et serait un moyen pour les entreprises de se libérer des charges patronales en employant de la main-d'œuvre bon marché.

Source : vie.publique.fr

DOCUMENT 2 **Évolution des emplois dans l'économie numérique francilienne entre 2007 et 2016**

	2007	2016	Évolution 2007-2016 (en %)
Salariés	460 900	453 100	– 1,7
Non-salariés	47 500	68 100	43,4
Emplois du numérique	508 400	521 200	2,5
Part des non-salariés dans le numérique	9,3	13,1	3,8 points

Source : Insee, *Analyses Île-de-France*, nº 111, 2019.

DOCUMENT 3 **Numérique et polarisation du marché du travail**

L'emploi numérique n'est pas constitué que d'ingénieurs informatiques : ce sont aussi les chauffeurs de VTC[1], les emplois logistiques de la vente en ligne, les particuliers qui offrent des prestations touristiques, des travaux de réparation, etc. L'économie numérique n'exclut donc pas du tissu productif les travailleurs moins qualifiés. En revanche, elle tend à les déplacer de métiers routiniers, facilement automatisables, vers des tâches qui reposent sur des interactions humaines, pour lesquelles le robot ou l'ordinateur ne sont pas de bons substituts.

Il en résulte une polarisation du marché du travail. Tandis que les professions intermédiaires, situées au milieu de la distribution des salaires, tendent à se raréfier, l'économie numérique crée principalement deux catégories d'emplois : d'une part, des emplois bien rémunérés, à dimension managériale ou créative, requérant une qualification élevée ; d'autre part, des emplois peu qualifiés et non routiniers, largement concentrés dans les services à la personne, qui sont peu rémunérés car leur productivité reste faible.

Ce phénomène est perceptible dans toutes les économies avancées. En France, on observe depuis 1990 une réduction du poids des catégories socioprofessionnelles intermédiaires dans la population active et une hausse conjointe des catégories très rémunérées ou peu rémunérées.

Source : Nicolas Colin, Augustin Landier, Pierre Mohnen et Anne Perrot, « Économie numérique », *Note du Conseil d'analyse économique*, n° 7, 2015.

1. Voiture de transport avec chauffeur.

LES CLÉS DU SUJET

Analyser les termes du sujet et mobiliser ses connaissances

Analyse du sujet

vous montrerez
On vous demande d'expliquer les transformations de l'emploi dues au numérique.

le numérique
Lié aux techniques de l'information et de la communication, le numérique recouvre l'ensemble des terminaux (ordinateurs, téléphones…), des logiciels et applications ainsi que la mise en réseau des données (internet, plateformes…).

transforme
Modifie les caractéristiques liées à l'emploi.

emploi
Forme de travail rémunéré définie par des normes sociales et juridiques.

Exploiter les documents

• **Document 1.** Ce texte porte sur le terme « **ubérisation** ». Il définit cette notion et met en évidence les effets sur les transformations de l'emploi qu'elle induit. Quelles sont les conséquences de l'ubérisation ? Quelles modifications de l'emploi entraîne-t-elle ?

• **Document 2.** Les données statistiques permettent d'étudier les évolutions des **emplois du numérique** dans l'économie de l'Île-de-France entre 2007 et 2016 ainsi que sur la structure de l'emploi en fonction du statut (salariés – non-salariés). Comment évolue l'emploi du numérique en Île-de-France ? Qu'en est-il du statut de l'emploi ?

• **Document 3.** Le texte porte sur les transformations de la **qualification de l'emploi** provoquées par le numérique. Quel est l'effet du numérique sur les qualifications ?

Définir les arguments

Argument 1	Le numérique modifie le statut et les conditions du travail.
Argument 2	Le numérique favorise la polarisation de l'emploi.

29 CORRIGÉ GUIDÉ

Les titres des parties ne doivent pas figurer sur votre copie.

Introduction

Le numérique est lié aux techniques de l'information et de la communication, recouvrant l'ensemble des terminaux (ordinateurs, téléphones…), des logiciels et applications ainsi que la mise en réseau des données (internet, plateformes…). Il transforme les conditions de production et l'emploi, entendu comme la forme de travail rémunéré définie par des normes sociales et juridiques. Le numérique transforme l'emploi car il modifie le statut et les conditions du travail. Il favorise également la polarisation de l'emploi.

I. Le numérique modifie le statut et les conditions du travail

▶ Le secret de fabrication

La première différenciation touchant à l'emploi concerne le statut et les conditions de travail liées à ce statut. Avec ce premier argument, on part de l'élément le plus général de la réflexion sur les mutations du travail, étayé d'abord par les données statistiques fournies par le sujet, puis par un exemple concret de pratique, l'« ubérisation ».

• La nature d'un emploi est d'abord déterminée par son statut, et plus précisément la distinction entre emploi non salarié et emploi salarié, ce dernier impliquant un contrat entre l'employeur et le salarié. Or, en Île-de-France entre 2007 et 2016, tandis que l'emploi du numérique augmente de 2,5 %, la part des non-salariés dans ce secteur s'accroît de 3,8 points et le nombre d'emplois salariés baisse (document 2).

• La place plus importante prise par l'emploi non salarié s'explique pour une large part par le phénomène d'« ubérisation » (document 1). D'un point de vue juridique, les actifs travaillant pour une plateforme numérique ont un statut d'indépendant, le plus souvent auto-entrepreneur. Or, les conditions de travail sont définies par la plateforme qui rémunère ces indépendants, les rapprochant du statut de salariés. De plus, ces conditions de travail sont souvent moins favorables que celles des salariés.

MOT CLÉ
Un auto-entrepreneur ou micro-entrepreneur est un travailleur indépendant disposant d'un régime fiscal et social simplifié par rapport aux autres entrepreneurs indépendants.

II. Le numérique favorise la polarisation de l'emploi

• Le numérique a des effets sur la qualification des emplois (document 3). S'il est à l'origine de créations d'emplois très qualifiés comme les « ingénieurs informatiques », il développe également l'emploi non qualifié comme les « chauffeurs de VTC ». Ces emplois, gérés par des plateformes numériques, ne peuvent être remplacés par des ordinateurs.

• Cette « polarisation du marché du travail » a des effets sur la qualité de l'emploi. Les emplois qualifiés sont des emplois bien rémunérés avec une relative sécurité du contrat de travail. Ils sont néanmoins exposés à des risques psychosociaux liés à une charge de travail importante. À l'inverse, les emplois non qualifiés sont des emplois précaires et mal rémunérés (document 1).

MOT CLÉ
La polarisation signifie que la part des emplois situés aux extrémités de l'échelle des emplois (qualifiés et non qualifiés) augmente au détriment des emplois intermédiaires.

Conclusion

Le numérique transforme profondément l'emploi. Il entraîne une augmentation de la part des indépendants alors que celle des salariés tend à baisser. Cette évolution du statut de l'emploi implique une dégradation des conditions de travail. Le numérique favorise également une « polarisation de l'emploi » car de plus en plus d'emplois qualifiés et d'emplois non qualifiés sont créés avec pour conséquence la baisse du nombre d'emplois intermédiaires. Cette polarisation a des effets, souvent négatifs, sur la qualité de l'emploi.

Travail et intégration sociale

4 heures
20 points

INTÉRÊT DU SUJET • L'intérêt de ce sujet est de présenter comment le travail peut favoriser l'intégration sociale, tout en nuançant l'analyse, car les évolutions de l'emploi affaiblissent ce rôle intégrateur.

Le travail est-il toujours source d'intégration sociale ?

DOCUMENT 1 **Niveau de vie[1] et taux de pauvreté[2] selon le statut d'activité en France en 2017**

	Niveau de vie médian (en euros 2017)	Personnes pauvres (en milliers)	Taux de pauvreté (en %)
Actifs occupés	22 920	2 144	8,2
Salariés	22 850	1 625	7,1
Indépendants	24 020	519	17,2
Chômeurs	14 420	953	37,6
Retraités	21 860	1 094	7,6
Autres inactifs	15 830	1 891	31,3
Ensemble	**20 820**	**8 889**	**14,1**

Source : d'après *Insee Première*, n° 1 772, septembre 2019.

Champ : France métropolitaine.
1. Le niveau de vie correspond au revenu disponible d'un ménage en tenant compte de sa composition.
2. Le taux de pauvreté mesure la proportion d'individus appartenant à un ménage dont le niveau de vie est inférieur à un certain pourcentage du niveau de vie médian (ici 60 %).

DOCUMENT 2 **Le sens du travail**

Cette quête de sens des salariés et travailleurs est-elle une tendance réelle ?

Bien sûr ! Quelles que soient les activités dans lesquelles nous sommes engagés, nous en attendons du sens. Pour le travail, c'est encore plus évident. Les enquêtes dont on dispose le montrent, les Français sont nombreux à affirmer que le travail est « très important » pour eux. Et ce, quel que soit leur emploi. Le travail possède à la fois une dimension relationnelle et expressive : on en attend non seulement la possibilité de rencontrer et coopérer avec d'autres personnes, mais aussi de pouvoir exprimer sa singularité, ses capacités, et d'obtenir de la reconnaissance. C'est la raison pour laquelle l'intérêt intrinsèque du travail (c'est-à-dire le contenu concret du travail) nous importe beaucoup. Dans les entretiens que nous avons menés dans plusieurs pays européens nous avons pu prendre la mesure à la fois de l'ampleur de ces attentes mais également de la désespérance qu'entraîne le travail lorsqu'il n'a aucun sens. Les salariés se réfugient alors dans des postures de retrait.

[…] Ma thèse c'est que notre concept de travail est constitué de plusieurs couches de significations, de plusieurs dimensions. Le travail peut être considéré comme un facteur de production, ce qui importe alors n'est pas le travailleur mais la création de richesse et le profit. Pour le travailleur, il est l'essence de l'homme, c'est-à-dire une activité censée apporter du sens, de l'accomplissement, de l'épanouissement. Enfin, c'est aussi le système de distribution des revenus, des droits et des protections, le pivot de la société salariale.

Source : Entretien avec Dominique Méda, directrice de l'Institut de recherche interdisciplinaire en sciences sociales (IRISSO) et professeure de sociologie, Qqf.fr, octobre 2017.

DOCUMENT 3 Répartition de l'emploi salarié selon le statut de 1982 à 2017

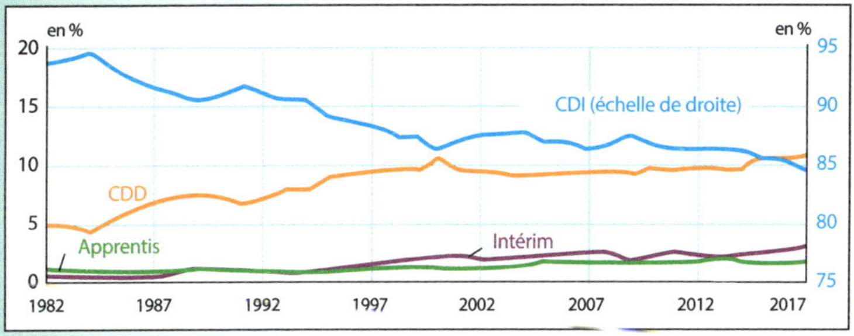

Source : Insee, séries longues sur le marché du travail, *enquêtes Emploi*, septembre 2018.

Champ : France métropolitaine jusqu'en 2013, France hors Mayotte à partir de 2014, population des ménages, personnes en emploi de 15 ans ou plus.
Note : les CDD comprennent les emplois aidés ; pour la fonction publique, les CDI comprennent les fonctionnaires et les contractuels en CDI.

DOCUMENT 4 Le sens donné au travail selon les catégories socioprofessionnelles

Question : Diriez-vous que le travail, c'est d'abord… ? (réponses en %)

	Une façon de trouver sa place dans la société	Une contrainte pour gagner de l'argent	Un moyen d'épanouissement personnel
Ensemble	37	33	30
Cadres	36	28	36
Professions intermédiaires	31	37	32
Employés	29	44	27
Ouvriers	31	52	17

Source : Ifop, « Les Français et le bonheur au travail », avril 2016.

LES CLÉS DU SUJET

Analyser la consigne et dégager une problématique

Analyse du sujet

travail
Activité humaine socialement organisée visant à produire des biens et des services utiles à la satisfaction des besoins humains.

source
Il s'agit d'identifier les éléments constitutifs du travail qui favoriseraient l'intégration des individus.

intégration sociale
Processus par lequel la société (par l'action de la famille, de l'école, du travail notamment) crée entre les individus des liens d'appartenance et de reconnaissance.

toujours
Nuancez le pouvoir intégrateur du travail, en introduisant une dimension temporelle. Le travail a évolué, son rôle intégrateur est-il remis en question ?

• **Problématique.** Il s'agit de comprendre comment l'évolution de la place du travail dans la société modifie le rôle intégrateur du travail et sa capacité à contribuer à l'insertion des individus dans la société.

Exploiter les documents

• **Document 1.** Ce tableau permet de **comparer les différents statuts d'activité** en termes de revenus, de taux de chômage ou de niveau de pauvreté. Est-ce que tous les statuts sont exposés d'une façon égale aux risques de chômage et de pauvreté ? Occuper un emploi rémunéré constitue-t-il une protection ? Ce document alimente la thèse de l'importance du travail dans notre système économique marchand (la détention d'un emploi permet de consommer davantage et ainsi d'accéder aux normes de la société de consommation).
• **Document 2.** Ce texte identifie les **différentes dimensions du rôle intégrateur du travail** (économique, sociale, symbolique…) et l'importance de la « valeur travail ». En creux, il mentionne les risques et les dangers pour l'individu qui ne pourrait compter sur le travail pour être intégré à la société.
• **Document 3.** Ce graphique illustre les mutations de l'emploi avec le **développement de formes atypiques d'emploi** (il peut être utile de caractériser l'évolution de la part de ces emplois). La fragilisation du statut salarial peut provoquer une précarisation économique et sociale de l'individu.

• **Document 4.** Ce tableau explique l'importance des **différentes dimensions du travail** (épanouissement et reconnaissance sociale, au-delà de la dimension économique) en montrant que la place du travail dans la société n'est pas la même pour tous les individus (ce qui renvoie aussi aux inégalités économiques et sociales qui existent entre les différentes catégories socioprofessionnelles).

Définir le plan

I. Le travail permet l'intégration économique et sociale des individus	• Une activité professionnelle rémunérée reste un **élément essentiel** du processus par lequel l'individu participe à la vie collective et se sent appartenir à la société. • Cette activité permet **d'accéder à la société de consommation**, et produit de la solidarité et une **identité sociale** (documents 1, 2, 4).
II. Les mutations du travail et de l'emploi peuvent affaiblir ce rôle intégrateur	• Le **chômage**, la **précarisation** des emplois et les **évolutions du travail** font que les liens qui, par le travail, permettent aux individus d'appartenir à des groupes sociaux ou à la société, sont aujourd'hui moins solides (documents 1, 2, 3).

S'ENTRAÎNER

30 CORRIGÉ GUIDÉ

Les titres de parties ne doivent pas figurer sur votre copie.

Introduction

[accroche] Si le travail a été longtemps considéré comme une activité dégradante et contrainte, les sociétés modernes le valorisent au contraire et en ont fait une condition du bien-être des individus. [présentation du sujet] Ainsi, avec l'avènement de la société salariale, le travail, en tant que facteur de production qui s'inscrit dans une activité de production socialement organisée, apporte bien plus qu'un revenu puisque le travailleur bénéficie d'un statut et de protections. Le travail est devenu de ce fait, avec la famille ou l'école, un vecteur important d'intégration, c'est-à-dire qu'il permet à l'individu de s'insérer dans la société, d'en partager les valeurs et d'instaurer des relations sociales durables. La peur du déclassement social et la stigmatisation des exclus donnent au travail une importance encore plus grande dans notre société. De plus, le droit au travail, qui participe de la dignité de l'être humain, a été repris dans la Constitution de 1958, qui affirme : « Chacun a le devoir de travailler et le droit d'obtenir un emploi. »

[problématique] Si le travail apparaît de façon évidente comme source de lien social, le chômage et les évolutions de l'emploi nous amènent à interroger d'une autre manière le lien entre travail et intégration. Dans quelle mesure la montée du chômage et la précarisation de l'emploi fragilisent-elles de nos jours la capacité du travail à être facteur d'intégration et créateur de lien social ? [annonce du plan] Pour répondre à cette problématique, nous verrons dans un premier temps que le travail est toujours à l'heure actuelle une instance fondamentale d'intégration, parce qu'il contribue à l'identité sociale et permet l'insertion dans l'économie et la société marchande. Pour autant, nous verrons dans un second temps que l'intégration par le travail doit être nuancée par certaines évolutions de l'emploi et les mutations des formes d'organisation du travail apparues ces dernières années.

I. Le travail permet l'intégration économique et sociale des individus

1. Le travail contribue à la construction de l'identité sociale

> CONSEIL
> Dans chaque partie, accompagnez vos exemples de **renvois aux documents** du dossier.

• Le travail fournit à chacun l'occasion de prouver son utilité sociale et de se créer un statut social (appartenance à une catégorie socioprofessionnelle, place dans le processus de production économique). D'après un sondage Ifop de 2016, 37 % des personnes interrogées estiment que le travail est avant tout un moyen de trouver sa place dans la société (document 4) et donc de s'attirer la reconnaissance d'autrui. Ces différents facteurs participent à la stabilité personnelle, à un sentiment de « vivre ensemble » et forment une protection contre l'isolement social.

• Le travail est aussi une source d'identité collective par l'appartenance à un collectif de travail (une entreprise, un syndicat) dont les membres partagent conditions et rythmes de travail. Le travail permet notamment de nouer des relations sociales (collègues, clients, fournisseurs…) (document 2). Par ailleurs, la sociabilité professionnelle peut se prolonger par une sociabilité privée qui entretient un réseau amical et d'entraide.

• Le travail constitue une expérience sociale dans laquelle l'individu doit donner la mesure de ses qualités et de ses compétences. Il procure estime de soi, épanouissement personnel (pour 30 % des personnes sondées dans l'enquête du document 4) et reconnaissance (document 2).

2. Le travail assure un revenu d'activité et des droits sociaux

• L'exercice d'un travail, qu'il soit indépendant ou salarié, s'accompagne de l'obtention d'une rémunération. Les actifs occupés ont ainsi un niveau de vie médian de 22 920 euros par an, bien supérieur aux autres statuts d'activité (chômeurs, retraités ou inactifs) (document 1). Cette rémunération donne à l'individu la possibilité de s'intégrer sur le plan économique, c'est-à-dire d'adhérer aux normes collectives de consommation et d'épargne et de s'identifier, à travers ces pratiques, aux autres individus. Cet aspect économique est différencié selon la catégorie socioprofessionnelle et d'autant plus vérifié pour les catégories populaires. 52 % des ouvriers considèrent avant tout le travail comme une contrainte pour gagner de l'argent (document 4).

• Grâce à un travail (document 2), l'individu accède également à une protection sociale qui couvre les risques sociaux (assurances chômage, maladie, accident, famille, retraite) et lui assure une continuité de revenu même après la fin de son activité professionnelle. Par ce système collectif de prélèvements et de prestations, l'individu se sent ainsi « relié » aux autres.

II. Les mutations du travail et de l'emploi peuvent affaiblir le rôle intégrateur du travail

1. La dégradation du marché du travail limite la capacité intégratrice du travail

• La dégradation du marché du travail se caractérise par la persistance d'un niveau de chômage élevé et le développement de formes particulières d'emploi, plus « précaires » (CDD, intérim notamment) : la part de ces formes d'emploi est passée de 6 % à 16 % de l'emploi total entre 1982 et 2017, soit une hausse de 10 points de pourcentage (document 3).

• Le chômage (*a fortiori* de longue durée) et la hausse de la part des emplois précaires, caractérisés par des revenus faibles et instables, augmentent le risque de pauvreté (le taux de pauvreté des chômeurs s'élève à 37 %, soit plus de cinq fois plus que celui des salariés) et favorisent le développement des « travailleurs pauvres » (document 1). On dénombre près de 9 millions de pauvres en France, comprenant, pour 2 millions d'entre eux, des actifs occupant un emploi (document 1). L'exposition à la pauvreté et ses conséquences sur les modes de vie s'accroissent : difficultés à accéder au logement et au crédit, à établir des projets ainsi qu'à consommer selon les normes de la société.

• Ce type d'emplois « précaires » empêche également l'individu de s'inscrire dans des actions collectives comme le syndicalisme et de construire une identité d'appartenance à une entreprise, une équipe, un métier… Le chômage et la flexibilité de l'emploi, avec le recours croissant à des contrats atypiques comme les CDD, les contrats d'intérim ou d'apprentissage (document 3), mettent également de plus en plus en concurrence les travailleurs.

• Chômage et précarisation des emplois nuisent aussi à la sociabilité en dehors de la sphère du travail et fragilisent les relations sociales de l'individu, pouvant entraîner son isolement, voire son exclusion sociale (rupture familiale, perte de confiance en soi, risque de stigmatisation, perte des ressources utiles pour retrouver un nouvel emploi, perte éventuelle de droits sociaux et basculement dans un système d'assistance).

À NOTER
L'exclusion sociale correspond à la non-réalisation des droits sociaux fondamentaux (protection sociale, logement, éducation…) et à la rupture des liens sociaux.

2. Les nouvelles formes d'organisation du travail ont un impact sur le rôle intégrateur du travail

• Les nouvelles formes d'organisation du travail peuvent se traduire par une augmentation des contraintes (rythme, performance, contrôle qualité…) qui pèsent sur le salarié, génèrent des situations de stress, de perte de sens, et l'exposent à des risques psychosociaux. La recherche de performance et de compétitivité accroît aussi le risque de stigmatisation, ce qui peut se traduire par un relâchement du lien entre le salarié et l'entreprise et contrarier l'intégration par le travail (document 2).

• Les mutations du travail et de l'emploi se traduisent aussi par l'individualisation et l'isolement par rapport au collectif de travail. La flexibilité des emplois et des salaires place parfois les membres d'un collectif de travail dans des situations si différentes qu'il leur est difficile d'éprouver une identité et des intérêts communs, et donc de s'engager dans une action collective.

• La flexibilité horaire a aussi des effets sur les emplois du temps des collectifs de travail et des familles. Elle complique l'engagement associatif et affecte les pratiques de sociabilité.

Conclusion

[bilan] Le travail demeure un fondement de l'organisation de la société d'aujourd'hui. Porteur d'une dimension économique, sociale et symbolique, il contribue fortement à la pleine réalisation de l'individu dans la société. Les évolutions de l'organisation du travail dans les entreprises, la montée du chômage et le développement de formes atypiques d'emploi ont cependant réduit le rôle du travail comme instrument d'intégration sociale, en appauvrissant ou excluant certaines populations d'un accès à l'emploi, en fragilisant la relation salariale et les liens sociaux avec les collectifs de travail. [ouverture] Chômage, pauvreté, exclusion, risques psychosociaux : la puissance publique peut-elle prendre en compte l'importance du travail dans toutes ses dimensions ? D'autres instances peuvent-elles compenser l'affaiblissement du rôle intégrateur du travail ?

Pourquoi l'engagement nécessite-t-il des incitations sélectives ?

30 min
4 points

INTÉRÊT DU SUJET • Ce sujet permet de travailler sur la notion d'individu rationnel, c'est-à-dire décidant – ou non – de s'engager sur la base d'un calcul coût-bénéfice.

LES CLÉS DU SUJET

Définir les mots clés

• L'idée que l'**engagement** ne se réalise qu'en présence d'incitations sélectives repose sur le « paradoxe de l'action collective » développé par l'économiste américain Mancur Olson.

• Les **incitations sélectives** sont les avantages perçus individuellement par ceux qui s'engagent et qui conditionnent leur participation à une action collective.

Structurer la réponse

• Montrez dans un premier temps pourquoi **l'individu rationnel ne s'engage pas**, guidé par un calcul coût-avantage défavorable à l'action collective et favorable à un comportement de passager clandestin.

• Expliquez ensuite en quoi **les incitations sélectives permettent l'engagement**, en illustrant votre propos d'un ou de plusieurs exemples.

31 CORRIGÉ GUIDÉ

Les titres des parties ne doivent pas figurer sur votre copie.

Introduction

Les incitations sélectives constituent une condition de l'engagement des individus considérés comme parfaitement rationnels.

Développement

• Selon la notion d'individu rationnel, ce dernier prend la décision de s'engager dans une action collective sur la base de la comparaison des coûts qu'il devra supporter et des bénéfices qu'il anticipe. Lorsque les premiers sont supérieurs aux seconds, ce qui est par exemple le cas d'une grève qui entraîne une perte de salaire sans garantie d'obtenir satisfaction sur ses revendications, l'individu rationnel est incité à ne pas s'engager tout en souhaitant que les autres le fassent pour lui : il adopte alors un comportement dit de passager clandestin.

• Si tous les individus ont la même rationalité, alors les actions collectives en peuvent avoir lieu. Si ces dernières existent, c'est parce que des « incitations sélectives » poussent à la participation, soit en réduisant le coût individuel de l'action (par une caisse de grève qui couvre les pertes de salaire par exemple), soit en augmentant le bénéfice individuel qu'elle procure (en accordant des augmentations de salaire à ceux qui se sont impliqués dans le mouvement par exemple).

Conclusion

Selon cette perspective qualifiée de « paradoxe de l'action collective » et développée par Mancur Olson, il n'y a donc pas d'engagement sans incitations sélectives.

32 Mobilisation des connaissances
Sujet zéro 2020

La consommation engagée

30 min
4 points

INTÉRÊT DU SUJET • Agriculture biologique, circuits courts, boycott de certains produits : de quoi ces choix de consommation sont-ils le nom ?

▶ **En quoi la consommation engagée peut-elle être comprise comme une forme d'engagement politique ?**

S'ENTRAÎNER

LES CLÉS DU SUJET

Définir les mots clés

- La **consommation engagée** désigne la **prise en compte de principes éthiques, sociaux ou politiques** dans le cadre de la consommation de biens et de services ainsi que les actions visant à les faire valoir auprès de l'opinion et des pouvoirs publics.
- L'**engagement politique** revêt les différentes formes de **participation individuelle et collective** à une activité politique en vue d'influencer les décisions politiques et les règles de fonctionnement de la société.

Structurer la réponse

- Dans un premier temps, il s'agit de montrer quels sont **les enjeux de la consommation engagée**.
- Dans un second temps, on mettra en évidence ses **acteurs** et leurs **modalités d'action**.

32 CORRIGÉ GUIDÉ

Les titres des parties ne doivent pas figurer sur votre copie.

Introduction

La consommation engagée désigne la prise en compte de principes éthiques, sociaux ou politiques dans le cadre de la consommation de biens et de services, visant à influencer l'opinion publique et l'action des décideurs politiques. Elle se développe dans un contexte de prise de conscience des enjeux environnementaux et sociaux de notre mode de développement.

Développement

• La consommation engagée va de pair avec l'observation des conséquences environnementales et sociales de nos modes de production et des choix de consommation qui les orientent, générant pollutions, déforestation ou encore alimentation de mauvaise qualité. Des citoyens en viennent alors à modifier leurs manières de consommer en cherchant à encourager, au travers de leurs achats, le respect par les producteurs de l'environnement et de normes sociales. Il s'agit également de mobiliser l'opinion publique par des pratiques militantes et de protestation afin d'obtenir des décideurs politiques qu'ils prennent en compte certaines revendications en matière de consommation.

MOT CLÉ
Les normes sociales désignent en particulier les règles de droit qui protègent les salariés dans l'exercice de leur travail.

• La consommation engagée s'appuie sur différents acteurs : des associations et collectifs de consommateurs, des groupements de producteurs (les associations pour le maintien d'une agriculture paysanne, ou AMAP, par exemple), des entreprises de l'économie sociale et solidaire, des militants. Défendant des causes aussi diverses que le refus de l'obsolescence programmée ou la défense du bien-être animal, elle mobilise un répertoire d'actions également diversifié, de la consommation issue de circuits courts à des actions plus protestataires tels que le boycott de produits (celui, par exemple, prôné par le collectif Éthique sur l'étiquette dans le secteur de l'habillement).

Conclusion

La consommation engagée, aux acteurs et actions fort divers, est bien une forme d'engagement politique qui contribue à modifier la prise de décision politique et le fonctionnement de nos sociétés afin de mieux prendre en compte les préoccupations, notamment environnementales.

33 Raisonnement

Pourquoi s'engager ?

2 h 30
10 points

INTÉRÊT DU SUJET • Qu'est-ce qui pousse des individus à s'engager dans des actions collectives qui peuvent être coûteuses en temps et en argent pour des résultats incertains ?

S'ENTRAÎNER

Pourquoi les individus s'engagent-ils malgré le paradoxe de l'action collective ?

DOCUMENT 1 **Les formes d'engagement**

Question : Au cours des 12 derniers mois avez-vous… ?
(proportion de réponses « oui », en %)

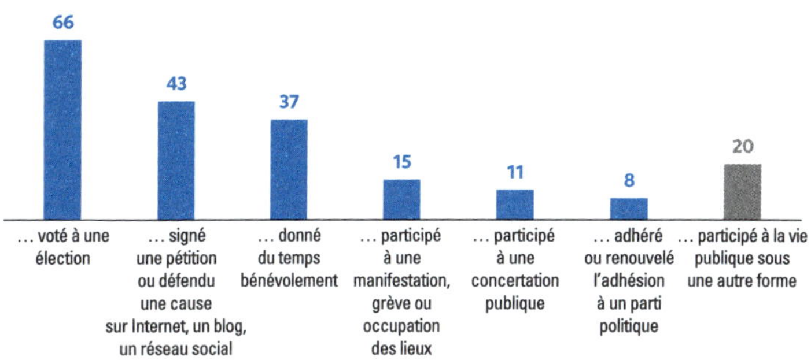

Champ : Ensemble des jeunes âgés de 18 à 30 ans.

Source : Injep-Credoc, Baromètre DJEPVA sur la jeunesse, 2018.

DOCUMENT 2 **Le paradoxe de l'action collective**

Une […] opposition a la peau dure en matière d'engagement, celle entre désintéressement et recherche de gratifications personnelles. S'inscrivant dans le cadre de la théorie du choix rationnel, Mancur Olson pointait ainsi dans *Logique de l'action collective* (1965) un fameux paradoxe : si un individu peut bénéficier des retombées d'une mobilisation sans assumer les coûts de la participation, il a tout intérêt à se comporter en « passager clandestin ». Mais si tous font de même, l'action collective ne peut avoir lieu ! Pour éviter une telle situation, certaines organisations ont mis en place des « incitations sélectives », en rendant la non-participation plus coûteuse ou en réservant les avantages obtenus par la lutte à leurs seuls membres (c'est le principe du *closed-shop* syndical en vigueur dans certains pays, mais pas en France).

Une décennie plus tard, Daniel Gaxie va à son tour s'inscrire en faux contre une vision d'un engagement purement désintéressé et altruiste. Pour cela, il liste les rétributions, matérielles comme symboliques, que celui-ci peut apporter, sans être cependant nécessairement perçues ou recherchées comme telles. L'engagement peut ainsi apporter une image de soi valorisante, de nouvelles relations ou des compétences potentiellement valorisables dans d'autres sphères.

Source : Igor Martinache, « L'engagement politique, une valeur en déclin », *Alternatives économiques*, n° 324, mai 2013.

DOCUMENT 3 **Les mobilisations s'inscrivent dans un contexte**

Marco Giugni […] considère que « le contexte politique structure de manière importante les nouveaux mouvements sociaux. Ainsi, leur mobilisation, leurs stratégies et leurs formes organisationnelles dépendent de certaines opportunités politiques qui, à leur tour, découlent de la configuration du système politique dans lequel les mouvements se trouvent ». Le concept de « structure des opportunités politiques » permet de désigner de façon synthétique les caractéristiques du contexte politique jugées pertinentes pour l'analyse des mouvements sociaux. […]

Marco Giugni distingue trois dimensions au sein de la « structure des opportunités politiques » : la structure institutionnelle formelle (l'organisation des pouvoirs au sein de l'État) qui détermine

« l'accès formel » des mouvements sociaux aux institutions étatiques, les procédures informelles et les « stratégies dominantes » des acteurs publics vis-à-vis des mouvements sociaux et des organisations militantes (répression ou facilitation, parfois utilisées successivement ou conjointement par les autorités), et enfin la configuration du pouvoir, c'est-à-dire le système des oppositions partisanes et en particulier la structuration de la « gauche » dont les partis, traditionnellement plus proches des mouvements de protestation, sont susceptibles d'apporter leur soutien aux actions collectives.

Source : Philippe Juhem, « Mobilisations et structure des opportunités politiques : réflexions sur l'exemple suisse », *Revue française de science politique*, vol. 47, n° 5, 1997.

LES CLÉS DU SUJET

Analyser les termes du sujet et mobiliser ses connaissances

Analyse du sujet

- **pourquoi** : Il s'agit de chercher les raisons de l'engagement.
- **s'engager** : Prendre part à la vie politique sous toutes ses formes : en votant, manifestant, militant, etc.
- **paradoxe de l'action collective** : Les individus s'engagent, alors qu'ils n'ont pas rationnellement intérêt à le faire.

Exploiter les documents

• **Document 1.** Ce diagramme en bâtons montre diverses **formes d'engagement** des jeunes de 18-30 ans. Quelle est l'unité des données ? Que met-il en évidence par rapport à la question posée par l'énoncé ?

• **Document 2.** Ce texte soulève le paradoxe de l'action collective. Que signifie « se comporter en **passager clandestin** » en matière d'engagement ? Sur quel raisonnement s'appuie ce comportement identifié par Mancur Olson ? Daniel Gaxie montre que l'engagement n'est pas un acte désintéressé, mais s'appuie-t-il sur le même argument qu'Olson ?

• **Document 3.** Ce texte évoque le rôle des **structures d'opportunités politiques.** Illustrez chacune de leurs dimensions et montrez en quoi elles peuvent freiner ou au contraire favoriser l'engagement.

Définir les arguments

Argument 1	Même si les individus sont considérés comme rationnels, le constat est établi qu'ils s'engagent.
Argument 2	Dans la perspective d'Olson, cet engagement est le fait d'incitations ; celles-ci ne sont pas seulement matérielles, elles sont aussi symboliques.
Argument 3	Indépendamment des motivations individuelles, le contexte politique et institutionnel joue un rôle plus ou moins favorable à l'engagement.

33 CORRIGÉ GUIDÉ

Les titres des parties ne doivent pas figurer sur votre copie.

Introduction

D'importants mouvements sociaux ont marqué l'hiver 2019-2020 : manifestations contre la réforme du lycée, grèves des cheminots, contestations de la réforme des retraites. Comment expliquer que ces actions collectives aient pu voir le jour alors que les individus n'avaient pas toujours intérêt à s'y engager personnellement ?

I. L'individu rationnel s'engage

▶ Le secret de fabrication

Il s'agit de prendre comme point de départ la thèse de Mancur Olson, qui doit être exposée précisément. Il s'agit ensuite de s'appuyer sur des faits objectifs afin de montrer l'existence de diverses formes d'engagement.

• Selon la thèse de Mancur Olson, l'individu rationnel n'a pas intérêt à s'engager dans une action collective. En effet, celle-ci génère plus de coût (celui d'une grève, par exemple) que de bénéfice (celui d'une augmentation de salaire, par exemple), ce qui l'incite à se comporter en passager clandestin, c'est-à-dire à profiter des résultats de la mobilisation sans s'y engager lui-même. Mais si tout le monde agissait de la sorte, alors il n'y aurait aucune action collective (document 2).

• Or, force est de constater que les individus s'engagent de multiples manières, en votant, en signant des pétitions, en adhérant à un parti politique, etc. En 2018, sur 100 jeunes de 18-30 ans, 37 ont donné de leur temps pour une action bénévole et 15 ont participé à une manifestation ou à une grève (document 1).

II. L'individu s'engage grâce aux incitations et aux rétributions

• Selon Olson, ce sont des incitations sélectives qui poussent les individus à s'engager rationnellement en minimisant les coûts de l'action et/ou en maximisant ses bénéfices (document 2). Par exemple, les salariés misant sur une absence de retenue sur salaire pour fait de grève sont incités à s'y engager, d'autant plus si la perspective de gain, une hausse de salaires, est forte.

> **MOT CLÉ**
> Les incitations sélectives peuvent contraindre à s'engager, en réservant certains avantages obtenus aux seuls participants, évitant ainsi tout passager clandestin.

• Daniel Gaxie élargit le propos en montrant que l'individu ne fonde pas ses décisions sur le seul calcul économique. Il est également sensible aux rétributions symboliques de l'engagement au travers des sentiments de fierté, de solidarité et de partage que ce dernier génère (document 2).

III. Le contexte politique et institutionnel joue également un rôle

• La structure des opportunités politiques crée un contexte qui, quand il est favorable au succès de l'action collective, incite à l'engagement. Une situation de cohabitation, la proximité d'élections, la présence ou non de relais médiatiques, d'organisations plus ou moins puissantes, le poids de l'opinion, etc. agissent comme des facteurs ou des freins à l'émergence et au développement de mobilisations (document 3).

• À partir des années 1980, la mondialisation s'est traduite par une circulation accrue des biens, des services, des personnes, des idées. Avec le développement d'Internet et des réseaux sociaux, ce contexte a été favorable à la constitution d'un mouvement de contestation transnational tel que l'altermondialisme.

> **MOT CLÉ**
> L'altermondialisme est un mouvement social contestant la mondialisation libérale.

Conclusion

Si des individus s'engagent dans des actions collectives alors que leur rationalité devrait les pousser à se conduire en « passagers clandestins », c'est donc parce que des incitations matérielles ou morales et un contexte favorable les y encouragent.

S'ENTRAÎNER

34 Dissertation

L'action collective

4 heures
20 points

INTÉRÊT DU SUJET • Mouvement social contre la réforme des retraites, zones à défendre (ZAD), MeToo, mouvement LGBT, luttes écologiques… Qu'est-ce qui distingue ces diverses formes d'action collective ?

Vous montrerez la diversité de l'action collective dans les sociétés occidentales contemporaines.

DOCUMENT 1 **Entreprises ayant déclaré au moins une grève et nombre de jours de grèves pour 1 000 salariés de 2005 à 2017**

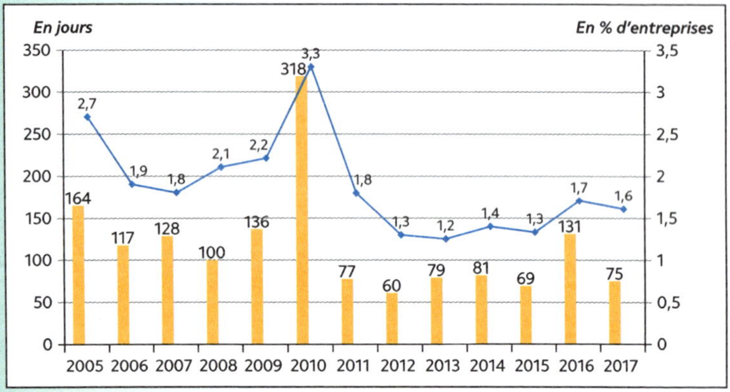

Source : Dares, enquêtes Acemo « Dialogue social en entreprise ».

Champ : entreprises de 10 salariés et plus du secteur marchand non agricole.

DOCUMENT 2 **Les moyens d'expression les plus efficaces (en %)**

Question : Selon vous, qu'est-ce qui permet aux citoyens d'exercer le plus d'influence sur les décisions prises en France ?
(réponse « En Premier » + « En second », en %)

	2010	2018
Voter aux élections	67	55
Manifester dans la rue	23	42
Boycotter des entreprises ou des produits	35	37
Faire grève	20	27
Militer dans un parti politique	11	8
Discuter sur Internet, sur un blog ou un forum	4	5

Source : Baromètre DJEPVA sur la jeunesse 2019.

Champ : Ensemble des jeunes âgés de 18 à 30 ans.

DOCUMENT 3 **Des consommateurs engagés**

La sensibilité des Français à la « consommation engagée » est relativement affirmée : 44 % d'entre eux déclarent tenir compte, lors de leurs achats, des engagements que prennent les entreprises en matière de « citoyenneté » [...]. Cette attention au comportement des firmes a progressé de 6 points depuis 2002. [...]

En fait, les Français sont sensibles à deux grandes causes, deux engagements principaux des entreprises quand il s'agit « d'acheter citoyen » : le non-recours au travail des enfants (dans 50 % des cas, cette cause est l'une des deux auxquelles les enquêtés sont les plus sensibles) et la fabrication du produit en France (37 %). L'absence de pollution dans le processus de fabrication (26 %) et le respect des conditions de travail des salariés (25 %) arrivent ensuite, largement devant tous les autres critères (souffrance des animaux, aide au tiers-monde, aide à la recherche médicale...). En réalité, en quatre ans, les trois premiers thèmes ont gagné en importance. Cet intérêt des consommateurs à l'égard des biens éthiques va jusqu'à inciter 61 %

d'entre eux à envisager d'accepter, à qualité de produit identique, un supplément de prix de 5 % pour obtenir des entreprises le respect des engagements de « citoyenneté » qu'ils valorisent le plus. Ce taux a au total gagné 9 points depuis 2002. C'est surtout pour éviter le travail des enfants que l'on est prêt à payer plus.

Mais la « consommation engagée » est, à vrai dire, constituée de deux versants complémentaires : elle ne s'inscrit pas seulement dans le choix délibéré d'acquérir tel ou tel bien ; elle peut aussi s'appuyer, en creux, sur celui de refuser volontairement, de « boycotter », tel ou tel autre de ces produits. L'analyse des raisons pour lesquelles un boycott aurait le plus de sens confirme que ce qui insupporte le plus l'opinion aujourd'hui est le travail des enfants, puis les licenciements « abusifs » (dans la mesure où l'entreprise concernée fait, par ailleurs, des bénéfices). Enfin, la pollution générée par l'entreprise productrice prend la troisième place.

Source : *Représentations et pratiques de la consommation engagée, évolution 2002-2006*, Credoc.

DOCUMENT 4 **Évolution du taux d'adhésion dans les associations de défense de droits ou d'intérêts[1] (en %)**

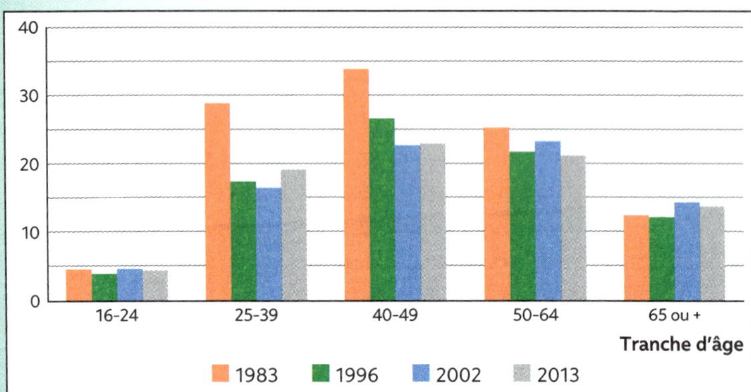

Source : *Insee Première*, n° 1580, janvier 2016.

1. Action humanitaire et caritative, protection de l'environnement, syndicat, parti politique…

LES CLÉS DU SUJET

Analyser la consigne et dégager une problématique

Analyse du sujet

- **vous montrerez la diversité**
  Il n'y a pas de débat à ce propos : il faut chercher différents éléments caractérisant cette diversité.
- **action collective**
  Action résultant de l'engagement de groupes de personnes pour défendre une cause ou faire valoir des idées ou des revendications.
- **société française contemporaine**
  Cadre spatio-temporel donné.

• **Problématique.** L'action collective s'est transformée au fil des années, et s'est diversifiée. Si elle a été, un temps, dominée par les conflits du travail, d'autres formes se sont développées, portées par de nouveaux acteurs sur de nouveaux enjeux avec de nouveaux moyens d'action.

Exploiter les documents

• **Document 1.** Dans ce graphique, **deux variables** sont exposées d'un point de vue chronologique : la part en pourcentage des entreprises de plus de 10 salariés du secteur marchand non agricole touchées par une grève et le nombre de jours de grèves pour 1 000 salariés. Faites attention à la double échelle. À quel type de conflit renvoie l'usage de la grève ?

• **Document 2.** Ce tableau met en lumière **différents types d'engagement** des 18-30 ans. Renvoient-ils aux mêmes répertoires d'action collective ? Quels en sont les enjeux ?

• **Document 3.** Ce texte évoque la « **consommation engagée** ». En quoi celle-ci porte-elle sur des enjeux, des registres d'action et des acteurs différents ?

• **Document 4.** Ce diagramme montre comment évolue le taux d'adhésion à des associations de **défense de droits ou d'intérêts**.

Définir le plan

I. Permanence des formes traditionnelles d'action collective	• Étudiez les actions liées aux échéances électorales. Lesquelles sont collectives (document 2) ? • Présentez les actions liées aux conflits du travail. Quels en sont les acteurs ? (document 1)
II. Développement de nouvelles formes d'action collective	• Abordez les nouveaux enjeux de l'action collective (document 3). Quels sont les enjeux de la consommation engagée ? • Exposez les nouveaux acteurs et nouvelles modalités d'action (document 4). Donnez-en des exemples.

34 CORRIGÉ GUIDÉ

Les titres des parties ne doivent pas figurer sur votre copie.

Introduction

[accroche] Mouvement social contre la réforme des retraites, marches pour le climat, grève des salariés de Michelin… [présentation du sujet] L'actualité de la société française contemporaine est riche d'actions collectives qui résultent de l'engagement pour défendre une cause ou faire valoir des idées ou des revendications. [problématique et annonce du plan] Toutes ces mobilisations sont-elles de même nature ? Nous montrerons que l'action collective s'est transformée et s'est diversifiée au cours du temps. Si les conflits du travail et des formes d'engagement traditionnelles existent toujours (partie I), des formes renouvelées d'action se sont développées (partie II).

I. La permanence des formes traditionnelles d'action collective

> ▶ **Le secret de fabrication**
>
> Il s'agit de montrer le rôle des actions conventionnelles relevant du registre de la politique électorale et du vote, puis d'évoquer le champ de l'action syndicale. Pour la première dimension, appuyez-vous sur ce que vous avez étudié en classe de première sur le vote.

1. Les actions collectives liées aux échéances électorales

• Les échéances électorales régulières génèrent un engagement politique citoyen et des actions collectives spécifiques. Le vote apparaît pour plus d'un jeune de 18-30 ans sur deux comme le moyen d'expression le plus efficace en 2018, même si cette proportion baisse significativement (– 12 points en 8 ans) et que l'on constate la montée régulière de l'abstention (document 2).

• En revanche, militer dans un parti politique apparaît comme un moyen d'expression efficace pour seulement 8 % des jeunes en 2018 (document 2). Pourtant, le parti politique est aujourd'hui encore l'institution centrale du système électoral, sélectionnant et promouvant les candidats sur la base d'un programme.

2. Les actions liées aux conflits du travail

• Les actions collectives mises en œuvre dans le monde du travail restent importantes en dépit de la tendance à la baisse des grèves par rapport aux décennies 1960-1970. Depuis les années 2000, le nombre de jours de grèves pour 1 000 salariés oscille entre 164 en 2005 et 75 en 2017, avec de fortes fluctuations conjoncturelles (318 en 2010, liés au mouvement social contre la réforme des retraites). Si 2,7 % des entreprises de 10 salariés et plus du secteur marchand non agricole déclaraient au moins une grève en 2005, c'était le cas de 1,6 % d'entre elles en 2017 et 3,3 % en 2010 (document 1).

• Les syndicats jouent un rôle important dans l'action collective des salariés et les conflits du travail, en dépit d'un taux de syndicalisation faible en France (évalué pour les salariés du privé et du public à environ 10 % aujourd'hui). Ils structurent les mouvements sociaux, portent les revendications, conduisent les négociations.

MOTS CLÉS
Un syndicat est une organisation collective qui vise à défendre les intérêts des salariés. Le taux de syndicalisation représente la part des salariés adhérant à un syndicat.

II. Le développement de nouvelles formes d'action collective

1. De nouveaux enjeux de l'action collective

• Les motivations de l'action collective se sont largement diversifiées depuis plusieurs décennies, s'orientant vers de nouveaux enjeux de société, réclamant l'accès et l'égalité aux droits pour les femmes (interruption volontaire de grossesse, salaires) ou les minorités sexuelles, condamnant les atteintes environnementales et luttant contre le changement climatique.

S'ENTRAÎNER

• Les actions relevant de la consommation engagée se sont largement développées. Une part importante des consommateurs déclare être attentive aux préoccupations sociales ou environnementales dans les décisions d'achats, utilisant le boycott à l'égard de produits issus du travail des enfants ou polluant et déclarant être prête à payer plus cher des produits respectant ces exigences (document 3).

À NOTER
La consommation engagée s'appuie depuis longtemps sur l'action de nombreuses associations de consommateurs dont l'objet est la défense des intérêts de ces derniers.

2. De nouveaux acteurs et de nouvelles modalités d'action

• Ces formes renouvelées d'actions collectives s'accompagnent de l'émergence de nouveaux acteurs, souvent issus du monde associatif ou de collectifs. Même si le taux d'adhésion dans les associations de défense de droits ou d'intérêts a globalement baissé entre 1983 et 1996, il apparaît stable voire augmente selon les tranches d'âge, atteignant près de 25 % chez les 40-49 ans et près de 15 % chez les 65 ans et plus (document 4).

• Ces mouvements mettent en évidence les nouveaux registres d'action. Utilisant des moyens spectaculaires pour frapper les esprits, s'appuyant sur les médias et les réseaux sociaux, ils cherchent à faire connaître au plus grand nombre leurs revendications et à les rendre légitimes. L'occupation de zones à défendre (ZAD), comme à Notre-Dame-Des-Landes pour s'opposer à la construction d'un aéroport, apparaît également comme une forme nouvelle de mobilisation. Ces registres se révèlent complémentaires aux manifestations qui sont toujours considérées comme un moyen d'expression efficace pour 42 % des jeunes de 18-30 ans en 2018, près de deux fois plus qu'en 2010 (document 2).

Conclusion

[bilan] On constate donc une grande diversité de l'action collective dans les sociétés occidentales contemporaines, les mobilisations traditionnelles côtoyant des formes nouvelles d'engagement et d'action. [ouverture] Le mouvement écologique serait-il devenu ce qu'a été un temps la lutte ouvrière, un élément central et structurant de l'ensemble des mobilisations collectives ?

35 Dissertation

Les facteurs de l'engagement

4 heures
20 points

INTÉRÊT DU SUJET • Les mobilisations collectives ont été nombreuses, depuis 2018 notamment. Mais qui sont les acteurs de ces mobilisations ? Comment expliquer leur engagement ?

Pourquoi les individus s'engagent-ils dans des actions collectives ?

DOCUMENT 1 **L'opinion à propos de différentes affirmations concernant les gens et la société (en %)**

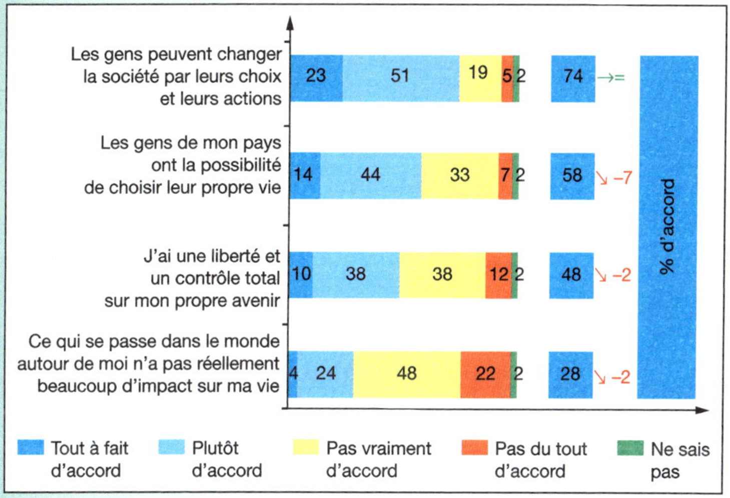

Source : Baromètre de la confiance politique, Sciences Po Cevipof, vague 10, janvier 2019.

S'ENTRAÎNER

DOCUMENT 2 **Le taux d'adhésion à une association en 2013 (en %)**

Ensemble	42
Sexe	
Hommes	44
Femmes	40
Âge	
16-24 ans	36
25-39 ans	41
40-49 ans	43
50-64 ans	44
65 ans ou plus	43
Niveau de diplôme	
Aucun diplôme	22
Inférieur au bac	36
Bac	45
Supérieur au bac	56
Catégorie socioprofessionnelle (CSP)	
Agriculteurs	48
Artisans, commerçants	37
Cadres	60
Professions intermédiaires	52
Employés	37
Ouvriers	32
Autres inactifs	37
Niveau de vie	
1er quartile (les plus modestes)	29
2e quartile	39
3e quartile	45
4e quartile (les plus aisés)	55

Source : *Insee Première*, n° 1580, janvier 2016.

DOCUMENT 3 L'attitude des citoyens face à une loi injuste ou dangereuse (en %)

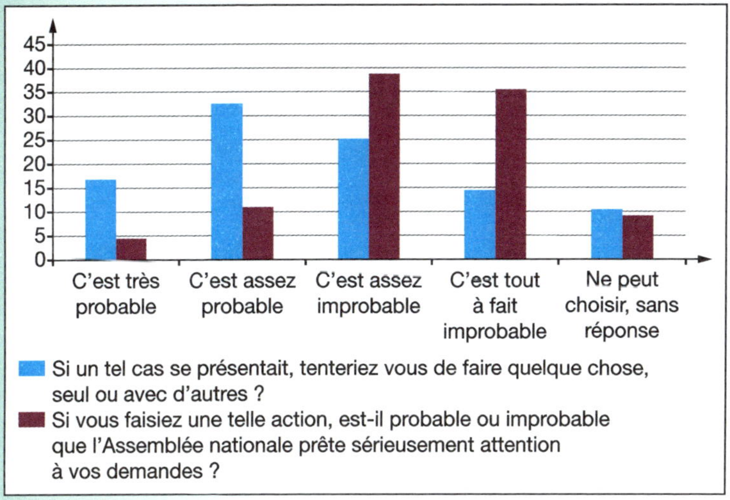

Source : Programme international d'enquêtes sociales (ISSP), Citoyenneté, France, 2014.

DOCUMENT 4 L'engagement politique des lycéens (en %)

	Tout à fait	Plutôt	Plutôt pas	Pas du tout
Comprendre : maîtrise des connaissances civiques				
Je comprends bien les questions politiques qui concernent la France	12	44	26	18
Je peux facilement comprendre la plupart des questions politiques	10	44	28	18
J'en sais plus en matière de politique que la plupart des jeunes de mon âge	8	24	38	30
Agir : expression et participation civiques				
Lorsque des sujets politiques sont débattus, j'ai la plupart du temps quelque chose à dire	12	37	29	22
J'ai des opinions politiques qu'il serait intéressant d'écouter	11	32	35	22
Je me sens capable de participer à la vie politique	9	28	35	28

Source : *Engagements citoyens des lycéens*, rapport scientifique du Conseil national d'évaluation du système scolaire (CNESCO), septembre 2018.

S'ENTRAÎNER

LES CLÉS DU SUJET

Analyser la consigne et dégager une problématique

Analyse du sujet

- **pourquoi**
  Ici, on vous demande de chercher les causes d'un phénomène, l'engagement dans des actions collectives.
- **s'engager**
  Ce verbe renvoie aux différentes formes de participation à une activité politique.
- **action collective**
  Elle est le résultat de l'engagement et prend une pluralité de formes pour porter des revendications.

• **Problématique.** Quelles sont les causes de l'engagement ? Relèvent-elles seulement de motivations individuelles ou sont-elles également déterminées sociologiquement ?

Exploiter les documents

• **Document 1.** Ce diagramme empilé évoque, au travers d'un sondage, des motivations individuelles possibles de l'engagement. Quelle est la part de ceux qui pensent l'action collective utile ? Comment se manifeste, à cet égard, une attitude plus individualiste ?

• **Document 2.** Ce tableau statistique montre que le taux d'adhésion à une association dépend de caractéristiques sociodémographiques. Identifiez l'adhérent « type », en fonction du sexe, de l'âge, du niveau de diplôme, de la catégorie socioprofessionnelle (CSP) et du niveau de vie.

• **Document 3.** Cet histogramme met en évidence l'influence d'un contexte particulier – une loi injuste ou dangereuse – sur l'engagement des individus. Combien tenteraient de faire quelque chose ? Pour quel résultat espéré ?

• **Document 4.** Ce tableau statistique lie les connaissances à la faculté d'expression dans la sphère civique. Quelle est la part des lycéens qui considèrent comprendre les questions politiques ? Et combien sont ceux qui s'estiment capables de participer à la vie politique ?

Définir le plan

I. Les facteurs individuels de l'engagement	• Pourquoi se comporte-t-on en « passager clandestin » ? Pourquoi existe-il néanmoins des actions collectives ? • En quoi le contexte constitue un cadre propice à l'engagement ? Que sont les « structures des opportunités politiques » ?
II. Les facteurs sociologiques de l'engagement	• L'engagement est-il également réparti dans la population ? Quel est le profil sociodémographique type des personnes qui s'engagent ? • Pourquoi y a-t-il un profil sociologique particulier des individus engagés ? Montrez le rôle de la socialisation primaire et secondaire notamment.

35 CORRIGÉ GUIDÉ

Les titres des parties ne doivent pas figurer sur votre copie.

Introduction

[accroche] Les mobilisations collectives récentes – le mouvement des Gilets jaunes, les grèves contre la réforme des retraites, les actions pour le climat, etc. – soulignent l'importance de l'engagement. [présentation du sujet] Qu'est-ce qui pousse les individus à agir pour porter une revendication ou défendre des idées ? L'engagement dépend-il seulement de motivations individuelles ou est-il aussi déterminé par des contraintes sociales ? [problématique] Nous allons montrer dans un premier temps que la participation à des actions collectives repose sur des facteurs individuels, puis dans un second temps que cet engagement est lié à des déterminants sociologiques.

▶ Le secret de fabrication

Dans la première partie, il s'agit de montrer le rôle des motivations individuelles d'acteurs rationnels mais également mus par des valeurs et des principes. Ces décisions individuelles sont prises dans un contexte qui a de l'importance. Dans la deuxième partie, on s'attachera à mettre en évidence le poids des facteurs sociologiques, des caractéristiques sociodémographiques aux instances de socialisation qui pèsent sur la capacité de mobilisation des individus.

I. Les facteurs individuels de l'engagement

1. Les incitations matérielles et morales de l'engagement

- L'individu rationnel, s'appuyant sur un calcul utilitariste coût-bénéfice, a intérêt à se comporter comme un passager clandestin plutôt qu'à s'engager dans une action dont les fruits seront collectifs. Si certains individus se mobilisent néanmoins, c'est qu'ils sont encouragés à le faire par des incitations sélectives qui réservent le bénéfice de l'action collective à ses seuls participants, limitant ainsi les comportements de passager clandestin.

> **MOT CLÉ**
> Un passager clandestin, par exemple, ne fait pas grève, afin de ne pas avoir de perte de salaire (coût individuel), mais il profite de l'augmentation de salaire obtenue par l'action (avantage collectif).

- Les individus engagés sont aussi guidés par des rétributions symboliques les poussant à agir : la défense d'une cause, le sentiment de solidarité et de partage, la volonté d'agir ensemble, etc. sont des éléments de motivation qui interviennent dans la décision de participer à des actions collectives. Ainsi, lorsqu'une loi est considérée comme injuste ou dangereuse, la moitié des citoyens considère qu'il est normal de « faire quelque chose seul ou en groupe » et donc de s'engager (document 3).

2. Le rôle du contexte et des opportunités

- L'engagement dans des actions collectives dépend de la structure des opportunités politiques et du contexte plus ou moins propice au succès des mobilisations, agissant comme des incitations plus ou moins forte à s'impliquer individuellement. Une cohabitation peut, par exemple, générer un rapport de force plus favorable à des revendications de groupes d'opposition.

- Ainsi le projet de loi sur les retraites préparé par le gouvernement d'Édouard Philippe a suscité beaucoup d'inquiétude pour une large partie de la société, dans un contexte de défiance à l'égard de l'exécutif depuis le mouvement des Gilets jaunes débuté en octobre 2018. Ce mécontentement, relayé par les médias et les organisations de salariés, a assurément contribué à la très forte mobilisation de la fin de l'année 2019. Les grèves et les manifestations de grande ampleur ont alors rassemblé bien au-delà des seuls militants syndicaux.

> **CONSEIL**
> Étayez et illustrez vos arguments, en vous appuyant sur les documents et sur de l'actualité, comme ici en décrivant le climat social récent en France.

II. Les facteurs sociologiques de l'engagement

1. Le profil sociodémographique des individus qui s'engagent

- Une grande partie de l'opinion estime être en capacité de peser sur les décisions (document 1) ; mais tous ne le font pas si l'on en juge par le taux d'adhésion aux diverses organisations, le pourcentage de grévistes ou la présence dans les manifestations. Par exemple, en France, un salarié sur dix est syndiqué et un Français sur cent adhère à un parti politique (données de 2016).

• En s'appuyant sur les caractéristiques sociodémographiques des adhérents d'associations, on peut identifier le profil sociologique des personnes engagées : ce sont plus souvent des hommes, âgés, ayant un haut niveau de formation, appartenant à une catégorie socioprofessionnelle moyenne ou supérieure et doté d'un niveau de vie élevé. Ainsi, en 2013, le taux d'adhésion à une association est près de deux fois supérieur chez les 25 % des individus les plus aisés que chez les 25 % les plus modestes, et deux fois et demie supérieur chez les titulaires d'un diplôme supérieur au bac que chez les sans-diplôme (document 2).

À NOTER
Le profil sociologique diffère selon le type et la nature de l'engagement. Le mouvement des Gilets jaunes ou les zones à défendre (ZAD) s'appuient sur des caractéristiques sociodémographiques très différentes.

2. Le rôle de la socialisation et des compétences politiques

• Le profil sociologique des personnes qui s'engagent renvoie à des socialisations politiques différentes selon le milieu social, le sexe ou le parcours d'étude. Dans le cadre de la socialisation primaire, les individus intériorisent des valeurs et des normes qui vont générer des dispositions plus ou moins fortes à s'engager dans des actions collectives. Partager ou non une sensibilité politique, s'intéresser ou non aux débats politiques et citoyens, participer ou non à certaines formes d'action collectives, etc. sont des éléments qui sont transmis au sein de la famille et qui marquent durablement les individus.

• Dans le cadre de la socialisation secondaire, à l'école et avec les pairs, les individus acquièrent des ressources et des compétences qu'ils vont pouvoir utiliser en se mobilisant. Expression orale et écrite, histoire et culture politique, réseaux de connaissances, etc. vont constituer des points d'appui à l'engagement. C'est ainsi que 56 % des lycéens en 2018 considèrent comprendre les enjeux politiques de la France, et que 37 % s'estiment capables de participer à la vie politique (document 4).

Conclusion

[bilan] L'engagement dans des actions collectives résulte à la fois de motivations individuelles dans un contexte donné et de déterminants sociologiques qui rendent plus ou moins probable la participation. [ouverture] Dans quelle mesure l'émergence de nouveaux enjeux, tels que le climat, de nouvelles formes et de nouveaux répertoires d'action collective, à l'image des Gilets jaunes ou des ZAD, peut transformer le profil sociologique des acteurs des mobilisations ?

Pouvoirs publics et justice sociale

30 min
4 points

INTÉRÊT DU SUJET • Dans les sociétés démocratiques, la lutte contre les inégalités est l'un des objectifs traditionnels de l'action des pouvoirs publics. Mais comment s'y prendre concrètement ?

▶ Présentez deux moyens par lesquels les pouvoirs publics peuvent contribuer à la justice sociale.

LES CLÉS DU SUJET

Définir les mots clés

• La **justice sociale** est l'ensemble des principes et valeurs permettant la répartition des ressources (économiques, sociales) essentielles d'une société et l'orientation des actions correctrices à mener.

• Les **pouvoirs publics** désignent l'ensemble des autorités publiques qui détiennent le pouvoir dans l'État. Les principaux moyens par lesquels les pouvoirs publics peuvent contribuer à la justice sociale sont : la fiscalité, la redistribution et la protection sociale, les services collectifs et enfin les mesures de lutte contre la discrimination.

Structurer la réponse

• Il faut en introduction définir la notion de justice sociale et les **conceptions de l'égalité** (ou des inégalités) qu'elle implique.

• Puis on présentera, dans deux paragraphes distincts, deux **modalités d'intervention** des pouvoirs publics pour lutter contre différents types d'inégalités.

36 CORRIGÉ GUIDÉ

Les titres de parties ne doivent pas figurer sur votre copie.

Introduction

La justice sociale vise à une meilleure répartition des richesses, économiques ou sociales selon différentes conceptions de l'égalité : égalité des droits, des chances ou des situations. Si tous les citoyens ont les mêmes droits, les pouvoirs publics peuvent alors orienter leurs actions pour lutter contre des inégalités considérées comme injustes. Parmi ces interventions, on peut distinguer les politiques de « discrimination positive » et la protection sociale.

Développement

- On parle de discrimination lorsqu'un individu ou un groupe d'individus est traité différemment en raison de caractéristiques personnelles : sexe, origine ethnique, handicap… Ainsi, les pouvoirs publics, par la discrimination positive, peuvent favoriser certains groupes sociaux, qui n'ont pas les mêmes chances « initiales » de réussite que les autres. Par exemple, ils peuvent doter de moyens plus importants des établissements scolaires accueillant une population défavorisée. La loi sur la parité entre les hommes et les femmes est un autre exemple de discrimination positive qui permet de lutter contre des inégalités de situations.

- Les pouvoirs publics ont également mis en place un système de protection sociale pour protéger les individus contre les risques sociaux (maladie, vieillesse, chômage…). Il s'agit ainsi, soit de financer un revenu de remplacement pour compenser l'impossibilité de travailler, soit d'effectuer un transfert de revenus des catégories ayant les revenus les plus élevés vers celles ayant les revenus les moins élevés.

À NOTER
À l'origine, la protection sociale en France bénéficiait à ceux qui avaient cotisé (logique d'assurance). Aujourd'hui dans une logique d'assistance, même ceux qui n'ont pas cotisé (les plus démunis) peuvent percevoir des prestations sociales.

Conclusion

Pour lutter contre les inégalités qu'ils considèrent comme non souhaitables au regard de la justice sociale, les pouvoirs publics peuvent, par exemple, mettre en place une discrimination positive pour davantage d'équité ou une protection sociale, dans le sens d'une plus grande égalité de situations.

S'ENTRAÎNER

37 Étude de document

Indicateurs des niveaux de vie en France

1 heure
6 points

INTÉRÊT DU SUJET • La crise économique de 2008 a touché en premier lieu les ménages les plus modestes. Les statistiques peuvent-elles nous préciser si cette crise a réellement aggravé les inégalités de niveau de vie entre les ménages en France ?

DOCUMENT Indicateurs des niveaux de vie[1] (2000-2017)

	2000	2004	2008	2012	2016	2017
Niveau de vie médian (D5)	18 490	19 300	20 670	20 460	20 730	20 820
Niveau de vie moyen	21 480	22 380	24 060	23 950	23 820	23 920
1er décile (D1)	9 210	10 720	11 340	10 840	11 150	11 190
9e décile (D9)	32 210	35 240	38 160	38 370	37 950	38 210
Rapport inter-décile (D9/D1)	3,5	3,3	3,4	3,5	3,4	3,4
Indice de Gini	0,289	0,283	0,292	0,302	0,288	0,289

Source : Insee, *Portrait social*, édition 2019.

Champ : France métropolitaine, personnes vivant dans un ménage dont le revenu déclaré est positif ou nul et dont la personne de référence n'est pas étudiante.
Montants annuels en euros constants 2017.
1. Le niveau de vie correspond au revenu disponible en tenant compte de la composition du ménage.

▶ **1.** Faites une phrase précisant le sens du rapport inter-décile en 2017.

▶ **2.** Mettez en évidence comment ont évolué les inégalités de niveaux de vie en France depuis 2000.

LES CLÉS DU SUJET

Définir les mots clés

• Le **niveau de vie** correspond au revenu disponible en tenant compte de la composition du ménage. Le revenu disponible comprend les revenus d'activité et de remplacement (indemnités chômage, retraite…), les revenus du patrimoine, les prestations sociales perçues, en retranchant les principaux impôts directs (impôt sur le revenu, taxe d'habitation…).
• Le **niveau de vie moyen** correspond au montant total des revenus disponibles de la population, divisé par l'effectif de la population.
• Le **niveau de vie médian** correspond au montant partageant la population en deux : 50 % ont un niveau de vie supérieur, 50 % un niveau de vie inférieur à cette valeur médiane.
• L'**indice de Gini** mesure le degré d'inégalité de la distribution des niveaux de vie. Il varie entre 0 et 1 : la valeur 0 correspondant à l'égalité parfaite (tout le monde a le même niveau de vie) et la valeur 1 à l'inégalité extrême (une seule personne a tout le revenu).

Comprendre le document

Le document est un tableau statistique qui présente différents indicateurs (niveau de vie médian, moyen, déciles, rapport inter-décile) permettant de **mesurer les inégalités de niveau de vie et leur évolution** entre 2000 et 2017 en France. Il s'agit de sélectionner des données de ces séries chronologiques et de les comparer avec pertinence (écart, coefficient multiplicateur, par exemple) pour caractériser leur évolution (hausse, baisse, stagnation, intensité des variations).

Structurer la réponse à la seconde question

• On mettra d'abord en évidence l'**évolution globale** : les inégalités de niveau de vie (après redistribution) sont globalement restées stables à un niveau faible sur la période 2000-2017.
• On observera ensuite l'évolution plus **en détail** : on remarque une dispersion plus importante dans le haut de la distribution ainsi qu'un léger accroissement des inégalités entre 2008 et 2012.

37 CORRIGÉ GUIDÉ

▶ **1.** Le rapport inter-décile D9/D1 permet de mesurer l'ampleur des inégalités (ici des niveaux de vie) en mesurant combien de fois le numérateur (D9, c'est-à-dire le niveau de vie plancher des 10 % d'individus les plus aisés) est plus important que le dénominateur (D1, le niveau de vie plafond des 10 % les plus pauvres). Ainsi, en France, en 2017, le « plus modeste » des 10 % les plus riches a un niveau de vie 3,4 fois plus élevé que le plus « riche » des 10 % les plus pauvres.

À NOTER
Pour mesurer l'ampleur des inégalités, on utilise l'écart inter-quantile (D9 – D1, pour une répartition en décile) ou le rapport inter-quantile (D9/D1).

▶ **2.** *Les titres de parties ne doivent pas figurer sur votre copie.*

Introduction

Ce document, élaboré par l'Insee, représente l'évolution chronologique de 2000 à 2017 de différents indicateurs du niveau de vie en France. Après avoir dégagé le niveau et la tendance principale de cette évolution, nous soulignerons les mouvements contrastés aux extrémités de la distribution ainsi qu'une légère variation entre 2008 et 2012.

Développement

• Les inégalités de niveau de vie se maintiennent à un niveau plutôt faible et restent globalement stables sur la période. Si les écarts inter-déciles (D9 – D1) sont certes croissants (de 23 000 euros en 2000 à 27 000 euros en 2017), le rapport inter-décile (D9/D1) est lui quasi stable et s'établit à environ 3,4.

• Dans le détail, on peut mesurer la dispersion, c'est-à-dire l'écart par rapport à la médiane. Le rapport D5/D1 en 2000 est proche de 2 et plus faible en 2017 : les inégalités en dessous de la médiane se réduisent. Inversement, les inégalités s'accroissent dans le haut de la distribution avec un rapport D9/D5 qui augmente.

• On constate enfin en utilisant l'indice de Gini que les inégalités de niveau de vie ont légèrement augmenté après la crise économique de 2008 : l'indice passe de 0,283 en 2004 à 0,292 en 2008, jusqu'à 0,302 en 2012, ce qui représente une hausse de près de 0,20 point, soit + 7 % environ.

Conclusion

Les inégalités de niveau de vie sont globalement stables sur la période 2000-2017, et si elles ont légèrement augmenté après la crise de 2008, elles se stabilisent à un niveau équivalent au début des années 2000.

Le caractère cumulatif des inégalités

2 h 30
10 points

INTÉRÊT DU SUJET • Ce sujet traite des différentes formes d'inégalités, mais également des mécanismes de causalité et de renforcement existant entre elles.

▶ Vous montrerez que les inégalités économiques et sociales présentent un caractère cumulatif.

DOCUMENT 1 Montants de patrimoine net début 2015 (en euros)

Revenu disponible[1]	Patrimoine moyen	Patrimoine médian (D5)	1er décile (D1)	9e décile (D9)
Inférieur au 1er quartile	83 900	18 000	1 000	218 500
Du 1er au 2e quartile	132 500	66 900	2 800	296 400
Du 2e au 3e quartile	222 700	157 500	8 100	476 200
Supérieur au 3e quartile	496 800	297 400	42 900	979 700
Ensemble	**235 900**	**113 900**	**3 000**	**534 800**

Source : Insee, *Les revenus et le patrimoine des ménages*, 2018.

1. Revenu utilisable par un ménage pour la consommation ou l'épargne comprenant les revenus d'activité, de patrimoine et de transferts déduits des impôts directs.

DOCUMENT 2 Niveau de vie et espérance de vie

[…] Le niveau de vie[1] peut être la cause directe d'un état de santé plus ou moins bon, et donc d'une durée de vie plus ou moins longue. Ainsi, les difficultés financières peuvent limiter l'accès aux soins. Par exemple, d'après l'enquête Santé et protection sociale de 2014, 11 % des adultes parmi les 20 % les plus modestes disent avoir renoncé pour des raisons financières à consulter un médecin au cours des 12 derniers mois, contre 1 % des adultes parmi les 20 % les plus aisés.

[…] Le niveau de vie a aussi un effet indirect sur la santé, parce qu'il est lié à des facteurs également associés à une santé plus ou moins bonne comme la catégorie sociale, le diplôme ou la région de résidence. Les cadres ont un niveau de vie élevé et sont moins soumis aux risques professionnels (accidents, maladies, exposition à des produits toxiques) que les ouvriers. De même, les comportements moins favorables à la santé sont plus fréquents chez les non-diplômés que chez les diplômés. Par exemple, d'après le Baromètre Santé 2016, 39 % des personnes âgées de 15 à 64 ans sans diplôme fument quotidiennement, contre seulement 21 % des diplômés du supérieur. Par ailleurs, un faible niveau de vie peut également être la conséquence d'une mauvaise santé plutôt qu'en être la cause. Une santé défaillante peut freiner la poursuite d'études, l'exercice d'un emploi, ou l'accès aux emplois les plus qualifiés.

Source : *Insee Première*, 2018.

1. Revenu disponible d'un ménage en tenant compte de sa composition.

DOCUMENT 3 Situation professionnelle trois ans après la fin des études, en fonction du diplôme obtenu

	Taux de chômage (en %)	Emploi à durée indéterminée (en %)	Catégorie socioprofessionnelle[1]				
			CPIS	PI	E	O	Autres
Aucun diplôme	49	35	1	15	37	44	3
CAP-BEP	28	49	0	13	37	48	2
Baccalauréat	19	52	3	26	42	27	2
Bac + 2	12	68	6	44	31	16	3

	Taux de chômage (en %)	Emploi à durée indéterminée (en %)	Catégorie socioprofessionnelle[1]				
			CPIS	PI	E	O	Autres
Bac + 3/4	13	68	17	53	22	6	2
Bac + 5	10	82	59	32	6	1	2
Ensemble	**20**	**62**	**18**	**33**	**27**	**20**	**2**

Source : « Quand l'école est finie. Premiers pas dans la vie active de la génération 2013 », *Céreq Enquêtes*, n° 1, octobre 2017.

Note : CPIS : Cadres et professions intellectuelles supérieures. PI : Professions intermédiaires. E : Employés. O : Ouvriers.

LES CLÉS DU SUJET

Analyser les termes du sujet et mobiliser ses connaissances

Analyse du sujet

Vous montrerez
Exposez des arguments, sans chercher de problématique.

inégalités
Définissez chaque type d'inégalité et ses caractéristiques en distinguant les inégalités économiques et les inégalités sociales.

caractère cumulatif
Montrez que chaque forme d'inégalité en engendre une ou plusieurs autres et que ces inégalités vont s'entretenir et se renforcer mutuellement.

Exploiter les documents

- **Document 1.** Ce tableau permet de voir le **lien de corrélation entre patrimoine et revenu.** Il vous faut ensuite l'expliciter en lien de causalité avec les notions de revenu disponible, épargne…
- **Document 2.** Ce texte met en évidence **les liens entre différentes formes d'inégalités.** Notez-les selon les différentes variables socio-démographiques (niveau de vie, santé, diplôme, emploi…).
- **Document 3.** Ce tableau présente **le lien entre le niveau de diplôme et les conditions d'insertion des jeunes** dans le monde du travail. Il montre que les inégalités sociales sont cumulatives et qu'elles peuvent avoir également des répercussions sur la situation économique.

Définir les arguments

Argument 1	Les inégalités de revenus et de patrimoine se renforcent mutuellement.
Argument 2	Les inégalités sociales sont cumulatives entre elles.
Argument 3	Les inégalités économiques et sociales s'entretiennent mutuellement.

38 CORRIGÉ GUIDÉ

Les titres de parties ne doivent pas figurer sur votre copie.

Introduction

Malgré l'affirmation de la devise républicaine, « Liberté, Égalité, Fraternité », nous vivons dans un pays où les inégalités réelles sont fortes. Les inégalités représentent les différences d'accès aux ressources rares et valorisées dans la société, qu'elles soient économiques ou sociales. Nous montrerons que les inégalités tant économiques que sociales peuvent s'entretenir mutuellement, d'où leur caractère cumulatif et auto-entretenu.

I. Les inégalités de revenus et de patrimoine se renforcent mutuellement

- Les inégalités économiques représentent les inégalités de revenus (flux issus de la rémunération du travail et du capital) et les inégalités de patrimoine (stock des actifs détenus). Elles peuvent se cumuler car les revenus alimentent, par la « mécanique » de l'épargne, le patrimoine. Plus les revenus sont élevés, plus les capacités d'acquérir du patrimoine, sous forme d'actions et de biens immobiliers par exemple, sont importantes.
- La répartition des patrimoines apparaît plus inégalitaire que la répartition des revenus : c'est ce que montre la comparaison des courbes de Lorenz. Ainsi, les 10 % des ménages les plus riches possèdent près de 50 % du patrimoine en France. Ils détiennent plus de 534 800 euros, contre moins de 3 000 euros pour les 10 % les moins bien dotés en patrimoine net (doument 1).
- En outre, le patrimoine génère d'autant plus de revenus qu'il est important (dividendes, intérêts, loyers…). Enfin, il peut se transmettre entre générations par l'héritage, ce qui renforce son caractère cumulatif.

II. Les inégalités sociales sont cumulatives entre elles

• Les inégalités en matière de santé sont en corrélation avec le statut social. L'emploi et la position sociale déterminent des conditions de travail plus ou moins pénibles et dangereuses. Le niveau de diplôme détermine la fréquence des consultations de santé et les pratiques à risques (document 2). L'espérance de vie est moins élevée chez les ouvriers que chez les cadres.

• Il existe également une corrélation entre l'accès inégalitaire aux diplômes et le taux de chômage. Ainsi, en 2016, trois ans après la fin de leurs études, un jeune sur deux sans diplôme est au chômage, soit un taux quatre fois supérieur à celui des jeunes diplômés bac + 2 (document 3). Le niveau de diplôme est également important pour l'acquisition d'une position sociale décisive qui génère elle-même d'autres inégalités sociales. 91 % des jeunes diplômés bac + 5 occupent une position de cadre ou de profession intermédiaire, contre 29 % pour ceux uniquement titulaires d'un baccalauréat.

III. Les inégalités économiques et sociales s'entretiennent mutuellement

• Les inégalités économiques favorisent les inégalités sociales. Des revenus faibles limitent l'accès aux soins et à une alimentation de qualité (document 2). De même, les familles aux faibles revenus ont de moindres possibilités pour financer les études de leurs enfants, générant une reproduction intergénérationnelle des inégalités d'accès aux diplômes. Enfin, les inégalités économiques ont des conséquences sur les conditions de vie (qualité du logement, lieu de résidence…) et sur les pratiques culturelles et de loisirs.

• Réciproquement, les inégalités sociales favorisent les inégalités économiques. Ainsi, l'origine sociale peut déterminer la possession d'un capital culturel plus ou moins favorable à la poursuite d'études, pouvant réduire les chances d'accès à un diplôme, à un emploi à durée indéterminée (document 3) et donc à un salaire élevé. Le niveau de santé peut également avoir un impact sur les possibilités de poursuivre des études ou d'exercer un emploi (document 2).

Conclusion

Les inégalités sont donc multiformes et s'auto-entretiennent les unes les autres, formant un cercle vicieux pour les plus défavorisés et un cercle vertueux pour les plus favorisés : accumulation des handicaps d'un côté et des privilèges de l'autre. Ce système tend à se reproduire d'une génération à l'autre, entraînant une dynamique de creusement des inégalités qui peut menacer la cohésion sociale.

39 Dissertation

L'action publique pour la justice sociale en débat

4 heures
20 points

INTÉRÊT DU SUJET • La justice sociale se trouve au cœur des préoccupations des Français. Cette question fait néanmoins débat. Quelles sont les différentes limites des actions des pouvoirs publics qui nourrissent les critiques ?

Pourquoi l'action des pouvoirs publics en matière de justice sociale fait-elle l'objet de débats ?

DOCUMENT 1 Le sentiment d'injustice face aux différents prélèvements en France (en %)

	Année de création	Principe de calcul	Appréciation des enquêtés		
			Injuste	Juste	NSP[1]
Taxe d'habitation	1791	Caractéristiques du logement et localisation	41	53	6
Taxe foncière	1791	Caractéristiques du logement et localisation	45	44	11
Impôt sur le revenu	1917	Progressif	25	70	5
TVA[2]	1954	Proportionnel	45	43	12
ISF[3]	1981	Progressif	20	67	13
CSG[3]	1990	Proportionnel	48	33	19

Source : Kevin Bernard et Alexis Spire, « Les déterminants sociaux du sentiment d'injustice fiscale », *Revue de l'OFCE*, n° 161, 2019.

Champ : Ensemble de la population de l'enquête.
1. Cette catégorie regroupe trois modalités : ne sait pas, ne connaît pas, n'a pas répondu.
2. Taxe sur la valeur ajoutée. 3. Impôt de solidarité sur la fortune, remplacé en 2018 par l'impôt sur la fortune immobilière (IFI). 4. Contribution sociale généralisée.

DOCUMENT 2 Indicateurs d'inégalité et de pauvreté de 2000 à 2018

	2000	2005	2010	2015	2018
Indicateurs d'inégalité après redistribution					
1er décile de niveau de vie (D1) (en euros 2018)	10 220	10 940	11 260	11 190	11 210
9e décile de niveau de vie (D9) (en euros 2018)	35 600	36 480	39 000	38 670	39 130
D9/D1	3,48	3,33	3,46	3,46	3,49
Indices de Gini	0,289	0,289	0,302	0,292	0,298
Indicateurs d'inégalité avant redistribution					
D9/D1	5,68	5,21	5,65	6,11	6,26
Indices de Gini	0,369	0,360	0,375	0,375	0,383
Indicateurs de pauvreté, seuil à 60 % de la médiane					
Nombre de personnes pauvres (en milliers)	7 951	7 881	8 739	8 875	9 327
Taux de pauvreté (en %)	13,7	13,2	14,3	14,2	14,8
Seuil de pauvreté (en euros 2018/mois)	942	1 000	1 051	1 046	1 063

Source : Insee, septembre 2020.

DOCUMENT 3 Conditions d'attribution du revenu de solidarité active (RSA) et mesures d'accompagnement

Conditions d'attribution

• Vous avez plus de 25 ans. Il n'y a pas de condition d'âge si vous êtes enceinte et si vous avez déjà au moins un enfant à charge.

• Si vous avez entre 18 et 25 ans, sans enfant, vous devez avoir exercé, en plus des conditions énoncées ci-après, une activité à temps plein […] durant au moins 2 ans sur les 3 dernières années. […]

• Les ressources mensuelles moyennes de votre foyer pendant les 3 mois précédant votre demande ne doivent pas dépasser un certain montant maximal de RSA […].

• Vous devez prioritairement faire valoir vos droits à l'ensemble des autres prestations sociales (allocation chômage, retraite…) auxquelles vous pouvez prétendre.

• Vous ne pourrez pas bénéficier du RSA (sauf si vous êtes parent isolé) si vous êtes :

– en congé parental ou sabbatique, en congé sans solde ou en disponibilité ;

– étudiant et que vous ne percevez pas un revenu d'activité au moins égal à 500 euros par mois (au titre des revenus déclarés chaque trimestre).

Un accompagnement personnalisé

• Si vous êtes sans emploi ou si vous tirez de votre activité des ressources limitées, le conseil départemental désignera un référent (un professionnel de l'emploi ou du secteur social) pour vous aider.

• Vous déciderez avec lui des démarches à entreprendre pour rechercher un emploi, créer votre propre activité et/ou favoriser votre insertion sociale et professionnelle.

• Vous signerez avec lui un projet personnalisé d'accès à l'emploi ou un contrat d'insertion sociale que vous devrez respecter.

Source : site de la Caisse d'allocations familiales (CAF), 2021.

DOCUMENT 4 Écarts de revenu du travail entre les hommes et les femmes en France entre 1970 et 2012

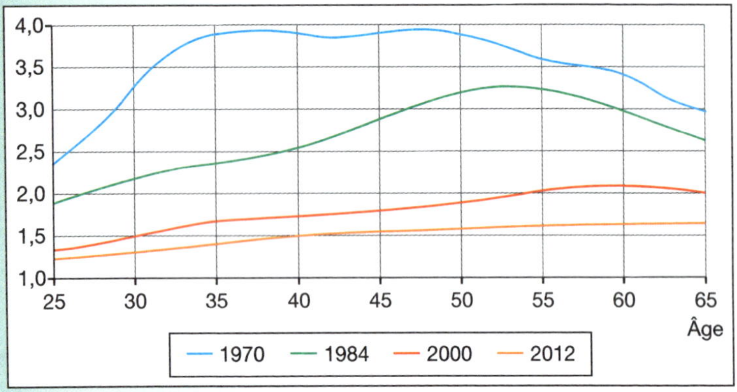

Source : Bertrand Garbinti et Jonathan Goupille-Lebret, « Inégalités de revenu et de richesse en France : évolutions et liens sur longue période », *Économie et statistiques*, n° 510-511-512, 2019.

Note : rapport entre le revenu du travail moyen des hommes et des femmes. Le revenu du travail inclut les salaires, les retraites, les indemnités de chômage et 70 % des revenus mixtes des indépendants.

Lecture : en 1970, les hommes âgés de 65 ans percevaient un revenu du travail en moyenne trois fois plus élevé que celui des femmes.

LES CLÉS DU SUJET

Analyser la consigne et dégager une problématique

Analyse du sujet

- **Pourquoi** : On vous demande de chercher les causes d'un phénomène. Il s'agit d'un sujet de type analytique.
- **action des pouvoirs publics** : Ensemble des mesures prises par l'État et les collectivités locales.
- **justice sociale** : Principes visant à diminuer les inégalités perçues comme injustes dans une société démocratique.
- **objet de débats** : Les mesures prises comportent des limites et font l'objet de critiques.

• **Problématique.** Malgré la réduction des inégalités sur le long terme, les mesures de justice sociale ont des limites en termes d'efficacité et de légitimité.

Exploiter les documents

• **Document 1.** Ce tableau synthétise les résultats d'une enquête permettant de mesurer le **sentiment d'injustice face aux principaux prélèvements obligatoires.** Quels sont les prélèvements considérés comme les plus justes ? Et les plus injustes ?

• **Document 2.** Ce tableau permet de mesurer l'**évolution des inégalités et de la pauvreté** entre 2000 et 2018. Nous disposons du revenu avant redistribution, c'est-à-dire des ressources issues de la répartition primaire des revenus, et du revenu après redistribution, obtenu en ajoutant les prestations et en ôtant les prélèvements. Quels sont les effets de la redistribution sur les inégalités de revenus ? Comment évolue la pauvreté en près de vingt ans ?

• **Document 3.** Ce document rappelle les conditions d'attribution du **revenu de solidarité active** (RSA) et l'accompagnement mis en place pour suivre ses bénéficiaires. Qui peut obtenir le RSA ? Quelles mesures sont mises en place pour favoriser le retour à l'emploi ?

• **Document 4.** Ce graphique permet de comparer les **écarts de revenu du travail entre hommes et femmes** selon l'âge et pour quatre décennies différentes. Comment évoluent les inégalités de revenu du travail selon le sexe ? Ces inégalités sont-elles les mêmes suivant l'âge ?

Définir le plan

I. Des difficultés accrues pour diminuer les inégalités	• Comment évoluent les inégalités économiques avec l'action des pouvoirs publics ? • En quoi la persistance d'inégalités sociales interroge-t-elle sur l'efficacité des mesures prises ?
II. Des risques d'effets pervers et des problèmes de légitimité	• Quels sont les effets pervers provoqués par l'action des pouvoirs publics ? • Pourquoi peut-on remettre en cause la légitimité de l'action des pouvoirs publics pour réduire les inégalités ?

39 CORRIGÉ **GUIDÉ**

Les titres des parties ne doivent pas figurer sur votre copie.

Introduction

[accroche] Le mouvement des Gilets jaunes, qui a débuté à la fin 2018, a mis en lumière un sentiment profond d'injustice sociale dans une partie de la population française. Paradoxalement, la France fait partie des pays qui consacre une partie importante de sa richesse à des mesures de justice sociale. [présentation du sujet] Les pouvoirs publics, c'est-à-dire les collectives locales et le gouvernement, ont en effet différents moyens à leur disposition pour accorder l'égalité en droits, favoriser l'équité des chances ou encore réduire les inégalités de situation. [problématique] Or, de manière croissante, la capacité des pouvoirs publics est remise en cause. Quelles sont les limites des mesures de justice sociale qui viennent ainsi nourrir ces critiques ? [annonce du plan] Nous montrerons tout d'abord que les pouvoirs publics peinent à réduire efficacement les inégalités, puis que certaines mesures adoptées ont des effets pervers ou posent question quant à leur légitimité.

I. Des difficultés à réduire les inégalités

> **▶ Le secret de fabrication**
> Il convient de poser les éléments du débat. La réponse est axée sur les limites des actions des pouvoirs publics et les critiques qu'elles nourrissent. Dans cette partie, on montrera que la réduction des inégalités économiques et sociales est imparfaite, interrogeant sur l'efficacité des mesures prises.

1. Une aggravation des inégalités économiques

• La fiscalité progressive, dont le taux de prélèvement augmente avec le revenu ou le patrimoine, doit permettre de réduire les inégalités économiques. Il en est ainsi, en France, de l'impôt sur le revenu ou encore de l'impôt sur la fortune (document 1). Les prestations sociales, ensuite, peuvent soutenir le niveau de vie des moins aisés à l'instar des minima sociaux comme le revenu de solidarité active, le RSA (document 3). La combinaison des prélèvements et des versements permet alors une redistribution monétaire. Ainsi, en 2018, les 10 % les plus aisés (9e décile) gagnent au moins 3,49 fois plus que les 10 % les moins aisés (1er décile), contre 6,26 fois plus avant redistribution (document 2).

• Pourtant on assiste depuis 2005 à un accroissement des écarts de niveaux de vie et de la pauvreté, les coefficients de Gini s'éloignant de 0 (document 2). Le système fiscal n'apparaît pas aussi progressif qu'imaginé : beaucoup de prélèvements sont proportionnels (document 1). Quant à la taxe sur la valeur ajoutée (TVA), elle a en réalité un effet dégressif sur les revenus : ce sont les ménages les plus pauvres qui consacrent une part plus importante de leur revenu à la consommation. En outre, les inégalités de patrimoine se creusent encore plus. Ainsi, depuis une trentaine d'années, les plus riches ne cessent de s'enrichir. Ces écarts croissants posent donc la question de l'efficacité des mesures de justice sociale.

2. Des inégalités sociales persistantes

• Les pouvoirs publics cherchent également à réduire les inégalités sociales. Il en est ainsi de celles de genre. Les écarts de revenu du travail entre hommes et femmes ont certes diminué fortement depuis 1970, mais elles perdurent. En 2012, à l'âge de 25 ans, les hommes gagnent 30 % de plus que les femmes. À l'âge de 65 ans, l'écart est de l'ordre de 60 % (document 4). Les gouvernements ont pris des mesures pour garantir l'égalité en droits des hommes et des femmes. Mais il persiste des inégalités de chances qui renvoient encore aujourd'hui aux rôles sociaux assignés selon le genre. Ainsi, malgré les lois sur la parité en politique et dans les conseils d'administration des entreprises, les femmes restent largement minoritaires dans les instances de pouvoir.

MOT CLÉ
Si les inégalités économiques portent sur les revenus, le patrimoine ou encore l'emploi, les inégalités sociales renvoient, quant à elles, à des différences de pratiques culturelles, d'éducation ou de conditions de vie.

S'ENTRAÎNER

• En dépit du développement des services collectifs de santé ou d'éducation, les inégalités selon l'origine sociale restent fortes. En termes d'éducation, la massification ne s'est pas traduite par une réelle démocratisation scolaire. Et les formations très sélectives, comme les classes préparatoires aux grandes écoles (CPGE), restent l'apanage des milieux sociaux favorisés. Dans le domaine de la santé, les inégalités d'espérance de vie entre cadres et ouvriers restent fortes, et plus encore si l'on compare l'espérance de vie en bonne santé.

II. Des effets pervers et une crise de légitimité

1. Des effets désincitatifs

• Selon la logique libérale, les minima sociaux ou les indemnités chômage pourraient avoir des effets désincitatifs. Les bénéficiaires feraient un arbitrage, préférant le maintien de leurs prestations à un retour à l'emploi, notamment à bas salaire. Quant aux plus démunis, ils auraient des difficultés à sortir de la pauvreté et pourraient tomber dans des trappes à inactivité malgré les mesures d'accompagnement mises en place (document 3), restant ainsi en dessous du seuil de pauvreté.

• Dans les années 1970, Arthur Laffer, un économiste libéral, a mis en évidence les effets désincitatifs des impôts. Au-delà d'un seuil dit « optimal » d'imposition, les agents économiques auraient tendance à moins produire pour échapper aux prélèvements, voire à pratiquer l'évasion fiscale. Ce principe du « trop d'impôt tue l'impôt » a inspiré des baisses de prélèvements obligatoires importantes en réponse à la défiance de nombreux citoyens.

2. Une crise de légitimité

• Certaines mesures de justice sociale font débat. Le versement du RSA est suspendu à de nombreux critères (document 3). Si certains experts mettent en avant l'effet de trappes, d'autres pointent la situation des non-recours. Cette question s'est ainsi invitée lors de l'élection présidentielle de 2017, certains candidats plaidant pour l'instauration d'un système de revenu universel. Par ailleurs, dans le contexte de la crise sanitaire de Covid-19, la situation des étudiants sans revenu d'appoint, mais ne pouvant percevoir le RSA, pose question. Dans le domaine de l'éducation, si l'instauration récente de quotas de bacheliers boursiers dans certaines formations du supérieur peut sembler légitime, elle est source de critiques : rupture d'égalité pour les uns ou risque de discrimination pour d'autres.

> **À NOTER**
> L'estimation du taux de non-recours au RSA (part des personnes ayant droit au RSA et ne le demandant pas) se situe dans une fourchette de 28 à 35 %.

• Face à l'impôt, on assiste à une hausse du sentiment d'injustice. Une enquête récente montre que différents prélèvements (contribution sociale généralisée, taxe sur la valeur ajoutée, taxe foncière) sont considérés comme injustes pour une majorité de la population, posant ainsi le problème du consentement à l'impôt (document 1). Certains, et notamment les moins aisés, ont ainsi le sentiment de beaucoup plus contribuer au financement du système que d'en bénéficier. Le modèle du citoyen contribuant à l'intérêt général et payant ses impôts par devoir a donc tendance à s'effriter.

Conclusion

[bilan] Depuis une quinzaine d'années, on assiste à l'aggravation des inégalités de niveaux de vie et de patrimoine tandis que persistent des inégalités sociales. Les pouvoirs publics peinent à atteindre leurs objectifs de réduction de ces écarts. En outre, certaines mesures redistributives sont critiquées pour leur effet désincitatif. Parallèlement, c'est l'idée même de prélèvement qui est décriée, délégitimant le principe du consentement à l'impôt. [ouverture] Dans les sociétés démocratiques, la question de l'acceptation des politiques publiques est cruciale pour les gouvernants. Or, la défiance des citoyens ne cesse de progresser, comme en témoignent la montée de l'abstention et les derniers mouvements sociaux. L'organisation de débats de citoyens, notamment en réponse à la quête de justice sociale des Gilets jaunes, suffira-t-elle à légitimer les actions à venir ?

S'ENTRAÎNER

Préparer l'épreuve écrite : le sprint final

L'essentiel du programme en 8 fiches MÉMO

2 SUJETS COMPLETS

Sujet spécimen 2021 n° 1

Sujet spécimen 2021 n° 2

Les sources et les défis de la croissance économique

A Les enjeux du thème

B Les points à maîtriser

1. Les sources de la croissance

● **Définition de la croissance**

– **augmentation soutenue**, pendant une période longue, de la production d'un pays

– mesurée par la variation du produit intérieur brut (PIB) réel

> MOT CLÉ **Le PIB mesure les richesses créées par les unités de production résidentes sur le territoire national durant une année.**

● **Deux principales sources**

– accumulation des facteurs de production, travail et capital : croissance dite **extensive**

– amélioration de l'efficacité des facteurs de production (progrès technique), mesurée par la hausse de la productivité globale des facteurs (PGF) : croissance dite **intensive**

2. Le rôle du progrès technique

● Le progrès technique désigne l'**ensemble des innovations** : nouveaux produits, nouvelles méthodes de production, nouvelles manières d'organiser le travail.

● Le progrès technique est **source endogène de croissance**.

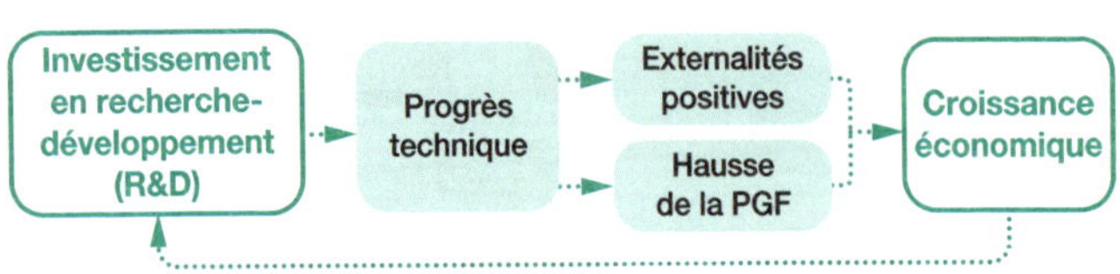

3. Institutions et croissance

- Les institutions désignent l'ensemble des **organisations**, des **règles** (réglementation, lois) et des **pratiques** acceptées par tous, qui encadrent les échanges.
- De « bonnes institutions » (État de droit, droit de propriété, brevets) créent un cadre qui favorise l'**investissement** et l'**innovation**, et donc la croissance.

> MOT CLÉ **Le droit de propriété est le droit, garanti par l'État, de pouvoir utiliser, tirer profit ou disposer (c'est-à-dire vendre ou transformer) des biens dans le cadre prévu par la loi.**

4. Les limites du progrès technique et de la croissance

Un processus de destruction créatrice → Le progrès technique crée de nouvelles activités, mais en détruit d'autres devenues obsolètes.

Des gains inégalement répartis → Les revenus du travail diminuent comparativement à ceux du capital en raison de la modification de la combinaison de production.

La soutenabilité de la croissance ? →
- Selon certains économistes, le progrès technique peut repousser les limites de la croissance.
- Selon d'autres, la nature est un capital non substituable.

LES DÉPENSES INTÉRIEURES DE R&D

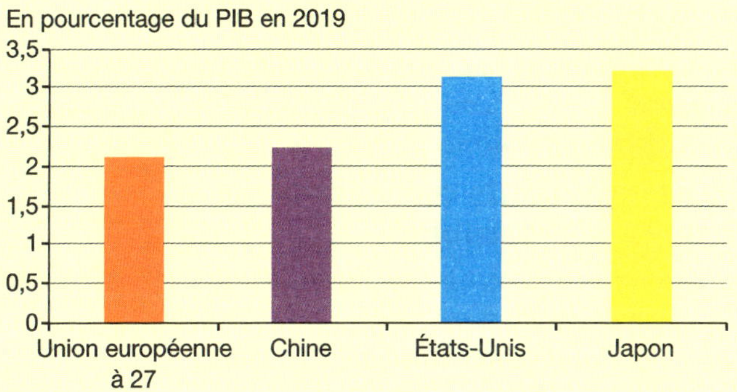

Source : OCDE, 2021.

En 2019, les États-Unis consacraient plus de 3 % de leur PIB à la recherche-développement (R&D), contre à peine plus de 2 % pour l'Union européenne et pour la Chine.

Commerce international et internationalisation de la production

A Les enjeux du thème

Les fondements du commerce international et de l'internationalisation de la production

1. Quels sont les déterminants des échanges entre pays différents ?
2. Quels sont les déterminants des échanges entre pays comparables ?
3. Quels sont les facteurs de compétitivité des pays ?
4. Quels sont les termes du débat entre libre-échange et protectionnisme ?

B Les points à maîtriser

1. Les déterminants des échanges entre pays différents

● Les pays ont tendance à se spécialiser dans des secteurs pour lesquels ils possèdent un **avantage comparatif** et à importer les autres produits.

● L'avantage comparatif repose :
– sur des **différences de productivité**
– sur des **différences de dotations** factorielles ou technologiques, c'est-à-dire de quantité de facteurs de production (travail, capital, ressources naturelles, technologie) disponibles.

2. Les déterminants des échanges entre pays comparables

● Les pays comparables s'échangent des produits issus d'une même branche d'activité : **commerce intrabranche**.

● Le commerce intrabranche s'explique :
– par les stratégies des firmes qui différencient leurs produits afin de répondre à la **demande de variété**
– par l'intégration des pays dans une même chaîne de valeur mondiale, qui s'échangent ainsi des biens intermédiaires

> MOT CLÉ **Une chaîne de valeur mondiale désigne l'ensemble des activités menées par les firmes pour mettre un produit sur le marché, depuis sa conception jusqu'à sa livraison.**

3. Les facteurs de compétitivité des pays

● La compétitivité d'un pays désigne son aptitude à **exporter** qui dépend principalement de la capacité de ses firmes à maintenir ou augmenter leurs parts de marché.

Les principaux moyens d'accroître la compétitivité d'une firme

- Diminuer les coûts unitaires grâce à des gains de productivité (compétitivité-prix)
- Améliorer la qualité ou le caractère innovant de ses produits (compétitivité hors-prix)

● Les firmes vont alors **internationaliser leur chaîne de valeur**, pour tirer profit des avantages comparatifs à chaque stade de la production.

4. Les termes du débat entre libre-échange et protectionnisme

Le libre-échange
suppression de tout obstacle aux échanges

Avantages :
- baisse des prix
- variété des produits
- baisse des inégalités entre pays

Risques :
- abandon de certaines activités
- inégalités au sein des pays

Le protectionnisme
protection de la production nationale contre la concurrence étrangère

Avantages :
- maintien des productions locales
- protection de l'emploi

Risques :
- prix élevés
- guerre commerciale
- avantage aux pays riches

LES DROITS DE DOUANE DANS LE MONDE

Dans le monde, les droits de douane ont été **divisés par deux** en moins de 20 ans, passant de 10,8 % du prix des produits importés en 2000 à **5,2 % en 2017**, selon la Banque mondiale.

3 Les crises financières et la régulation du système financier

A Les enjeux du thème

Les crises financières et la régulation du système financier

1. Quels sont les mécanismes d'une crise financière ?
2. Comment se forment et éclatent les bulles spéculatives ?
3. Quelles sont les caractéristiques des crises bancaires ?
4. Comment les crises financières se transmettent-elles à l'économie réelle ?
5. Comment peut-on réguler le système financier ?

B Les points à maîtriser

1. Les mécanismes d'une crise financière

● Lorsque le prix d'un actif augmente de manière excessive, à cause de la spéculation dont il est l'objet, il se forme une bulle spéculative.

> MOT CLÉ **La spéculation consiste à acheter des actifs pour les revendre à un prix plus élevé.**

● Lorsque la bulle spéculative « **éclate** » (baisse brutale du prix de l'actif), elle provoque des faillites bancaires en chaîne.

● La crise bancaire se propage ensuite à l'**économie réelle** (production, investissement, emploi, consommation).

2. La formation et l'éclatement des bulles spéculatives

Anticipations à la hausse en période de confiance → Comportement mimétique des investisseurs → **Hausse des prix des actifs : formation d'une bulle spéculative**

Anticipations à la baisse du fait d'un événement économique ou politique → Phénomène de prophétie autoréalisatrice → **Baisse des prix des actifs : éclatement de la bulle spéculative**

3. Les caractéristiques des crises bancaires

● Les banques interviennent sur le marché financier en prenant de plus en plus de risques car leur poids dans l'économie crée un aléa moral.

> **MOT CLÉ L'aléa moral est la situation d'un agent économique qui, sur le marché, prend un risque inconsidéré car il est certain d'être couvert contre ce risque.**

● Lorsqu'une crise financière éclate, la valeur des titres détenus par les banques s'effondre, ce qui incite leurs clients à retirer leur épargne en masse. Cette **panique bancaire** entraîne des **faillites en chaîne** de banques, celles-ci manquant de liquidités pour faire face aux retraits de leurs clients.

4. La transmission des crises financières à l'économie réelle

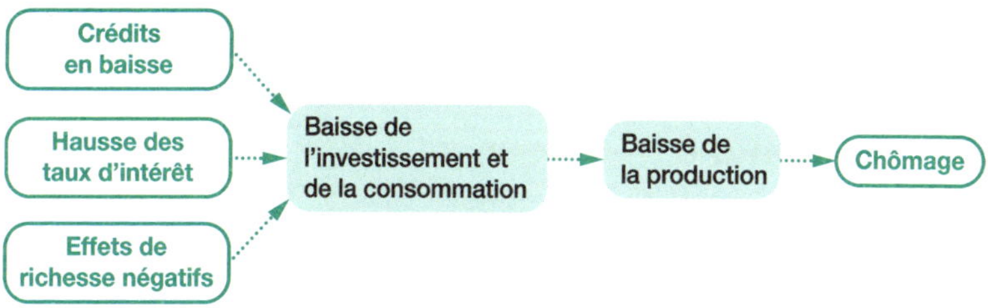

> **CHIFFRES CLÉS La crise des *subprimes* a eu des effets importants sur la croissance du PIB dans la zone euro : de 3 % en 2007, celle-ci est passée à 0,4 % en 2008 et à – 4,5 % en 2009.**

5. La régulation du système financier

● De nouvelles **règles prudentielles** ont été définies afin de protéger les épargnants et les investisseurs, et de limiter le risque systémique.

● Ces règles ont pour but d'augmenter le **ratio de solvabilité**, c'est-dire le rapport entre les fonds propres et les crédits distribués.

1. Encadrement des activités des agences de notation pour éviter les conflits d'intérêts
2. Réduction du secret bancaire et accords d'échanges d'informations fiscales entre États
3. Séparation des activités de financement des banques et de leurs activités spéculatives
4. Mécanisme de supervision bancaire au niveau européen

4 Les politiques économiques dans le cadre européen

A Les enjeux du thème

Les politiques économiques dans le cadre européen

1. Quels sont les différents aspects de l'intégration européenne ?
2. Quels sont les effets de l'intégration européenne sur la croissance ?
3. Quels sont les objectifs, les modalités et les limites de la politique européenne de la concurrence ?
4. Comment les politiques budgétaire et monétaire agissent-elles sur la conjoncture ?
5. Quelles sont les caractéristiques et les difficultés des politiques budgétaire et monétaire ?

B Les points à maîtriser

1. Les différents aspects de l'intégration européenne

● Le **marché unique** est l'espace de libre circulation des biens, des services, des capitaux et des personnes. Mis en place par l'Acte unique européen (1986), il entre en vigueur en **1993**.

● L'euro entre en circulation en 2002. Il est la monnaie unique de 19 États de l'**Union européenne** (UE) : la **zone euro**.

À NOTER **L'Union européenne compte 27 États membres, mais seuls 19 ont adopté l'euro.**

2. Les effets de l'intégration européenne sur la croissance économique

- Augmentation des débouchés → Croissance
- Économies d'échelle → Croissance
- Amélioration de la compétitivité-prix → Croissance
- Innovation et hausse de la productivité → Croissance

3. Objectifs, modalités et limites de la politique européenne de la concurrence

Objectifs
- assurer une concurrence libre, loyale et non faussée
- améliorer la compétitivité des entreprises
- favoriser la consommation

Modalités
- compétence exclusive de l'Union européenne
- mise en œuvre par la Commission européenne
- règles empêchant d'user d'une position dominante
- interdiction des aides d'État et remise en cause des monopoles publics

Limites
- absence de « champions européens » pour faire face à la concurrence internationale
- remise en cause des services publics

4. La politique économique conjoncturelle

La politique économique conjoncturelle repose sur deux instruments.

● La **politique monétaire** est l'ensemble des moyens mis en œuvre pour contrôler l'offre de monnaie. Elle cherche à limiter l'inflation par des taux d'intérêt élevés.

● La **politique budgétaire** utilise le budget de l'État pour agir sur la conjoncture économique : une hausse des dépenses publiques cherche à relancer la croissance ; une baisse des dépenses publiques vise à limiter le déficit budgétaire et l'endettement.

5. Caractéristiques et difficultés des politiques monétaire et budgétaire au sein de l'UE

● **Caractéristiques**

– politique monétaire unique menée par la Banque centrale européenne (BCE) pour toute la zone euro
– politique budgétaire définie au niveau national
– encadrement de la politique budgétaire : déficit public inférieur à 3 % du PIB ; dette publique inférieure à 60 % du PIB

● **Difficultés**

– politique monétaire aux effets différents selon la conjoncture économique de chaque pays
– existence de chocs asymétriques (qui ne touchent qu'un seul pays ou dont l'effet diffère selon les pays)
– défaut de coordination des politiques conjoncturelles et de solidarité entre les pays

CHIFFRES CLÉS
- **Taux de croissance de l'UE (27 États) en 2020 : – 6,4 %**
- **Taux de croissance de la zone euro (19 États) en 2020 : – 6,8 %**

SPRINT FINAL

a structure de la société 'ançaise actuelle

A Les enjeux du thème

La structure de la société française actuelle

1. Quels sont les facteurs de structuration et de hiérarchisation de l'espace social ?
2. Quelles sont les évolutions de la structure socioprofessionnelle en France ?
3. Comment peut-on analyser la structure sociale ?
4. L'analyse en termes de classes sociales est-elle toujours pertinente ?

B Les points à maîtriser

1. La société française, un espace social hiérarchisé

● La **profession**, un déterminant central :

– donne accès à de nombreuses ressources, et donc à une **position sociale** ;

– hiérarchisée selon la **nomenclature des professions et catégories socioprofessionnelles** (PCS) en fonction de différents critères (secteur d'activité, statut, niveau de qualification).

● Le **genre** est également un facteur primordial de la hiérarchie sociale.

● Enfin, la **position dans le cycle de vie** (jeunes, seniors), le lieu de **résidence** et la composition de la **famille** sont d'autres facteurs importants de la hiérarchie sociale.

2. Les évolutions de la structure socioprofessionnelle en France

- Salarisation des emplois
- Tertiarisation (employés)
- Augmentation des qualifications
- Féminisation des emplois

→ **Une structuration socioprofessionnelle en évolution**

3. Les analyses de la structure sociale

Karl Marx et la lutte des classes

- **Des classes en soi** : le prolétariat et la bourgeoisie
- **Des classes pour soi** : une conscience de classe qui oppose

Max Weber et la stratification sociale

- Dimension **économique** : la classe sociale
- Dimension **sociale** : le groupe de statut
- Dimension **politique** : la participation au pouvoir

4. La pertinence de l'analyse en termes de classes sociales

● L'analyse en termes de classes sociales **reste pertinente** pour traiter des inégalités entre classes sociales.

● Cependant des **mutations** viennent la questionner :
– les inégalités au sein des classes sociales se creusent
– la conscience de classe recule
– le processus d'individualisation progresse

MOT CLÉ **L'individualisation est le processus par lequel l'individu s'émancipe des institutions et des groupes d'appartenance.**

GENRE ET HIÉRARCHIE SOCIALE

En 2020, en France, selon l'Insee :

- **20,2 % des femmes** de plus 15 ans sont des **employées** (elles représentent **74,9 %** de cette catégorie socioprofessionnelle) ;
- **8,7 % des femmes** de plus de 15 ans sont des **cadres et professions intellectuelles supérieures** (12,8 % des hommes de plus de 15 ans) ;
- **57,5 %** des personnes de plus de 15 ans **n'ayant jamais travaillé** sont des **femmes** (alors que les femmes représentent 52,3 % des personnes de plus de 15 ans).

6 Les mutations du travail et de l'emploi

A Les enjeux du thème

Les mutations du travail et de l'emploi

1. Quelles sont les frontières entre emploi, chômage et inactivité ?
2. Comment évoluent les formes d'organisation du travail ?
3. Quels sont les effets de l'évolution des formes d'organisation du travail et du numérique sur le travail et l'emploi ?
4. Quel est le rôle du travail et de l'emploi sur l'intégration sociale ?

B Les points à maîtriser

1. Les frontières de l'activité professionnelle

● Trois situations :

– **emploi** : activité rémunérée et déclarée

– **chômage** : situation d'une personne sans emploi et qui en recherche un (un chômeur est un **actif**, comme une personne occupant un emploi)

– **inactivité** : situation d'une personne qui ne peut/veut pas travailler (chômeurs découragés ou radiés des statistiques du chômage, personnes travaillant de manière non déclarée…)

● **Des frontières de plus en plus floues** :

– **emploi atypique** : contrat à durée déterminée (CDD), intérim, temps partiel

– **halo du chômage** : personnes en formation, découragées, non déclarées

● Les formes atypiques d'emploi dégradent la **qualité de l'emploi** (statut, salaire, conditions de travail, formation).

2. L'évolution des formes d'organisation du travail

Taylorisme

- Division horizontale du travail et spécialisation des ouvriers
- Division verticale du travail entre ingénieurs et ouvriers (« *one best way* »)
- Relation hiérarchique stricte

Post-taylorisme

- Flexibilité et polyvalence
- Enrichissement des tâches et responsabilisation des ouvriers
- Management participatif valorisant l'implication des ouvriers

3. Les effets de l'évolution des formes de l'organisation du travail et du numérique

● Le **post-taylorisme** permet aux salariés d'être libérés des contraintes du taylorisme et améliore les conditions de travail. Mais la polyvalence et l'autonomie rendent le **travail plus intense**.

● Le **numérique** brouille la frontière entre les temps de travail et hors travail. L'activité du salarié est également **plus contrôlée**.

● Il y a une **polarisation des emplois** : très qualifiés, peu qualifiés.

4. Le rôle du travail et de l'emploi sur l'intégration sociale

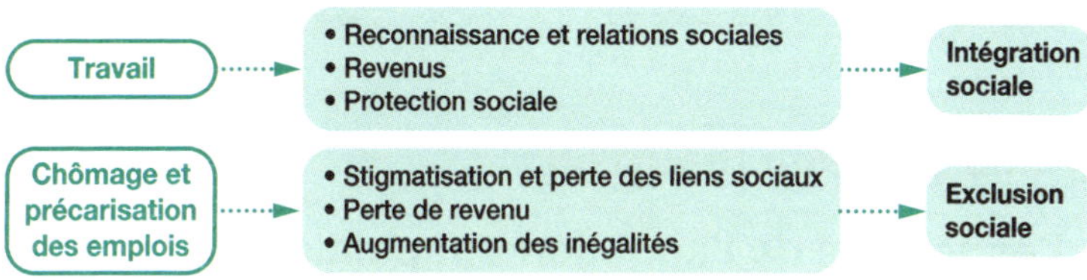

LE HALO DU CHÔMAGE

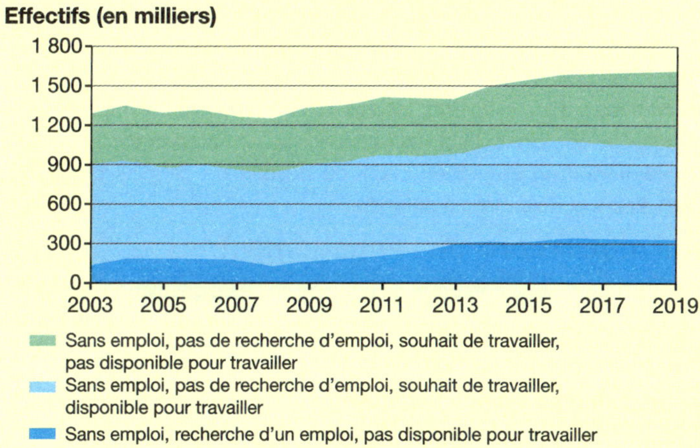

Champ : France hors Mayotte, personnes de 15 ans et plus.
Source : Insee, *Enquête Emploi 2019*.

Ce graphique indique le nombre de personnes appartenant au halo autour du chômage depuis 2003 : elles sont 1,6 million, soit 3,8 % des 15-64 ans, en 2019.

L'engagement politique dans les sociétés démocratiques

A Les enjeux du thème

L'engagement politique dans les sociétés démocratiques

1. Quelles sont les différentes formes de l'engagement politique ?

2. Pourquoi les individus s'engagent-ils en politique ?

3. Quels sont les déterminants sociodémographiques de l'engagement ?

4. Comment l'action collective se transforme t-elle ?

B Les points à maîtriser

1. Les formes de l'engagement politique

- Une **définition** : participation à une activité politique visant à influencer les décisions et les règles de fonctionnement de la société

- Des **formes diverses :**

– **conventionnelles** : vote et militantisme au sein de partis politiques

– **non conventionnelles** : actions protestataires (manifestations, grèves, pétitions, occupations…)

– **associatives** : avec différents degrés d'implication (adhérent, bénévole, dirigeant) et de domaines d'activité (sport, loisirs, environnement…)

– de **consommation engagée** : choix ou boycott de certains produits au nom de valeurs et de causes à défendre

2. Les motivations de l'engagement

- L'individu rationnel se comporte en principe en passager clandestin. Mais si tous agissent ainsi, il n'y a plus d'engagement. C'est le **paradoxe de l'action collective**.

> MOT CLÉ **Le passager clandestin est un individu qui profite des gains de l'action collective sans s'y engager pour ne pas en supporter les coûts.**

- L'engagement s'explique alors par des **incitations sélectives** réservant aux participants à l'action les avantages obtenus, mais aussi par des **rétributions symboliques** (sentiment de solidarité, reconnaissance…).

- La **structure des opportunités politiques** crée aussi un contexte favorisant l'engagement : élections, rapports de force, opinion…

3. Les déterminants sociodémographiques de l'engagement

Des déterminants sociodémographiques

L'âge et la génération
- engagement (électoral, militant, associatif) plus faible des jeunes
- effet de génération : influence d'un événement (exemple : mai 1968)

Le genre
- participation électorale semblable entre les sexes
- engagement associatif et partisan moins fort chez les femmes

La catégorie sociale et le diplôme
- engagement plus important des CSP + et des diplômés
- mais des « mobilisations improbables » (exemple : Gilets jaunes)

4. Les transformations de l'action collective

1. De **nouveaux enjeux** d'action collective apparaissent, moins matérialistes, même si les conflits du travail perdurent.

2. Les répertoires d'action s'enrichissent : actions spectaculaires et médiatisées, mobilisation des réseaux sociaux, zones à défendre (ZAD)…

> MOT CLÉ **Un répertoire d'action représente les différents moyens utilisés afin d'exprimer des idées, des revendications, un mécontentement, individuellement ou collectivement.**

3. De **nouveaux acteurs** émergent : associations, collectifs…

L'ADHÉSION AUX ASSOCIATIONS (EN 2016)

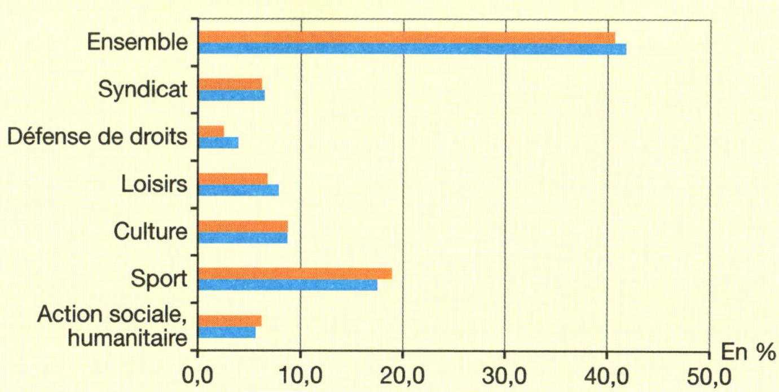

Source : Insee.

Inégalités et conceptions de la justice sociale

A Les enjeux du thème

Inégalités et conceptions de la justice sociale

1. Comment évoluent les inégalités économiques au XXe siècle ?
2. Quels sont les principaux outils pour mesurer les inégalités ?
3. Quelle égalité selon quelle justice sociale ?
4. Les pouvoirs publics peuvent-ils agir en faveur de la justice sociale ?

B Les points à maîtriser

1. Évolution et caractéristiques des inégalités au XXe siècle

- Dans le monde, après avoir augmenté, les inégalités économiques **entre pays** tendent à diminuer depuis une vingtaine d'années.
- Mais les **inégalités économiques internes** aux pays se creusent. C'est le cas en France depuis la fin des années 1970.
- De plus, les inégalités économiques et les inégalités sociales **se cumulent et se reproduisent** d'une génération à une autre.

> MOTS CLÉS **Les inégalités économiques recouvrent les inégalités de revenus et de patrimoine. Les inégalités sociales portent sur l'accès aux ressources socialement valorisées (santé, diplôme).**

2. Les principaux outils pour mesurer les inégalités

1. **Rapports interquantiles** : la population est divisée en tranches en fonction du revenu (10 % pour les déciles, 1 % pour les centiles). On mesure les inégalités en fonction du rapport de revenu entre ces différentes tranches.
2. **Courbe de Lorenz** : représentation graphique permettant de visualiser la distribution d'une variable (patrimoine, revenu) au sein d'une population.
3. **Cœfficient de Gini** : indicateur synthétique d'inégalités de revenus. Il varie entre 0 et 1 : plus il est proche de 1, plus l'inégalité est élevée.
4. **Mesure dynamique des inégalités** : comparaison des revenus des parents et des enfants.

3. Égalité et justice sociale

- Trois formes d'égalité :

– égalité des **droits** devant la loi
– égalité des **chances** d'accéder à une position sociale élevée
– égalité des **situations** avec les mêmes ressources économiques et sociales

- Deux conceptions de la justice sociale :

> MOT CLÉ **La justice sociale est l'ensemble des principes concernant la répartition des ressources économiques et sociales.**

– La conception « **égalitariste** » prône une égalité politique, économique, sociale complète entre tous.
– La conception « **libérale** » privilégie la liberté à l'égalité, justifiant ainsi certaines inégalités.

4. Pouvoirs publics et justice sociale

Action des pouvoirs publics

→ **Réduction des inégalités**
- Fiscalité
- Services collectifs
- Protection sociale

→ **Limites de l'action publique**
- Contraintes de financement
- Contraintes européennes
- Efficacité limitée
- Crise de légitimité

RICHES ET PAUVRES EN FRANCE

• Depuis le début du XXIe siècle, **le taux de pauvreté augmente** en France. Ainsi, le pourcentage de la population dont le niveau de vie est inférieur au seuil de pauvreté est passé de 13,5 % en 2001 à 14,8 % en 2018.

• Dans le même temps, **le nombre de milliardaires augmente** : selon Oxfam, de 15 en 2001, il est passé à 40 en 2018, leur fortune cumulée atteignant alors environ 320 milliards de dollars.

40 Sujet spécimen 2021 • DISSERTATION

Facteurs de production et croissance économique

4 heures
20 points

INTÉRÊT DU SUJET • La chute de la production provoquée par la Covid-19 et les effets sociaux de cette baisse impliquent de se pencher sur les sources de la croissance afin de favoriser une reprise de l'activité la plus rapide possible.

Les facteurs travail et capital sont-ils suffisants pour expliquer la croissance ?

DOCUMENT 1 **Contribution en point de pourcentage à la croissance du PIB en 2017**

	PIB (en %)	Heures travaillées totales[1]	Capital	Productivité globale des facteurs
France	2,2	– 0,1	0,7	1,6
Grèce	1,5	1,5	– 0,2	0,2
Corée du Sud	3,1	– 0,9	1,4	2,6
Allemagne	2,4	0,8	0,4	1,2
États-Unis	2,1	0,8	0,6	0,7

Source : d'après OCDE, 2019

1. Les heures travaillées correspondent au facteur travail.

DOCUMENT 2 **L'intensité de la recherche et développement dans les pays de l'OCDE**

L'intensité de la recherche et développement (R&D) (dépenses de R&D en pourcentage du produit intérieur brut, PIB) dans la zone OCDE[1] est passée de 2,34 % en 2017 à 2,38 en 2018. […]

Cette hausse [...] a été tirée par une croissance réelle plus rapide des dépenses de R&D (+ 3,9 %) par rapport au PIB (+ 2,3 %). La zone OCDE n'a pas connu de croissance comparable des dépenses de R&D sur une période de deux ans depuis avant la crise financière mondiale de 2008. La croissance de l'intensité de la R&D était généralisée dans la majorité des pays de l'OCDE en 2018, les États-Unis, le Japon, l'Allemagne et la Corée représentant une grande partie de cette augmentation [...]. L'intensité de R&D dans la zone UE 28[2] a dépassé pour la première fois le seuil de 2 %, passant de 1,98 % à 2,03 %, en grande partie en raison des tendances en Allemagne, au Royaume-Uni et en Pologne. Israël et la Corée ont affiché les niveaux d'intensité de R&D les plus élevés parmi les pays de l'OCDE en 2018, à 4,9 % et 4,5 % du PIB. Les dépenses réelles de R&D dans la zone OCDE ont augmenté de 3,9 % en 2018, principalement sous l'effet du comportement des entreprises en matière de performance en matière de R&D, qui a représenté plus de 75 % de cette croissance. [...]

La position de la Chine en tant que deuxième producteur mondial de R&D est confirmée pour 2018.

Source : OCDE, 2020.

1. L'Organisation de coopération et de développement économiques réunit 37 pays en 2020, la plupart développés avec un système politique démocratique et une économie de marché.
2. L'UE 28 désigne l'ensemble des 28 membres de l'Union européenne entre 2013 et 2020.

DOCUMENT 3 Indicateurs[1] de gouvernance[2] mondiaux en 2018

	Norvège	Haïti	Allemagne	Chine
Lutte contre la corruption	2,1	– 1,3	1,9	– 0,3
Qualité de la réglementation	1,8	– 1,2	1,8	– 0,2
État de droit (respect des règles, compétences de la police et de la justice...)	2	– 1	1,6	– 0,2
Efficacité des pouvoirs publics (application de politiques favorables au développement...)	1,9	– 1,9	1,6	0,5

	Norvège	Haïti	Allemagne	Chine
Stabilité politique et absence de violence/terrorisme	1,1	– 0,6	0,6	– 0,3
Voix[3] et responsabilisation (sélection des gouvernants par les citoyens, liberté d'expression…)	1,7	– 0,7	1,4	– 1,4

Source : D'après Banque mondiale, données 2019.

1. Les indicateurs de la Banque mondiale varient de – 2,5 à 2,5 : plus la valeur est élevée, plus la gouvernance peut favoriser le développement.
2. Selon la Banque mondiale, la « bonne gouvernance est la manière avec laquelle le pouvoir est exercé dans la gestion publique des ressources économiques et sociales en vue du développement ». Elle se mesure par les six indicateurs du tableau.
3. Prise de parole citoyenne.

DOCUMENT 4 Les dépenses intérieures pour l'éducation (DIE) en France

	1980	2018 p
DIE en milliards d'euros	77,7	157,2
DIE/PIB (en %)	7,5	8,7
Dépense moyenne par élève (en euros)	4 770	8 810
Structure du financement (en %)		
État	67,90	57,40
Collectivités territoriales	14,30	23,40
Autres administrations publiques et Caisses d'allocations familiales	0,40	2,90
Entreprises	6,70	8,50
Ménages	10,70	7,80

Source : D'après *L'État de l'école 2019*, ministère de l'Éducation nationale, de la jeunesse et des sports, novembre 2019.

Note : 2018 p : données provisoires.
Champ : France métropolitaine + DOM.

LES CLÉS DU SUJET

Analyser la consigne et dégager une problématique

Analyse du sujet

- **facteur travail** : Facteur de production représenté par les actifs occupant un emploi.
- **facteur capital** : Facteur de production constitué par les moyens de production.
- **suffisants** : D'autres facteurs peuvent expliquer le phénomène étudié.
- **expliquer** : Revient à analyser les causes du phénomène étudié.
- **croissance** : Augmentation des richesses créées dans une économie, mesurée par le taux de croissance du produit intérieur brut (PIB) réel.

• **Problématique.** La formulation du sujet incite à montrer que la contribution des facteurs travail et capital n'est pas suffisante pour expliquer la croissance économique car celle-ci a d'autres sources.

Exploiter les documents

• **Document 1.** Le tableau statistique permet de mesurer le poids des différents facteurs contribuant à la **croissance économique** dans cinq pays développés. Quelles sont les principales contributions à la croissance ? Qu'est-ce que la productivité globale des facteurs (PGF) ?

• **Document 2.** Ce texte porte sur l'évolution de l'intensité en **recherche et développement** (R&D) dans un certain nombre de pays de l'OCDE et en Chine. Comment évolue l'intensité en R&D ? Quels sont les effets sur la croissance économique ?

• **Document 3.** Les données du tableau touchent à la **gouvernance** de deux pays développés (Norvège et Allemagne), d'un pays émergent (Chine) et d'un pays pauvre (Haïti). Dans quels pays les indicateurs de gouvernance sont-ils les plus élevés ? Quelles relations entre ces indicateurs et la croissance économique ?

• **Document 4.** Les données du document permettent d'étudier l'évolution des **dépenses intérieures pour l'éducation** (DIE) en France entre 1980 et 2018. Comment évoluent les DIE en France ? Quels en sont les effets sur la croissance ?

Définir le plan

I. Le rôle des facteurs de production dans la croissance	• Quelle est la contribution du facteur travail dans la croissance (document 1) ? • Quelle est la contribution du facteur capital dans la croissance (document 1) ?
II. Les autres facteurs de la croissance	• Comment la productivité favorise-t-elle la croissance (documents 1 et 2) ? • Quel rôle jouent les institutions dans la croissance (documents 3 et 4) ?

40 CORRIGÉ GUIDÉ

Les titres des parties ne doivent pas figurer sur votre copie.

Introduction

[accroche] Les confinements provoqués par la Covid-19 ont provoqué une forte baisse du PIB dans un grand nombre de pays en 2020. La question de la reprise de la croissance, et de ses facteurs, se pose en 2021 alors que la pandémie est toujours présente. [présentation du sujet] Une partie de la réponse tient aux facteurs capital et travail, mais ceux-ci sont-ils suffisants pour expliquer la croissance ? Comme facteurs combinés dans le processus de production, le travail est représenté par les actifs occupant un emploi et le capital est constitué par les moyens de production. La croissance économique est l'augmentation soutenue et durable des richesses créées dans une économie mesurée par le taux de croissance du produit intérieur brut (PIB) réel. [problématique] Peut-on mettre en évidence d'autres facteurs que le travail et le capital pour expliquer la croissance économique ? [annonce du plan] Pour répondre à cette question, il faut d'abord montrer comment les facteurs travail et capital contribuent à la croissance, puis que d'autres facteurs doivent être mis en évidence.

▶ Le secret de fabrication

Si la formulation du sujet incite à s'intéresser à d'autres facteurs explicatifs de la croissance économique, vous ne pouvez pas faire l'impasse sur la contribution du travail et du capital à cette croissance, lesquels doivent faire l'objet de votre première partie.

I. La contribution des facteurs de production à la croissance

1. La contribution du facteur travail

• L'augmentation du nombre d'heures travaillées favorise la croissance économique. En effet, l'activité d'une économie nationale peut être représentée par une fonction de production qui établit une relation entre les quantités de facteurs de production travail et capital utilisées en fonction des techniques de production et le niveau de la production. Ainsi, si la quantité de travail augmente, la croissance économique s'en trouve accélérée.

• Cependant, selon l'Organisation de coopération et de développement économiques (OCDE), la contribution du travail à la croissance est, en 2017, différente selon les pays (document 1). Ainsi, elle est négative pour la France et la Corée du Sud alors qu'elle est positive pour l'Allemagne, les États-Unis, et surtout pour la Grèce où le travail fait augmenter la croissance de 1,5 point de pourcentage. Ces différences peuvent s'expliquer par des niveaux de productivité du travail différents suivant les pays.

2. La contribution du facteur capital

• Le capital est composé des moyens de production utilisés dans le processus de production. Son volume dépend de l'investissement. On constate l'effet positif du facteur capital dans la croissance sauf pour la Grèce. De plus, le pays ayant la plus forte croissance en 2017, la Corée du Sud, est également celui où le capital constitue la plus forte contribution à cette croissance (document 1).

> **À NOTER**
> Pour l'investissement dans les moyens de production, on parle de formation brute de capital fixe (FBCF).

• L'investissement en capital permet également d'utiliser des machines incorporant des innovations. Depuis les années 1980, les progrès des nouvelles technologies de l'information et de la communication (NTIC) améliorent l'efficacité du capital et favorisent la croissance économique.

II. Les autres sources de la croissance

1. La productivité globale des facteurs

• Les facteurs travail et capital ne sont pas les seules sources de la croissance économique. En France et en Corée du Sud par exemple, la productivité globale des facteurs (PGF) explique plus de la moitié de la croissance (document 1). La PGF est un indicateur de l'efficacité des facteurs de production mesurée par le rapport entre la production et le volume des facteurs de production utilisés.

• La progression de la PGF est liée au progrès technique. Celui-ci trouve son origine dans les innovations, de produits ou surtout de procédé, qui améliorent l'efficacité des facteurs de production. Ces innovations ont comme point de départ des inventions, résultats de la recherche et développement (R&D). Dans les pays de l'OCDE, l'intensité en R&D a augmenté entre 2017 et 2018. C'est également le cas pour la Chine (document 2).

2. L'État et les institutions du marché

• Le processus d'innovation, pour être efficace, nécessite une hausse de la qualification des salariés et plus généralement d'une amélioration du capital humain. L'État et les collectivités territoriales participent à cette amélioration en France en finançant un peu plus de 80 % des dépenses intérieures d'éducation (DIE), et celles-ci ont plus que doublé entre 1980 et 2018 (document 4).

> **MOT CLÉ**
> Le capital humain désigne l'ensemble des capacités physiques et intellectuelles des actifs occupant un emploi.

• La croissance économique nécessite une bonne gestion des ressources dont dispose un pays. Cette gestion implique des institutions, comme l'existence d'un État de droit, qui déterminent une plus ou moins bonne gouvernance « en vue du développement » (document 3). Or, on peut constater que plus les indicateurs de gouvernance sont élevés, plus le pays est développé. On peut toutefois nuancer cette relation avec l'exemple de la Chine qui a une mauvaise gouvernance, sauf concernant l'efficacité des pouvoirs publics, et une croissance élevée (document 3).

Conclusion

[bilan] Les facteurs de production travail et capital contribuent à la croissance économique. Un accroissement du volume de facteur travail grâce à une augmentation du nombre d'heures travaillées accélère la croissance ainsi qu'une hausse de la productivité du travail. L'investissement favorise l'accumulation de capital, augmentant le volume de ce facteur et améliorant la qualité des biens utilisés dans le processus de production. Cependant, il reste une part non expliquée de la croissance que l'on peut attribuer à la productivité globale des facteurs qui est un indicateur de l'efficacité des facteurs de production liée au progrès technique, résultat d'innovations. Celles-ci impliquent un effort de formation pris en charge, en grande partie, par l'État. Celui-ci, en tant qu'institution, doit respecter les règles d'une bonne gouvernance. [ouverture] La question qui se pose en 2021 est de savoir si ces facteurs contribuant à la croissance économique seront suffisants pour relancer l'économie mondiale après le choc de la pandémie de Covid-19.

41 Sujet spécimen 2021 • ÉPREUVE COMPOSÉE

Mobilité sociale • Croissance et chômage • Structure socioprofessionnelle

4 heures
20 points

INTÉRÊT DU SUJET • Rôle de la famille dans les trajectoires sociales, évolution du chômage, mutations de la population active : les questions que vous aurez à traiter dans ce sujet ne manquent pas d'actualité.

SPRINT FINAL

Mobilisation des connaissances (4 points) Configurations familiales et mobilité sociale

▶ Vous montrerez, à partir d'un exemple, comment les configurations familiales contribuent à expliquer la mobilité sociale.

Étude de document (6 points)
Taux de croissance du PIB et taux de chômage

DOCUMENT **Taux de croissance du PIB (en %) et taux de chômage (en % de la population active) en France**

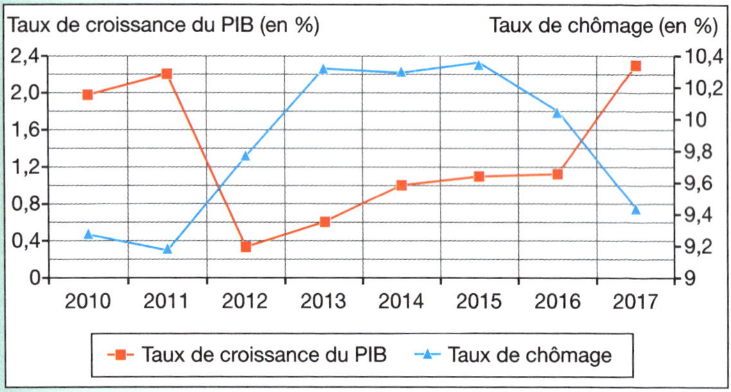

Source : OCDE, 2020.

▶ **1.** À l'aide des données du document, vous présenterez l'évolution du taux de croissance du PIB entre 2010 et 2017.

▶ **2.** À l'aide des données du document et de vos connaissances, vous expliquerez la corrélation entre le taux de chômage et le taux de croissance du PIB de 2010 à 2017.

Raisonnement (10 points)
La structure socioprofessionnelle

À l'aide de vos connaissances et du dossier documentaire, vous montrerez que la structure socioprofessionnelle a évolué en France depuis la seconde moitié du XXe siècle.

DOCUMENT 1 **Part (en %) dans l'emploi selon la catégorie socioprofessionnelle, par sexe, en moyenne annuelle**

	1982			2019		
	Homme	Femme	Ensemble	Homme	Femme	Ensemble
Agriculteurs exploitants	7,3	6,7	7,1	2,1	0,8	1,5
Artisans, commerçants, chefs d'entreprise	9,1	7,2	8,3	9,3	3,9	6,7
Cadres et professions intellectuelles supérieures	10,3	4	7,8	21,6	16,8	19,3
Professions intermédiaires	19,2	19,8	19,5	23,1	28,3	25,6
Employés qualifiés	6,9	27,4	15,2	6,9	21,4	13,9
Employés non qualifiés	3,8	19,4	10,1	6	20,3	12,9
Ouvriers qualifiés	24,5	3,8	16,1	21,7	3,5	12,9
Ouvriers non qualifiés	16,1	11,3	14,2	8,8	4,6	6,8
Autres	2,8	0,3	1,8	0,4	0,4	0,4
Ensemble	100	100	100	100	100	100
Effectifs (en milliers)	13 600	9 243	22 842	13 992	13 184	27 176

Source : d'après *Insee Résultats*, juin 2020.

Note : données de 1982 à 2019, corrigées pour les ruptures de série.
Champ : France hors Mayotte, population des ménages, personnes de 15 ans et plus.

DOCUMENT 2 Emploi salarié par secteur d'activité de 1989 à 2019

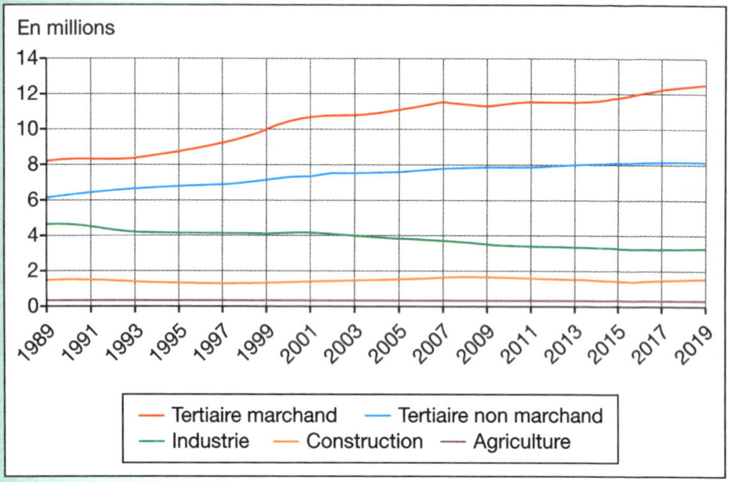

Source : « Emploi, chômage, revenus du travail », *Insee Références*, juillet 2020.

Champ : France hors Mayotte, personnes de 15 ans ou plus.

DOCUMENT 3 Les grandes évolutions du marché du travail depuis les années 1960

Quels que soient les chiffres, les taux, les indicateurs que l'on utilise, les faits sont là : depuis le début des années 1960, la montée de l'activité féminine est l'élément moteur de la croissance de la population active. Dans la période récente, ce sont les femmes qui ont assuré l'essentiel de l'augmentation des forces de travail. […]

Les faits étant établis, comment peut-on expliquer ce mouvement […] ? Il serait bien commode, ici, de pouvoir parler d'un « changement de mentalités », de l'émergence de nouveaux courants socioculturels : les femmes en veulent plus, comme on dit, elles s'accrochent à leur travail, elles affirment leur désir d'indépendance économique, etc. Tout cela est juste, mais n'explique rien. […] On pourrait, bien sûr, renvoyer à des mutations socioculturelles d'un autre ordre : c'est la même génération de femmes qui a inauguré, à la fin des années 1960, la liberté de la contraception et de l'avortement, l'apparition d'un mouvement féministe radical, l'émergence de nouveaux modèles familiaux et la poussée de l'activité féminine.

La coïncidence est trop belle pour n'être pas mentionnée. Mais au fond, qu'est-ce qui explique quoi ? Est-ce la maîtrise de la conception qui pousse au développement du travail féminin ou l'inverse ? Est-ce le renouveau du féminisme qui est à l'origine de la volonté d'autonomie économique des femmes, ou l'inverse ? La prudence, ici, s'impose. Ne parlons pas d'explication, mais de corrélation. Ces phénomènes forment un tout. Ils sont le signe des temps, ils sont concomitants, mais c'est tout ce que l'on peut dire. À défaut de pouvoir expliquer, on peut tenter de caractériser cette mutation sociale, d'en identifier les acteurs. Qui sont les femmes qui, depuis le début des années 1960, ont afflué sur le marché du travail ? Ce sont pour l'essentiel des mères de famille, des salariées du tertiaire, des femmes instruites et qualifiées.

Depuis la fin des années 1950, deux tendances ont caractérisé l'évolution de la structure des emplois : la tertiarisation et la salarisation du marché du travail. Au cœur de ces mutations, les femmes n'ont pas accompagné le mouvement, elles ont très fortement contribué à le produire. Et inversement : c'est parce que l'emploi devenait de plus en plus tertiaire et salarié que les femmes y ont accédé nombreuses.

Source : Margaret Maruani, *Travail et emploi des femmes*, Paris, La Découverte, 2017.

LES CLÉS DU SUJET

Mobilisation des connaissances

Définir les mots clés

• La **mobilité sociale** désigne les changements de position sociale, soit au cours de la vie d'un individu (mobilité **intragénérationnelle**), soit par rapport à la position occupée par ses parents (mobilité **intergénérationnelle**).

• La notion de **configuration familiale** exprime la diversité des modes de composition, de constitution et de fonctionnement des familles (famille recomposée, monoparentale ou homoparentale, structure de la fratrie, nature des relations intrafamiliales…).

Structurer la réponse

• On précisera dans un premier temps ce que revêtent les diverses **configurations familiales**.

• Dans un deuxième temps, on mettra en évidence leurs **effets** possibles sur la mobilité sociale intergénérationnelle.

• On illustrera enfin le propos à partir d'un **exemple**, celui des familles recomposées.

Étude de document

Définir les mots clés

• Le **taux de croissance du produit intérieur brut (PIB)** mesure l'évolution en pourcentage de la production réalisée par les agents économiques résidents, d'une année à l'autre. Il permet de mettre en évidence les **fluctuations de l'activité économique**, qui correspondent à des mouvements de ralentissement ou d'accélération du rythme de la croissance économique à court terme.

• Le **taux de chômage** mesure la part en pourcentage des chômeurs dans la population active. Un chômeur est une personne en âge de travailler, dépourvue d'emploi et qui en recherche un.

Comprendre le document

Le graphique présente, d'une part, l'évolution entre 2010 et 2017 du taux de croissance du PIB en pourcentage (échelle de gauche) et, d'autre part, celle du taux de chômage en pourcentage (échelle de droite). Il permet de **comparer les deux évolutions** afin d'établir des liens entre les fluctuations de l'activité économique et l'évolution du chômage. Par exemple, entre 2016 et 2017, le taux de croissance du PIB double, passant de 1,1 % à 2,2 %, tandis que le taux de chômage diminue de 0,7 point pour atteindre 9,4%.

Structurer la réponse à la seconde question

• On mettra en évidence la corrélation entre le taux de chômage et le taux de croissance du PIB en s'appuyant sur des **données fournies par le graphique.**

• Puis on expliquera le lien statistique mis en évidence en mobilisant les **connaissances** sur la nature du chômage.

Raisonnement

Analyser les termes du sujet et mobiliser ses connaissances

Analyse du sujet

- **vous montrerez**
  On vous demande de dégager des constats, qu'il s'agira de classer.
- **structure socioprofessionnelle**
  Répartition de la population en catégories socioprofessionnelles (CSP).
- **a évolué**
  L'analyse est centrée sur les changements au cours du temps.
- **depuis la seconde moitié du XXe siècle**
  Approximativement depuis les années 1960-1970.

Exploiter les documents

• **Document 1.** Ce tableau statistique montre, entre 1982 et 2019, l'évolution de la population en emploi (ligne « effectifs en milliers ») et de la **structure socioprofessionnelle des hommes et des femmes** (en pourcentage). Quelle place occupent les femmes dans l'emploi ? Quelles sont les CSP en déclin ? Et celles en expansion ?

• **Document 2.** Ce graphique expose l'**évolution des emplois salariés** en millions par secteur d'activité entre 1989 et 2019. Comment évoluent les emplois dans le secteur tertiaire ? Et les emplois industriels ?

• **Document 3.** Ce texte rédigé par une sociologue du travail, Margaret Maruani, évoque la **féminisation de la population active**. À quelles évolutions majeures de la population active cette féminisation est-elle liée ?

Définir les arguments

Argument 1	L'évolution de la structure socioprofessionnelle est caractérisée par un mouvement de salarisation et de féminisation.
Argument 2	La tertiarisation et une tendance à la hausse des qualifications transforment également la composition de la population active.

41 CORRIGÉ GUIDÉ

Mobilisation des connaissances

Introduction

Les configurations familiales sont les différents modes de composition, de constitution et de fonctionnement des familles. Nous allons montrer quels sont leurs effets sur la mobilité sociale des individus, celle-ci désignant les changements de position sociale par rapport à celle des parents, et illustrer le propos par l'exemple des familles recomposées.

Développement

- Les configurations familiales agissent sur la mobilité sociale au travers de plusieurs facteurs. Le mode de constitution des familles est lié au mariage, au divorce, à la recomposition familiale. Le nombre d'enfants, la présence ou non des deux parents déterminent la composition et la taille des familles. Les relations au sein de la famille, la place occupée par les grands-parents, un grand frère ou une grande sœur, jouent également un rôle important.

- Ces configurations familiales vont influencer le parcours scolaire des enfants et leur position sociale future. Par la socialisation primaire et secondaire, elles transmettent des goûts, des aspirations et des aptitudes scolaires. Elles fournissent aussi des modèles et des ressources (économiques, sociales et culturelles) plus ou moins favorables. La taille de la fratrie joue un rôle important, les enfants réussissant généralement d'autant mieux leur scolarité que la fratrie est réduite.

- Dans les familles recomposées, l'enfant va en effet être soumis à un cadre socialisateur différent avec la présence de beaux-parents, de demi-frères ou demi-sœurs qui n'ont pas connu le même environnement. Il peut évoluer au sein de deux familles, celle de son père et celle de sa mère, et l'une d'elles peut être monoparentale. Ces cadres peuvent lui ouvrir des horizons, mais également générer instabilité et conflits, sources de difficultés scolaires.

MOTS CLÉS
Une famille recomposée est constituée de parents avec leurs enfants nés de plusieurs unions différentes. Une famille monoparentale est constituée d'un seul parent.

Conclusion

Les configurations familiales, à l'image des familles recomposées de plus en plus nombreuses, modifient les conditions de la socialisation et les ressources dont disposent les enfants, ce qui a des effets sur leur mobilité sociale.

Étude de document

▶ Le secret de fabrication

- Vous devez découper la période en phases homogènes de variation.
- Les taux de croissance sont exprimés en pourcentage : vous pouvez calculer les différences en points de pourcentage, ou encore utiliser un coefficient multiplicateur, plus adapté à la mesure d'une forte variation.

1. On peut distinguer trois périodes dans l'évolution du taux de croissance du produit intérieur brut (PIB) depuis 2010. Entre 2010 et 2011, il augmente de 0,2 point pour atteindre 2,2 %, avant de baisser significativement l'année suivante : en 2012, le PIB croît seulement de 0,3 %. De 2012 à 2017, la croissance s'accélère : son taux augmente de 0,8 point jusqu'en 2016 pour atteindre environ 2,3 % en 2017, soit la plus forte croissance sur la période.

2. *Les titres des parties ne doivent pas figurer sur votre copie.*

Introduction

L'activité économique, mesurée par le taux de croissance du produit intérieur brut (PIB), est fluctuante à court terme. Ces variations vont avoir un impact sur le taux de chômage, qui est la part en pourcentage des chômeurs dans la population active. Comment peut-on expliquer ce lien ?

Développement

- Le graphique permet de mettre en évidence une corrélation négative entre le taux de croissance du PIB et le taux de chômage. Quand le premier diminue, le second augmente, et inversement. Par exemple, entre 2011 et 2012, la forte baisse du taux de croissance s'accompagne d'une hausse du taux de chômage qui passe de 9,1 % à 9,7 % en 2012, pour atteindre 10,3 % l'année suivante. Il faut attendre 2015 pour voir le taux de chômage diminuer alors que le taux de croissance augmente depuis 2012. On observe bien une relation inverse entre les deux évolutions, même s'il peut exister un décalage temporel entre les deux.

- Les fluctuations économiques jouent un rôle dans l'évolution du chômage. Quand la croissance diminue, les employeurs anticipent une baisse de leurs besoins en main-d'œuvre, ce qui les conduit à licencier. Le chômage, appelé chômage conjoncturel, tend alors à augmenter. Ce phénomène a été mis en évidence par l'économiste John Maynard Keynes lors de la crise de 1929. À l'inverse, le chômage tend à diminuer si la croissance

> **MOT CLÉ**
> Le chômage conjoncturel est la forme de chômage qui trouve son origine dans les fluctuations de l'activité économique.

SPRINT FINAL

est perçue comme durable par les entrepreneurs. À productivité constante, il faut en effet utiliser davantage de facteur travail pour suivre la hausse de la production, comme en France depuis 2012. Ce n'est pourtant qu'à partir de 2015 que le taux de chômage va baisser significativement : la corrélation n'est pas parfaite dans la mesure où il existe d'autres formes de chômage, indépendantes de l'activité économique.

Conclusion

La corrélation négative entre le taux de croissance du PIB et le taux de chômage s'explique par la composante conjoncturelle du chômage. Une partie du chômage est ainsi liée aux fluctuations de l'activité économique.

Raisonnement

Les titres des parties ne doivent pas figurer sur votre copie.

Introduction

La structure socioprofessionnelle, c'est-à-dire la composition de la population active en catégories socioprofessionnelles, a connu en France de profondes mutations depuis les années 1960. Après avoir montré qu'elle est touchée par un phénomène de salarisation et de féminisation des actifs, nous observerons qu'elle est aussi marquée par un processus de tertiarisation et d'élévation des qualifications.

> **▶ Le secret de fabrication**
> Ce sujet repose sur un dossier documentaire qui fournit l'essentiel des éléments de réponse. La qualité de votre devoir va reposer sur une exploitation fine des documents et notamment l'utilisation des données statistiques, complétées de calculs pertinents pour étayer votre argumentation.

I. La structure socioprofessionnelle se salarise et se féminise

• La structure socioprofessionnelle est marquée par un processus long de salarisation (document 3), c'est-à-dire que le statut de salarié a pris massivement le pas sur celui d'indépendant, ce dernier n'occupant aujourd'hui qu'environ 10 % de la population active en France, contre un peu moins de 30 % au début des années 1960. Ce phénomène de salarisation se perçoit en particulier au travers de la baisse

> **MOTS CLÉS**
> Un salarié est lié à un employeur par un contrat de travail qui crée une relation de subordination, au contraire d'un indépendant qui exerce pour son propre compte.

des deux catégories socioprofessionnelles (CSP) constituées exclusivement d'indépendants : les agriculteurs, dont la part a été divisée par près de cinq entre 1982 et 2019, et les artisans, commerçants et chefs d'entreprise, dont la part baisse plus faiblement (- 1,6 point) (document 1).

• La féminisation est une autre tendance lourde de l'évolution de la structure socioprofessionnelle, qui explique l'essentiel de l'augmentation de la population active depuis les années 1960 (document 3). Ce phénomène se poursuit : entre 1982 et 2019, le nombre de femmes en emploi progresse beaucoup plus vite que celui des hommes. La proportion de femmes atteint aujourd'hui près de la moitié de la population en emploi, contre environ 40 % en 1982 (document 1).

II. Le poids croissant du secteur tertiaire et la hausse des qualifications

• La tertiarisation, c'est-à-dire, la part croissante – et aujourd'hui très majoritaire – des emplois dans le secteur des services, est une autre tendance majeure de l'évolution de la population active, à l'œuvre depuis la fin des années 1950 (document 3). Si le tertiaire marchand croit plus vite que le tertiaire non marchand, ils représentent ensemble plus des trois quarts de la population active française contre environ 40 % dans les années 1960. Parallèlement le secteur industriel a connu une baisse importante de près de 1,5 million d'emplois salariés entre 1989 et 2019 (document 2).

• Le niveau de qualification s'est également élevé, la grande majorité des actifs étant aujourd'hui diplômée et les emplois offerts requérant des qualifications plus importantes. Ce phénomène est perceptible au travers de l'évolution de la structure socioprofessionnelle (document 1), caractérisée par une part croissante des cadres (7,8 % en 1982, 19,3 % en 2019) et des professions intermédiaires (+ 6,1 points), tandis que la part des ouvriers non qualifiés décroît fortement (de 14,2 % en 1982 à 6,8 % en 2019). Il faut cependant nuancer ce point puisqu'au cours de la même période la part des employés qualifiés a baissé tandis que celle des employés non qualifiés a augmenté.

CONSEIL
Pensez à effectuer des calculs simples pour bien exploiter les données (écart en points de pourcentage, coefficient multiplicateur).

Conclusion

La structure socioprofessionnelle a été profondément bouleversée par quatre mutations majeures en interaction : salarisation, féminisation, tertiarisation, qualification, qui ont en France considérablement modifié sa composition depuis le milieu du XXe siècle.

42 Sujet spécimen 2021 • DISSERTATION

L'internationalisation des chaînes de valeur

4 heures
20 points

INTÉRÊT DU SUJET • L'internationalisation des chaînes de valeur constitue l'un des aspects essentiels de la mondialisation de l'économie, car elle a favorisé la multiplication des échanges internationaux.

Comment expliquer l'internationalisation de la chaîne de valeur ?

DOCUMENT 1 **Part des chaînes de valeur mondiales (CVM) dans les échanges internationaux (en %)**

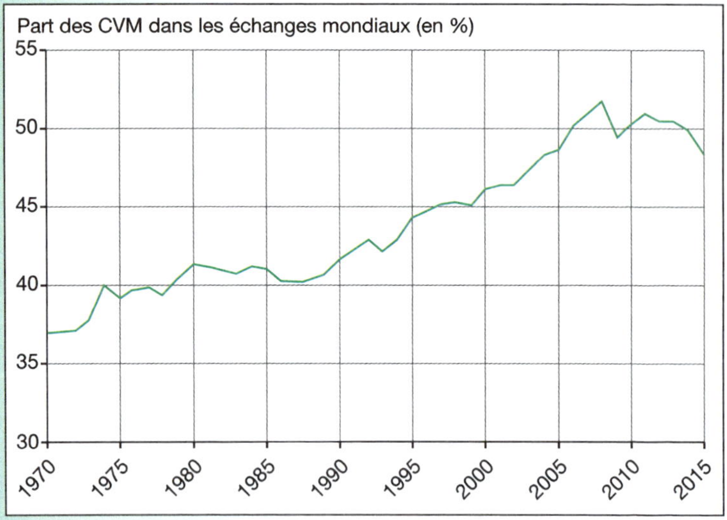

Source : *Rapport sur le développement dans le monde 2020. Le commerce au service du développement à l'ère de la mondialisation des chaînes de valeur*, Banque mondiale, 2020.

DOCUMENT 2 La chaîne de valeur de l'iPhone

L'iPhone est un concentré de mondialisation à lui tout seul où la Chine ne joue qu'un rôle mineur dans la chaîne de valeur. À l'intérieur du dernier modèle, l'iPhone X, l'écran Oled fourni par le sud-coréen Samsung coûte déjà 110 dollars, soit près d'un tiers du coût de production total de l'appareil, selon IHS Markit. À cela, il faut rajouter les mémoires NAND achetées auprès du japonais Toshiba, les mémoires DRAM conçues par le sud-coréen Hynix, ou encore certains éléments de la caméra à reconnaissance faciale qui sont fournis par ST Microelectronics et Texas Instruments.

Dans une étude de 2010 décomposant le coût d'un iPhone, deux chercheurs avaient évalué la « création de valeur » de la Chine dans un iPhone à seulement de 3,6 %, loin derrière les 34 % de produits japonais, 17 % de produits allemands, 13 % de produits coréens et… 6 % de produits américains ! « *Du point de vue de la valeur ajoutée, lorsqu'un iPhone est expédié de Chine vers les États-Unis, ce sont la Corée, Taïwan, le Japon, la Chine et les États-Unis eux-mêmes qui exportent vers les États-Unis* », ont souligné récemment les économistes de Deutsche Bank.

Si Apple réalise des marges importantes sur les ventes d'iPad et d'iPhone et capte ainsi une large majorité de la valeur ajoutée, d'autres entreprises internationales sont ravies de profiter du succès des produits de la firme.

Source : Frédéric Schaeffer, « L'iPhone, un concentré de mondialisation à lui seul », *Les Échos*, 2 août 2018.

DOCUMENT 3 Les dix premiers avantages comparatifs de quelques pays en 2018

	Chine	France	Pologne	Viêt-Nam
1	Matériel de communication	Aéronautique et Espace	Services de transports	Matériel de télécommunication
2	Matériel informatique	Voyages	Meubles	Cuirs
3	Fournitures électriques	Autres services	Éléments de véhicules automobiles	Vêtements de bonneterie
4	Articles manufacturés	Produits de toilette	Autres services aux entreprises	Vêtements de confection

	Chine	France	Pologne	Viêt-Nam
5	Quincaillerie	Boissons	Voyages	Meubles
6	Cuirs	Produits pharmaceutiques	Télécommunications, services informatiques et d'information	Matériel informatique
7	Vêtements de bonneterie	Céréales	Tabacs manufacturés	Pétrole brut
8	Fils et tissus	Services financiers	Électroménager	Électronique grand public
9	Vêtements de confection	Composants électroniques	Moteurs	Conserves animales
10	Meubles	–	Électronique grand public	Produits agricoles comestibles autres que les céréales

Source : www.cepi.fr, 20 juillet 2020.

DOCUMENT 4 **Coût moyen en euro de l'heure de travail dans l'industrie et les services marchands dans l'Union européenne en 2019**

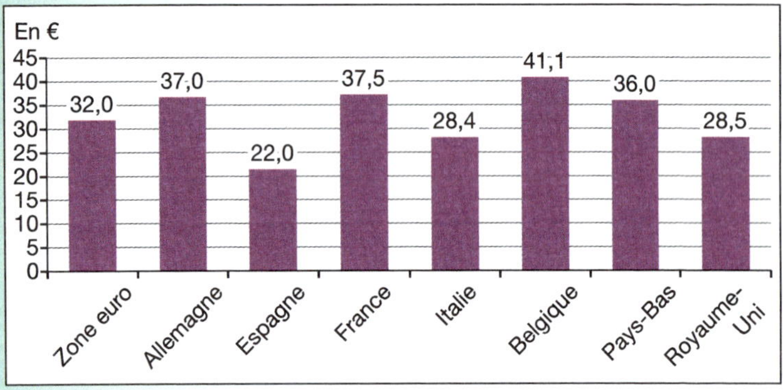

Source : « Les coûts de la main-d'œuvre dans l'Union européenne au 4e trimestre 2019 », Rexecode, 5 juin 2020.

LES CLÉS DU SUJET

Analyser la consigne et dégager une problématique

Analyse du sujet

- **Comment** — Introduit une question dont la réponse implique une analyse du phénomène étudié.
- **expliquer** — Analyser les causes du phénomène étudié.
- **l'internationalisation** — La production et les échanges se situent au niveau international en dépassant le cadre de l'économie nationale.
- **chaîne de valeur** — Représente l'ensemble des étapes dans la production d'une marchandise. Chacune de ces étapes ajoute de la valeur à la marchandise.

• **Problématique.** Quelles sont les causes de l'internationalisation de la chaîne de valeur ?

Exploiter les documents

• **Document 1.** Le graphique montre l'évolution de la **part des chaînes de valeur mondiales dans les échanges internationaux**, c'est-à-dire la part des échanges internationaux entre entreprises dus à la fragmentation du processus de production entre différents pays. Comment évolue cette part ? Cette évolution est-elle régulière ?

• **Document 2.** Ce texte décrit la décomposition du **processus de production de l'iPhone X** entre différents pays. Quels sont les pays concernés ? Pourquoi cette décomposition du processus de production de l'iPhone X ?

• **Document 3.** Le tableau résume les **avantages comparatifs** dont disposent quatre pays en énumérant les branches d'activité dans lesquelles ils ont un avantage par rapport aux autres pays. Quelles sont les caractéristiques des branches dans lesquelles les quatre pays ont un avantage comparatif ? Quels sont les effets sur l'internationalisation des chaînes de valeur ?

• **Document 4.** Ce diagramme en barres permet de comparer les **coûts moyens de l'heure de travail** dans des pays de l'Union européenne. Quels sont les effets du coût du travail sur les chaînes de valeur ?

Définir le plan

I. La recherche d'avantages comparatifs	• Comment évolue l'internationalisation de la chaîne de valeur (document 1) ? • Quel rôle jouent les avantages comparatifs dans cette internationalisation (documents 2, 3 et 4) ?
II. Les causes techniques et politiques	• Comment l'évolution des technologies favorise-t-elle l'internationalisation de la chaîne de valeur ? • Quel rôle joue le libre-échange dans l'internationalisation de la chaîne de valeur (document 4) ?

42 CORRIGÉ GUIDÉ

Les titres des parties ne doivent pas figurer sur votre copie.

Introduction

[accroche] Depuis la Seconde Guerre mondiale, les échanges entre pays ont fortement augmenté et, à partir des années 1990, le processus de production s'est fragmenté au niveau international contribuant ainsi à la mondialisation des économies. [présentation du sujet] Comment peut-on expliquer l'internationalisation de la chaîne de valeur ? Celle-ci représente l'ensemble des étapes dans la production d'une marchandise. Chacune de ces étapes, situées dans des pays différents d'où leur internationalisation, ajoute de la valeur à la marchandise. [problématique] Le problème soulevé par cette question revient à chercher les causes de cette internationalisation de la chaîne de valeur. [annonce du plan] La première est la recherche d'avantages comparatifs, mais d'autres sont de nature technologique et politique.

I. La recherche d'avantages comparatifs

> **▶ Le secret de fabrication**
> En mettant en évidence, dans un premier temps, la recherche d'avantages comparatifs pour expliquer l'internationalisation de la chaîne de valeur, on fait référence à la théorie classique du libre-échange de David Ricardo.

1. L'évolution de l'internationalisation de la chaîne de valeur

• Dans son sens le plus classique, les échanges internationaux sont constitués d'échanges de biens finis et de services entre différents pays. Dès lors, l'internationalisation de la chaîne de valeur donne un nouveau sens aux échanges internationaux car ceux-ci se font entre entreprises intervenant aux différents stades du processus de production, de la conception à la consommation finale du produit. Par exemple, l'iPhone X a été conçu aux États-Unis mais les différents éléments qui le composent ont été fabriqués en Corée du Sud, au Japon, en Allemagne, etc. (document 2).

• Cette internationalisation de la chaîne de valeur implique des échanges entre les différents pays fabriquant les composants du produit. Ces échanges occupent une place de plus en plus importante dans les échanges internationaux. Ainsi, entre 1970 et 2012, la part des chaînes de valeur mondiales dans les échanges internationaux est passée de 37 % à 52 %, soit une hausse de 15 points de pourcentage. Depuis 2012 cette évolution est freinée puisqu'en 2015 cette part était de 48 % (document 1).

2. Le rôle des avantages comparatifs

• David Ricardo, économiste de l'école classique, justifie le libre-échange par la théorie des avantages comparatifs. Il montre qu'un pays doit se spécialiser dans la production pour laquelle il possède le plus grand avantage absolu ou le plus petit désavantage absolu. Les avantages des pays dépendent des différences de productivité entre eux. Le modèle HOS, plus récent, fait quant à lui dépendre la spécialisation des dotations en facteurs de production des pays : travail, capital, ressources naturelles.

À NOTER
Eli Heckscher, Bertil Ohlin et Paul Samuelson sont trois économistes dont les travaux ont défini le modèle HOS.

• Pour les entreprises, l'objectif de la fragmentation de leur processus productif est de minimiser les coûts de production. Ainsi, chaque stade de la chaîne de valeur au niveau international va dépendre des avantages comparatifs des pays : la Chine et le Viêt-Nam vont être spécialisés dans le matériel de télécommunication par exemple (document 3). Au sein de l'Union européenne (UE), les productions nécessitant une main-d'œuvre abondante seront réalisées en Europe de l'Est ou en Espagne car le coût moyen horaire de l'heure de travail y est inférieur à ceux des autres pays de l'Union (document 4).

II. Des causes technologiques et politiques

1. L'évolution de la technologie

• Le progrès technique a favorisé l'internationalisation de la chaîne de valeur. Ainsi, le coût du transport, notamment maritime, a fortement baissé, ce qui a accéléré la dispersion géographique de la production. Aujourd'hui, grâce aux conteneurs empilés sur des navires porte-conteneurs, les bateaux transportent un volume de plus en plus important de marchandises d'un pays à un autre, permettant des économies d'échelle élevées.

• Les coûts d'information et de coordination entre les entreprises intervenant dans la chaîne de valeur ont également été réduits grâce aux nouvelles technologies de l'information et de la communication (NTIC). Celles-ci ont facilité la synchronisation d'unités de production dispersées dans plusieurs pays.

2. Une volonté politique de favoriser le libre-échange

• À la fin de la Seconde Guerre mondiale, les gouvernements ont facilité le développement des échanges internationaux par des accords de libre-échange entre économies nationales. Ainsi, le General Agreement on Tariffs and Trade (GATT) en 1947, devenu l'Organisation mondiale du commerce (OMC) en 1995, a favorisé les échanges entre pays, notamment ceux portant sur les différents éléments de la chaîne de valeur.

• Sur le plan régional, de grands marchés se sont formés. L'Union européenne, composée aujourd'hui de 27 pays membres, constitue par exemple un espace économique dans lequel circulent librement marchandises, capitaux et personnes. En fonction des avantages comparatifs, notamment ceux liés au coût de la main-d'œuvre (document 4), les entreprises peuvent délocaliser leur processus de production. Le libre-échange, au sein de l'Union européenne, a par ailleurs favorisé la fragmentation de la production dans des pays offrant les mêmes avantages comparatifs : c'est le cas de l'Airbus.

À NOTER
D'autres accords régionaux de libre-échange ont été signés : le Mercosur entre pays d'Amérique du Sud, l'Alena (puis l'Aceum) entre les États-Unis, le Canada et le Mexique.

Conclusion

[bilan] Plusieurs causes peuvent expliquer l'internationalisation de la chaîne de valeur. La première correspond aux théories classiques du libre-échange : la recherche d'avantages comparatifs afin de minimiser le coût de production. D'autres explications font référence à l'évolution de la technologie et à la volonté des pouvoirs politiques nationaux de favoriser les échanges internationaux. Il en résulte une augmentation de la part des échanges entre entreprises produisant les différents éléments du processus de production dans les échanges internationaux. [ouverture] Depuis quelques années, on assiste cependant à un certain retour du protectionnisme freinant la mondialisation de l'économie. On peut donc légitimement se demander si cette internationalisation de la chaîne de valeur ne va pas être remise en cause.

Engagement politique • Tertiarisation • Innovation et écologie

4 heures
20 points

INTÉRÊT DU SUJET • La société est en mutation : la structure socioprofessionnelle évolue, les formes d'engagement se transforment tandis que l'objectif d'un développement durable questionne la croissance de demain.

Mobilisation des connaissances (4 points)
Les formes d'engagement politique

▶ À l'aide de deux exemples, vous montrerez que l'engagement politique prend des formes variées.

Étude de document (6 points)
Tertiarisation de la structure socioprofessionnelle

DOCUMENT **Catégorie socioprofessionnelle des personnes en emploi de 1982 à 2019 (en %)**

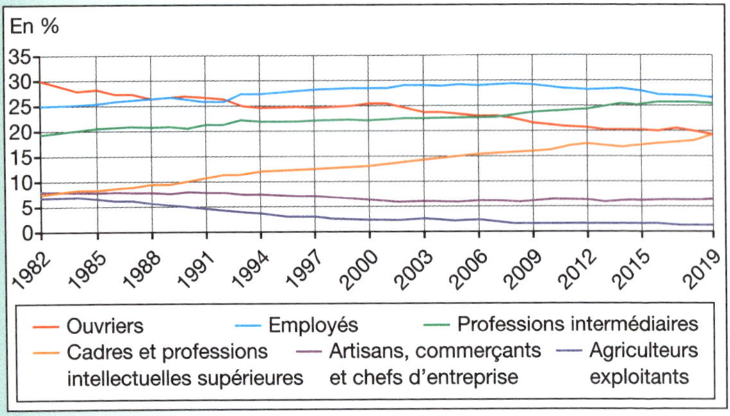

Source : « Emploi, chômage, revenus du travail », *Insee Références*, juillet 2020.

Champ : France hors Mayotte, population des ménages, personnes en emploi.

▶ **1.** À l'aide des données du document, vous comparerez l'évolution de la part des catégories socioprofessionnelles « Cadres et professions intellectuelles supérieures » et « Ouvriers » parmi les personnes en emploi.

▶ **2.** À l'aide des données du document et de vos connaissances, vous expliquerez le phénomène de tertiarisation de la population active française.

Raisonnement (10 points)
Innovation et limites écologiques de la croissance

▶ À l'aide de vos connaissances et du dossier documentaire, vous montrerez comment l'innovation peut être une solution aux limites écologiques de la croissance économique.

DOCUMENT 1 **Évolution des dépenses nationales de recherche et développement (R&D) relatives à la protection de l'environnement en France (indices base 100 en 2006)**

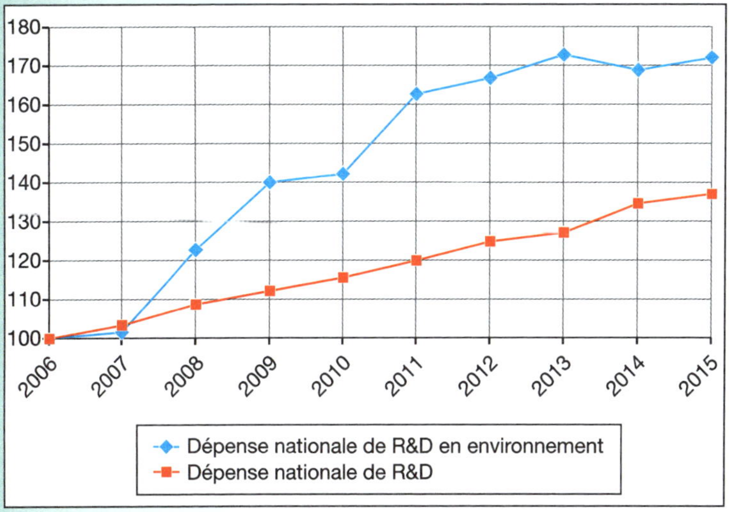

Source : d'après www.statistiques.developpement-durable.gouv.fr, 2018.

DOCUMENT 2 **La révolution énergétique**

Le consensus global qui s'est dégagé de différentes initiatives internationales comme l'Accord de Paris sur le climat en 2015 ou les Objectifs de développement durable des Nations unies (Objectif 7) a donné un nouvel élan à l'innovation dans le domaine de l'énergie à l'échelle mondiale, provoquant une tendance générale à l'abandon des combustibles fossiles au profit des énergies renouvelables en tant que source d'énergie primaire. En 2017, pour la première fois dans l'histoire, la capacité totale de production d'énergies renouvelables dans le monde a dépassé celle du charbon. Nous serions donc en pleine « révolution énergétique ». […] Le défi qui se pose aux décideurs est le suivant : comment faire face à une augmentation de la demande d'énergie et à la nécessité de réduire les émissions de gaz à effet de serre tout en favorisant la croissance économique ? Pour trouver des solutions efficaces à ce problème complexe, il convient de revoir radicalement nos modes de production et de consommation en matière d'énergie. Aujourd'hui, la part des énergies renouvelables dans la production mondiale d'électricité est d'environ 15 %.

En 2050, environ 85 % de la consommation mondiale d'énergie primaire devront provenir de sources d'énergie renouvelables. Pour atteindre cet objectif, il conviendra d'innover à tous les stades de la chaîne de valeur énergétique, tous secteurs confondus, et d'élaborer des politiques novatrices pour soutenir le déploiement et l'adoption rapides de technologies liées aux énergies renouvelables. [...] L'énergie solaire et l'énergie éolienne sont sans doute les deux formes d'énergie renouvelable les plus connues. Ces dernières années, la production d'énergie solaire photovoltaïque a fait des progrès substantiels en termes de rendement, d'accessibilité et de niveau d'utilisation, et elle représente aujourd'hui une solution de substitution concurrentielle par rapport aux combustibles fossiles. Grâce à l'innovation, l'énergie éolienne s'impose elle aussi comme une solution à la fois viable et compétitive, à tel point qu'elle compte aujourd'hui parmi les sources d'énergie renouvelable les moins onéreuses. Actuellement, quelque 24 pays comblent environ 5 % de leurs besoins énergétiques annuels grâce à l'énergie éolienne.

Source : Catherine Jewell, Division des communications, Organisation mondiale de la propriété intellectuelle, août 2018.

DOCUMENT 3 **Émissions de CO_2[1] des voitures neuves (gCO_2/km)[2], France métropolitaine, de 2007 à 2017[3]**

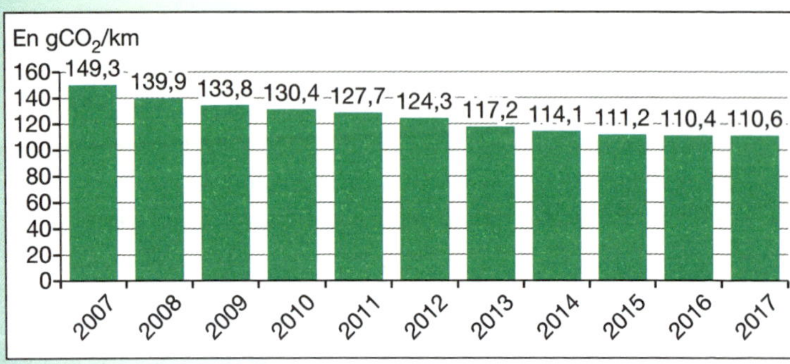

Source : d'après Services de la donnée et des études statistiques, *Répertoire statistique des véhicules routiers*, 2017.

1. CO_2 : dioxyde de carbone ou gaz carbonique, principal gaz à effet de serre.
2. gCO_2/km : gramme de CO_2 par kilomètre.
3. 2017 : émissions de CO_2 sur les huit premiers mois de l'année.

LES CLÉS DU SUJET

Mobilisation des connaissances

Définir les mots clés

L'engagement politique englobe différentes formes de **participation individuelle et collective** à une activité politique en vue d'influencer de manière directe ou indirecte les décisions politiques et les règles de fonctionnement de la société.

Structurer la réponse

• On définira l'**engagement politique** et on en précisera les formes.

• On prendra comme premier exemple le **militantisme** au sein d'un parti politique.

• Puis on développera un second exemple : la **consommation engagée**.

Étude de document

Définir les mots clés

• Les **catégories socioprofessionnelles** (CSP) classent statistiquement les individus de la **population active** (population occupant ou cherchant un emploi) dans des ensembles homogènes selon **plusieurs critères** : le statut de l'emploi et de l'employeur, le secteur d'activité, la taille de l'entreprise, le niveau de qualification... Les CSP représentent les niveaux intermédiaire et agrégé de la **nomenclature des professions et catégories socioprofessionnelles (PCS)**.

• Les **cadres et professions intellectuelles supérieures** constituent un ensemble dont l'homogénéité repose essentiellement sur le **niveau élevé de diplôme**, tandis que les **ouvriers** sont des salariés dont le niveau de diplôme est faible et exerçant des activités de transformation de la matière dans l'artisanat et l'industrie.

• La **tertiarisation** de la population active est liée à la prépondérance des activités et des emplois de services dans l'économie. Ce phénomène se traduit par une augmentation de la part des cadres, professions intermédiaires et employés au détriment de celle des ouvriers.

Comprendre le document

• Le graphique, dont la source est l'Institut national de la statistique et des études économiques (Insee), montre l'**évolution de la structure socioprofessionnelle française depuis 1982**. Les données sont des pourcentages de répartition se rapportant pour chaque année à la population en emploi.

SPRINT FINAL

• Les ouvriers représentent 30 % des personnes en emploi en 1982, 20 % en 2019.

Structurer la réponse à la seconde question

• On montrera dans un premier temps les **effets de la tertiarisation** sur la structure socioprofessionnelle.

• On expliquera ensuite que la tertiarisation est liée à une **évolution sectorielle des emplois**, elle-même due au progrès technique, à l'évolution de la demande et à la concurrence internationale.

Raisonnement

Analyser les termes du sujet et mobiliser ses connaissances

Analyse du sujet

vous montrerez
On vous demande d'expliquer en quoi l'innovation peut être une solution aux limites écologiques de la croissance économique.

innovation
Application industrielle et commerciale d'une invention.

solution
Acte (l'innovation) par lequel on résout une question (les limites écologiques).

limites écologiques
Les effets négatifs de l'activité économique sur l'environnement.

croissance
Augmentation des richesses créées dans une économie, mesurée par le taux de croissance du produit intérieur brut (PIB) réel.

Exploiter les documents

• **Document 1.** Les courbes du document permettent de constater l'évolution des dépenses nationales (en indices) en **recherche et développement** (R&D) pour la protection de l'environnement en France entre 2006 et 2015, et de la comparer avec celle des dépenses nationales en R&D. Comment se développent les dépenses de R&D en environnement ? Comment évoluent-elles comparé aux dépenses nationales de R&D ?

• **Document 2.** Le texte porte sur les énergies renouvelables et la place de l'**innovation** dans leur développement. Pourquoi faut-il favoriser les énergies renouvelables ? Quel rôle joue l'innovation dans le développement de ces dernières ?

• **Document 3.** Le diagramme en barres étudie l'évolution des **émissions de CO_2**, principal gaz à effet de serre, des voitures neuves en France métropolitaine entre 2007 et 2017. Comment évoluent ces émissions ? Quels en sont les effets sur l'environnement ?

■ Définir les arguments

Argument 1	Les conditions d'une croissance soutenable.
Argument 2	L'innovation, une solution afin de préserver l'environnement.

43 CORRIGÉ GUIDÉ

Mobilisation des connaissances

Les titres des parties ne doivent pas figurer sur votre copie.

Introduction

L'engagement politique englobe toutes les formes de participation individuelle et collective à une action politique visant la défense ou la promotion d'une cause dans le but d'influencer les décisions politiques et les règles de fonctionnement de la société. Il peut prendre différentes modalités : le vote, le militantisme, l'engagement associatif ou encore la consommation engagée. Nous allons en développer deux exemples pour illustrer la variété des formes de l'engagement politique.

CONSEIL
Même si le sujet vous invite à ne développer que deux exemples, n'hésitez pas à en citer d'autres en introduction afin de montrer vos connaissances sur le thème.

Développement

• Le militantisme dans un parti politique est une forme d'engagement politique qui va au-delà de la simple adhésion. Il s'agit de prendre une part active dans la vie d'un parti, dont l'objectif est de conquérir le pouvoir. Dans le cadre de la compétition politique, les militants d'un parti, qui partagent des valeurs communes, sont invités à participer à des réunions internes, à faire connaître les positions du parti en distribuant des tracts, en collant des affiches, ou encore en participant à des meetings pour soutenir leur candidat. Cette forme d'engagement, essentielle au fonctionnement des partis, est néanmoins peu fréquente : elle concerne moins de 1 % des votants.

• La consommation engagée, autre forme d'engagement politique, consiste à prendre en compte des principes éthiques, sociaux ou politiques dans le cadre de la consommation de biens et de services afin d'influencer les décisions politiques. Par exemple, des individus choisissent de boycotter certains produits, ou en privilégient d'autres qui répondent davantage à leurs préoccupations écologiques ou éthiques. Cette forme d'engagement politique oblige les producteurs à adapter leur offre et incite les pouvoirs publics à établir de nouvelles réglementations.

À NOTER
Des consommateurs refusent ainsi d'acheter des produits fabriqués en Chine car le gouvernement y persécute une minorité ethnique, les Ouïghours.

Conclusion

Les formes d'engagement politique sont variées, mais elles ont toutes en commun d'influencer directement ou indirectement les décisions politiques.

Étude de document

1. En 1982 les cadres et professions intellectuelles supérieures représentent une part trois fois moins importante (environ 8 %) que celle des ouvriers (30 %), tandis qu'en 2019 leurs parts sont équivalentes (20 %).

2. *Les titres des parties ne doivent pas figurer sur votre copie.*

Introduction

La population active, c'est-à-dire l'ensemble des personnes occupant ou cherchant un emploi, est marquée en France par un processus de tertiarisation, celui-ci désignant l'augmentation de la part des emplois exercés dans les activités de services, marchands et non marchands. Ce processus s'accompagne d'une transformation de la structure socioprofessionnelle que nous allons expliquer en relation avec l'évolution sectorielle des emplois.

Développement

- Le phénomène de tertiarisation de la population active française s'accompagne d'une transformation de la structure socioprofessionnelle. La part des agriculteurs, représentant en 2019 environ 2 % de la population en emploi, a poursuivi son déclin, tandis que les ouvriers ont vu leur poids baisser d'environ 10 points depuis 1982, en raison de la baisse de l'emploi industriel. Parallèlement les catégories socioprofessionnelles (CSP) des cadres et professions intellectuelles supérieures, professions intermédiaires et employés ont vu leur part respective augmenter fortement, égalant ou dépassant le poids des ouvriers.

À NOTER
Tous les ouvriers n'appartiennent pas au secteur industriel, de même que les cadres et les employés n'exercent pas seulement dans le secteur tertiaire.

• La tertiarisation de la population active se traduit par l'augmentation significative de la part des emplois dans le secteur tertiaire, en raison de l'évolution de la demande, liée à l'élévation du niveau de vie qui a modifié les besoins. Ces emplois représentent aujourd'hui plus de 75 % de la population en emploi, contre 40 % au début des années 1960. Parallèlement les emplois dans l'agriculture puis dans l'industrie ont connu un déclin en raison de forts gains de productivité dus au progrès technique, ainsi qu'à la concurrence accrue de produits étrangers touchant particulièrement le secteur secondaire.

MOT CLÉ
Les gains de productivité désignent l'augmentation du rapport production/emploi. S'ils croissent plus fortement que la production dans un secteur, alors l'emploi de ce secteur diminue.

Conclusion

La population active française a profondément évolué depuis le milieu du XXe siècle. Majoritaire dans l'agriculture et surtout dans l'industrie jusqu'aux années 1970, elle est aujourd'hui pour plus des trois quarts dans le secteur tertiaire, du fait de transformations de la production et de la demande.

Raisonnement

Les titres des parties ne doivent pas figurer sur votre copie.

Introduction

La croissance économique, c'est-à-dire l'augmentation des richesses créées, est de plus en plus confrontée au problème de la préservation de l'environnement. L'innovation, définie comme l'application économique et commerciale d'une invention, peut constituer une réponse face aux limites écologiques de la croissance. Pour le montrer, il faut d'abord envisager les conditions d'une croissance soutenable, puis montrer que l'innovation peut être une solution.

MOT CLÉ
La croissance soutenable est la croissance qui permet de satisfaire les besoins des générations présentes sans compromettre la capacité des générations futures à satisfaire les leurs.

I. Les conditions d'une croissance soutenable

▶ **Le secret de fabrication**
Commencer par déterminer les conditions d'une croissance soutenable permet de mieux comprendre comment l'innovation peut favoriser cette dernière, et donc contribuer à préserver l'environnement.

• La croissance économique peut entraîner une hausse des émissions polluantes, notamment les gaz à effet de serre, et donc participer au réchauffement climatique. La croissance peut également s'accompagner d'une surexploitation des ressources naturelles. Dès lors, la croissance n'est pas soutenable car les générations futures se verraient empêchés de satisfaire leurs besoins.

• La soutenabilité de la croissance suppose de maintenir constant le stock de capitaux transmis aux générations futures. Ce stock est composé de capital physique (machines), humain (connaissances, niveau de diplôme des actifs), institutionnel (maintien d'un État de droit) et naturel (ressources naturelles). Les partisans d'une soutenabilité faible considèrent que le capital naturel peut être remplacé par d'autres formes de capitaux.

II. L'innovation, une solution pour préserver l'environnement

• L'innovation est l'aboutissement du processus de recherche et développement (R&D). En France, entre 2006 et 2015, la R&D pour l'environnement occupe une place de plus en plus importante dans l'effort d'innovation national : les dépenses de R&D relatives à l'environnement augmentent ainsi de 72 % alors que les dépenses totales de R&D ne progressent que de 38 % environ (document 1).

• L'innovation peut permettre de mettre au point de nouvelles technologies plus économes en ressources naturelles. Ainsi, dans le domaine énergétique elle peut développer les énergies renouvelables comme le solaire ou l'éolien, lesquelles se substituent aux énergies non renouvelables qui polluent (document 2). Dans le secteur automobile, l'innovation entraîne une baisse des émissions de CO_2 importante : près de 20 % en France métropolitaine (document 3).

> **CONSEIL**
> N'hésitez pas à effectuer des calculs à partir des données statistiques des documents : vous montrez ainsi que vous maîtrisez ces données.

Conclusion

Une croissance soutenable implique d'utiliser plusieurs types de capitaux : naturel, physique, humain, institutionnel. Le principe de soutenabilité faible défend l'idée qu'au capital naturel on peut substituer du capital physique et humain grâce à l'innovation. Celle-ci favorise le développement d'énergies renouvelables et freine les émissions de CO_2.

Réussir le Grand Oral

Les fiches MÉTHODE

Deux SIMULATIONS de Grand Oral

1 Choisir une question en SES

Selon le BO du 13 février 2020, qui définit le « Grand Oral », vous devez choisir une question pour chacun de vos deux enseignements de spécialité. Vous serez interrogé(e) sur l'une de ces deux questions le jour de l'épreuve.

A Le « cahier des charges »

Le choix de la question doit répondre à ces **trois conditions**.

La question
1. met en lumière un des grands enjeux du programme de spécialité
2. se prête à une explicitation aisée, sans support et sans notes
3. permet de nourrir une réflexion sur votre projet d'orientation

B Des idées de sujets en SES

● **Quel rôle les nouvelles technologies jouent-elles dans la croissance économique ?**

Vous pourrez puiser dans le thème 1 du programme de SES « Les sources et les défis de la croissance économique » et dans le thème 6 de la **spécialité HGGSP** : « L'enjeu de la connaissance ».

> À NOTER **Les sciences économiques et sociales sont riches de sujets à la croisée des disciplines.**

● **La mondialisation est-elle profitable à tous ?**

Le thème 2 « Les fondements du commerce international et de l'internationalisation de la production » s'articule logiquement avec le grand thème de l'enseignement de tronc commun en géographie : « Les territoires dans la mondialisation : entre intégrations et rivalités ».

● **Comment les transformations de l'emploi nuisent-elles à la fonction intégratrice du travail ?**

Deux thèmes du programme sont nécessaires pour répondre exhaustivement à ce sujet : le thème 3 « La lutte contre le chômage », qui revient sur les politiques de l'emploi et, en particulier, sur la flexibilisation du marché du travail, et le thème 9 « Les mutations du travail et de l'emploi », qui interroge directement le lien entre l'organisation du travail, ses mutations et l'intégration par le travail.

● **La structure sociale en France peut-elle être analysée en termes de classes sociales ?**

Les arguments et les théories nécessaires sont présentés dans le thème 6 « La structure de la société française actuelle ».

Comment a évolué l'action collective depuis 1970 ?

La réponse peut être construite en articulant le thème 10 « L'engagement politique dans les sociétés démocratiques » et des références à l'art contestataire dans la littérature ou le cinéma.

La croissance est-elle compatible avec l'environnement ?

Dans le programme de SES, les thèmes 1 « Les sources et les défis de la croissance économique » et 12 « L'action publique pour l'environnement » soulèvent le problème et apportent des pistes de solution. Vous pourrez aussi vous appuyer sur le thème 5 du programme de la **spécialité HGGSP** qui aborde « L'environnement, entre exploitation et protection : un enjeu planétaire » ou encore sur l'enseignement scientifique, avec le cours sur les nouvelles énergies dans le thème 2 « Le futur des énergies ».

En France, les inégalités économiques ont-elles diminué ?

À partir du thème 11 « Des inégalités compatibles avec les différentes conceptions de la justice sociale ? », vous analyserez les inégalités de salaire, de revenu, de niveau de vie et de patrimoine pour montrer, grâce aux outils statistiques (écarts et rapports interdéciles, moyennes, médianes, etc.), que l'évolution des inégalités dépend en partie de l'outil de mesure.

FOCUS

« Pitcher » son sujet auprès de ses proches

N'hésitez pas à exposer brièvement votre sujet à vos parents ou vos amis. Ce premier « pitch » vous aide à délimiter votre sujet et vous permet de tester l'intérêt qu'il suscite.

Doc. « Ma Thèse en 180 secondes : la science pour les nuls »

Ainsi, dans le cadre du concours « Ma thèse en 180 secondes », les doctorants doivent résumer en trois minutes un sujet de recherche qu'ils ont développé dans une thèse de plusieurs centaines de pages.

2 Concevoir sa présentation

Les recherches sur les questions choisies peuvent débuter assez rapidement dans l'année. Pour chacune, vous devez vous documenter et organiser vos idées, au fur et à mesure, en vue d'un exposé structuré.

A Se documenter, chercher des idées

1. Se constituer une bibliographie pertinente

- Pour chaque question, établissez une **liste de mots-clés** : ils vont vous permettre d'interroger Internet, mais aussi le catalogue de votre CDI ou de la médiathèque de votre quartier.
- Consultez les documents ainsi sélectionnés, **des plus généraux** (manuels, encyclopédies) **aux plus spécialisés**.
- Dans le cas de recherches sur Internet, pensez à **vérifier les sites** que vous consultez à l'aide de ces questions :

1. Qui est l'auteur du site ? Quelle est son expertise sur le sujet ?
2. De quand datent les informations ?
3. L'exposé est-il clairement construit, solidement argumenté ?

> CONSEIL **Commencez par lire les informations données par la page de présentation du site, souvent intitulée « À propos ».**

2. Garder la trace de ses recherches

- **« Fichez » chacun des documents** consultés : le support peut être, selon votre préférence, physique (fiche Bristol) ou numérique.
- Reformulez les idées qui vous paraissent essentielles, en distinguant bien les arguments des exemples.

> CONSEIL **Notez précisément la source : le titre de l'ouvrage ou du site, le nom de l'auteur, la date de publication, ainsi que les pages consultées.**

FICHE DOCUMENT

Source :

Sujet :

Idées clés :
-
-
-

Citation :

B Organiser ses idées

1. Plusieurs méthodes de classement

● Au fil de vos prises de notes, vous allez être conduit(e) à regrouper vos idées autour de lignes directrices : une organisation de votre exposé se dessine progressivement. Essayez de la traduire sous forme de « **carte mentale** ».

● Si vous avez du mal à faire émerger les grands axes, vous pouvez recourir à la **méthode des post-it**.

1. Écrivez une idée clé par post-it.
2. Ajoutez, le cas échéant, des exemples sur des post-it d'une autre couleur.
3. Sur un mur, déplacez les post-it jusqu'à ce qu'ils s'enchaînent logiquement.

2. Le choix du plan

Votre plan dépend de la question et du type de réflexion proposé.

	Objectif	Question
Plan thématique	Il permet d'approfondir les différents aspects d'un sujet.	Il correspond à une question qui se subdivise en différentes sous-questions.
Plan dialectique	Il oppose deux thèses puis opère une synthèse des points de vue.	Il correspond à une question qui implique une discussion, un dilemme.

FOCUS

Mettre son plan sous forme de carte mentale

1. Prenez une feuille blanche A4, en format paysage.
2. Notez la question au centre, dans un « noyau ».
3. Créez autant de « branches » que de grands axes (une couleur par axe).
4. Ramifiez les branches de manière à faire apparaître les idées clés.

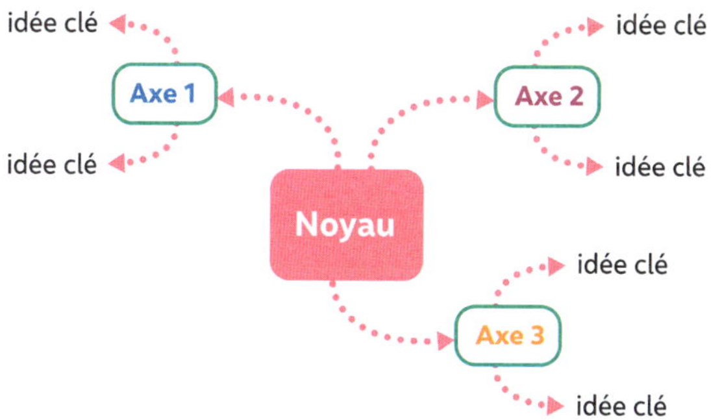

GRAND ORAL

3 Préparer efficacement l'exposé

Le jour J, vous devrez faire votre présentation en cinq minutes, sans notes. Cela suppose un travail préparatoire important : de rédaction, de mémorisation et d'entraînement à la prise de parole.

A Rédiger une trame précise

Une fois que vous êtes au clair sur la structure générale de votre exposé, vous devez mettre par écrit le déroulement de votre argumentation, sous la forme d'un plan semi-rédigé.

1. L'introduction

- L'introduction doit montrer :
– que **votre sujet est intéressant** ;
– que vous l'avez bien cerné ;
– que votre plan découle de la question posée et y répond.
- Elle comprend **trois étapes** qui s'enchaînent logiquement.

1. L'accroche	En une ou plusieurs phrases, amenez progressivement votre sujet.
2. La question	Posez clairement la question à laquelle vous allez répondre et explicitez-la.
3. Le plan	Annoncez les deux ou trois grands axes, de manière à ce que le jury comprenne d'emblée l'organisation de l'exposé.

2. Le corps de l'exposé

- Recopiez le plan que vous avez établi et remplissez-le de manière télégraphique, à l'aide de listes à puces.
- N'oubliez pas d'**appuyer chaque argument** par un exemple vérifié.
- Distinguez bien les informations nécessaires à la bonne compréhension du sujet de celles qui sont secondaires et que vous pourrez préciser dans l'entretien.

3. La conclusion

- La conclusion est l'étape de l'exposé qui reste en mémoire : rédigez-la complètement pour être sûr(e) qu'elle marque votre auditoire.
- Elle se compose de **deux parties** :

1. Le bilan	Reprenez les étapes du développement et répondez à la question initiale.
2. L'ouverture	Élargissez le champ de la réflexion à l'aide d'une citation, d'un fait d'actualité, d'une question proche.

B Mémoriser la présentation, puis simuler l'épreuve

Vous êtes désormais au clair sur le contenu de votre exposé. Il s'agit maintenant de préparer sa restitution orale.

1. Faire travailler sa mémoire

- Vous devez posséder votre exposé « sur le bout des doigts », de telle manière que les idées se rappelleront à vous naturellement le jour de l'épreuve et que vous pourrez consacrer toute votre attention à votre auditoire.
- Pour ce faire, sollicitez vos différentes mémoires (visuelle, auditive, kinesthésique...) pour fixer le déroulement de l'exposé puis récitez-le plusieurs fois, de manière à vous en souvenir durablement.

> À NOTER **Des chercheurs ont prouvé qu'il faut refaire au moins sept fois le chemin vers un souvenir pour l'ancrer durablement.**

2. Simuler un Oral blanc

- C'est à ce moment-là, quand vous avez mémorisé votre exposé, que vous devez faire appel à votre entourage – vos professeurs, vos parents ou vos amis – pour leur demander de constituer votre premier auditoire.
- Demandez-leur d'évaluer votre présentation selon ces trois critères :

1. Pertinence. Ai-je bien répondu à la question posée ?
2. Clarté. Qu'est-ce qui était clair ? moins clair ?
3. Efficacité. Ai-je retenu votre attention ? Comment puis-je le faire mieux ?

- N'hésitez pas également à leur demander de vous poser des questions sur le contenu de la présentation : cela vous entraînera pour l'entretien qui suit.

FOCUS

Comment fonctionne la mémoire ?

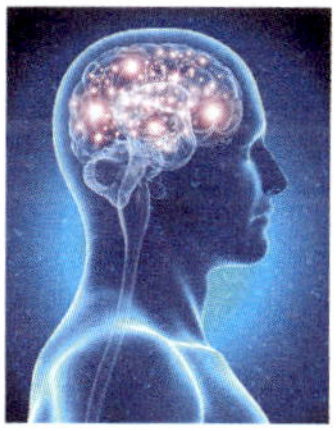

Ph © pankajstock123 – stock.adobe.com

- La mémorisation est le résultat d'un processus biochimique dans lequel les neurones jouent un rôle essentiel.
- Elle se déroule en trois étapes :

1. L'encodage : enregistrement d'une nouvelle information
2. Le stockage : rangement, consolidation de l'information
3. Le rappel : recherche du souvenir afin de le restituer

- Plus on rappelle un souvenir, plus on l'ancre durablement dans la mémoire.

4 Présenter la question au jury

Votre présentation doit être synthétique et rendre compte efficacement du questionnement. Vous êtes principalement évalué(e) sur la solidité de vos connaissances et votre capacité à argumenter.

A Optimiser le temps de préparation

Le jury vient de choisir l'une des deux questions préparées. Vous avez alors 20 minutes pour mettre en ordre vos idées et préparer – si vous vous sentez suffisamment sûr(e) de vous – un support pour le jury.

1. Mettre en ordre vos idées au brouillon

20 minutes de préparation, c'est à la fois long et court. Comment les utiliser ?

Pensez à...	Évitez de...
rédiger l'introduction et la conclusion	rédiger tout l'exposé
noter le plan	noter des idées en désordre
résumer les principales idées	ajouter du contenu au dernier moment

2. Préparer un support pour le jury

- Si vous avez bien en tête votre exposé, mettez à profit les 20 minutes pour préparer un support destiné au jury.
- L'objectif est de permettre à votre auditoire de **mieux suivre votre présentation**. Votre support peut ainsi prendre des formes variées.

CONSEIL **Bien que non évalué, le support doit être pertinent et lisible pour bien disposer le jury.**

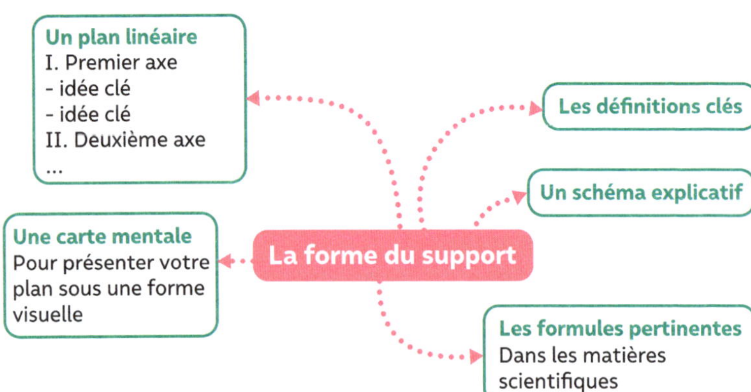

B Faire une présentation claire et fluide

1. Soigner les étapes clés de l'exposé

● Vous devez prêter une attention particulière à l'introduction et à la conclusion.

L'introduction	La conclusion
• amène la question • pose clairement la question • annonce le plan	• fait le bilan des recherches • répond à la question • ouvre de nouvelles perspectives

● Quand vous annoncez le plan, vous pouvez recourir à des formules telles que :

Tout d'abord nous nous intéresserons…
Puis nous étudierons…, avant de montrer que…

2. Mettre en évidence la progression de l'exposé

● Plus encore qu'à l'écrit, vous devez soigner vos **transitions** de sorte que votre auditoire comprenne bien la progression de votre présentation.

Les passages d'une partie à l'autre doivent être ainsi explicités :

Nous venons de voir que…
Nous allons maintenant essayer de comprendre comment ce processus…

CONSEIL **Tout au long de votre présentation, n'hésitez pas à rappeler le fil conducteur en reprenant les mots clés de la question.**

● Les **liens entre les idées** d'une partie doivent être clarifiés au moyen de connecteurs logiques : de cause (*car, en effet*…), de conséquence (*donc, c'est pourquoi*…), d'opposition (*mais, cependant*…), de concession (*certes*…), d'addition (*de plus, en outre*…).

FOCUS

Parler debout

● Placez-vous face à votre jury, bien au centre.

● Ancrez vos pieds au sol, de manière à être bien stable.

● Placez dès le départ vos mains à hauteur de votre ventre, sans les laisser pendre le long du corps. Vous pouvez les croiser devant vous et les dénouer lorsqu'il sera nécessaire d'appuyer le propos.

ph © Prod DB © Ingrid Chabert – My Box Productions / DR

Image extraite du film *À voix haute* de Ladj Ly et Stéphane de Freitas, 2017.

GRAND ORAL

5 Répondre aux questions en lien avec la présentation

Lors de la deuxième partie de l'épreuve, le jury revient sur la présentation et évalue plus largement vos connaissances dans les disciplines correspondant à vos spécialités.

A Anticiper les questions

1. Les questions sur la présentation

● Le jury va en premier lieu revenir sur certains points de la présentation pour vous **demander des précisions**.

- *Vous avez affirmé que... : pouvez-vous donner un exemple ?*
- *Vous avez cité... : quelle est votre source ?*
- *Comment définissez-vous le mot... ?*

● Afin de ne pas être surpris(e), efforcez-vous d'anticiper les questions lors de l'élaboration de l'exposé.

2. Les questions sur le programme

● Cependant, le jury peut aussi vous poser des questions sur d'autres thèmes de vos **programmes de spécialité**.

ATTENTION **Ces questions peuvent porter sur des thèmes hors du programme limitatif de l'épreuve écrite.**

● C'est pourquoi vous devez travailler tout au long de l'année les notions au programme, en imaginant cette interrogation. Voici 4 conseils clés :

4 conseils clés

1. Faites des fiches pour chaque chapitre
2. Apprenez par cœur les définitions clés
3. Questionnez votre enseignant en cas d'incompréhension
4. Complétez le travail fait en cours avec des recherches personnelles

CONSEIL **Cette préparation vous servira également pour l'écrit !**

B Développer une posture d'échange

1. Faire des réponses appropriées

● Un(e) seul(e) des deux membres du jury est un(e) spécialiste des domaines concernés par votre question. Votre réponse doit donc être **précise mais pas trop jargonneuse**.

● D'autres conseils utiles :

Pensez à…	Évitez de…
prendre quelques secondes pour « ingérer » la question	vous précipiter : vous risquez de ne pas répondre à la question
donner des réponses brèves pour des précisions, plus longues pour un avis personnel	répondre par oui ou par non, ne pas développer
vous appuyer sur des connaissances précises, des chiffres, des dates…	rester dans les généralités, utiliser le pronom *on*

2. Gérer les difficultés

● Si vous n'êtes **pas sûr(e) de comprendre** la question :

– reformulez-la à voix haute pour vérifier que vous avez bien compris ;

Vous me demandez si… Vous voulez savoir comment…

– demandez des précisions ou un exemple.

Qu'entendez-vous par… ? Pouvez-vous me donner un exemple ?

● Si vous **ne savez pas quoi répondre**, osez le dire : vous pouvez toutefois commencer par faire remarquer la pertinence de la question.

Ce point me semble en effet très intéressant,
mais je n'ai pas eu le temps de l'approfondir.

FOCUS

Éviter les gestes parasites

Apprenez à identifier les gestes d'auto-contact que vous effectuez pour vous rassurer en situation de stress : ils brouillent la communication et traduisent votre inconfort. Or, avec un peu d'entraînement, il est facile de les éviter.

Passer la main dans ses cheveux

Remonter ses manches, tirer dessus

Toucher sa montre, un bijou

Se gratter avec insistance

GRAND ORAL

6 Défendre son projet d'orientation

Au cours de cette partie de l'épreuve, vous exposez votre projet d'orientation : quel domaine vous intéresse, depuis quand, quels choix vous avez faits pour vous en rapprocher.

A Faire le lien entre la question traitée et son projet d'orientation

● Le jury va commencer par vous demander en quoi le travail sur la question traitée **a nourri votre réflexion sur votre projet d'orientation**. Voici quelques éléments de réponse, à adapter en fonction de votre sujet et de votre projet :

- *En travaillant sur ce sujet au croisement de deux disciplines, j'ai acquis la certitude que je souhaitais continuer à les étudier l'une et l'autre : d'où le choix d'un cursus réunissant...*
- *La préparation de cet oral m'a permis de rencontrer des personnes travaillant dans le domaine de..., qui m'ont donné envie de suivre leur voie ; c'est pourquoi j'ai choisi des études dans la filière...*

CONSEIL **Même si vous avez évidemment envisagé plusieurs choix (sur Parcoursup ou par des candidatures directes), mettez plutôt l'accent sur celui permettant d'établir un lien avec la question traitée. Ainsi votre démarche paraîtra cohérente.**

● Vous pouvez aussi analyser les **compétences acquises** lors de la préparation de cette épreuve orale : mener un travail de recherche, confronter des données, faire un travail de synthèse, faire un exposé oral, et montrer qu'elles vous seront **utiles pour la suite de vos études**.

B Expliquer les étapes de son projet d'orientation

1. Projet professionnel ou projet de poursuite d'études ?

● Si vous avez une idée de métier précise, vous pouvez partir de ce **projet professionnel**, expliquer pourquoi il vous attire ; puis faire le lien avec les études qui y mènent.

● Mais vous avez le droit, à 17-18 ans, de ne pas savoir quel métier vous aimeriez exercer. Contentez-vous alors d'expliquer quel domaine vous intéresse et **quels choix d'études** après le bac vous avez faits en conséquence.

> **CONSEIL** **Quand vous vous êtes inscrit(e) sur Parcoursup ou si vous avez candidaté à des écoles, vous avez dû rédiger des lettres de motivation. Utilisez-les pour préparer cette partie de l'oral.**

● Si vous hésitez encore entre **deux voies**, vous pouvez exposer les différentes possibilités envisagées.

2. La genèse et la mise en œuvre du projet

● Pour retracer la **genèse** du projet, expliquez :
– comment l'idée de ce projet d'orientation vous est venue ;
– comment elle a guidé vos choix de spécialités ;
– comment elle s'est renforcée à travers différentes activités et expériences.

> **CONSEIL** **N'hésitez pas à détailler des expériences vécues ou à rapporter une anecdote pour rendre votre présentation plus personnelle.**

● Mentionnez la **filière choisie**, l'école ou l'université que vous souhaiteriez intégrer et les enseignements qui vous attendent. Décrivez concrètement la manière dont vous souhaitez mener ce projet : cursus envisagé, diplôme visé.

● Faites le bilan de vos atouts et de vos limites pour le domaine envisagé. Montrez que vous disposez d'une **bonne connaissance de vous-même** et de vos capacités.

FOCUS

Développer une argumentation personnelle

Pour mieux convaincre le jury de votre motivation, vous devez mettre en évidence que ce projet est vraiment le vôtre.

Les composantes personnelles de votre projet

1. scolaires
- vos spécialités de 1re et T^{le}
- vos préférences pour certaines matières
- vos compétences scolaires

2. extrascolaires
- votre stage de 3^{e}
- vos engagements (comme délégué de classe, dans un projet...)
- vos centres d'intérêt, vos convictions

7 Retenir l'attention du jury

Lors de l'épreuve orale, il ne suffit pas de maîtriser son sujet, il faut aussi communiquer de manière efficace pour convaincre le jury. Le visage et ses expressions, ainsi que la gestuelle, sont alors essentiels pour renforcer le propos.

A Établir le contact

- Le premier contact est essentiel. Dès l'entrée dans la salle, donnez l'impression d'être ouvert(e) à l'échange, avenant(e), sans être trop familier(ère).
- Le **sourire** est l'atout indispensable pour détendre l'atmosphère et gagner la sympathie du jury. Il ne s'agit pas de rire faussement ou de sourire en permanence, mais d'afficher une attitude aimable.
- La **politesse** est de mise, même si parfois le stress fait oublier les fondamentaux de la courtoisie : saluer vos interlocuteurs, remercier, attendre d'être invité(e) à s'asseoir ou à partir avant de le faire.
- Laissez à vos examinateurs le temps de s'installer et montrez-vous **à l'écoute de leurs attentes**, sans foncer tête baissée dans votre exposé.

B Communiquer efficacement

1. Regarder l'examinateur

- Se retrouver face à face avec un jury composé de deux professeurs inconnus peut vous paraître impressionnant. Cependant, votre réussite à l'oral repose aussi sur votre capacité à **surmonter ce stress** et à vous adresser réellement à vos interlocuteurs à travers ce que vous dites, mais aussi par le regard.
- Ne fixez pas vos interlocuteurs, mais accordez-leur **des regards réguliers**, afin de capter leur attention. Évitez de regarder ailleurs : vous donneriez l'impression d'être fuyant(e). Inutile donc de fixer vos pieds, le plafond ou le mur au fond de la salle.

> CONSEIL **Si vous avez des difficultés à regarder votre interlocuteur dans les yeux, vous pouvez imaginer un point entre ses deux yeux, ce qui vous évitera d'être mal à l'aise en croisant son regard.**

2. Soigner la gestuelle

- **Évitez de rester trop statique** pendant votre intervention, mais ne surchargez pas non plus votre intervention par des gestes répétitifs ou sans lien avec le propos.
- Vos gestes doivent intervenir à des moments essentiels de votre prise de

parole afin d'**appuyer ce que vous dites**. Ils doivent donc coïncider avec ce que vous cherchez à exprimer : enthousiasme, opposition, implication personnelle… (voir la rubrique « Focus » ci-dessous).

3. Éviter la monotonie

- **Variez les intonations** pour donner de la vivacité à ce que vous dites et ne pas ennuyer votre jury.
- **Insistez sur les aspects essentiels** en appuyant sur certains segments de phrases ; marquez les interrogations ou les exclamations par une intonation expressive.
- **Ayez l'air convaincu(e)** de ce que vous affirmez en adoptant une voix claire et en apparaissant sûr(e) de vous.

> INFO **La relation interpersonnelle est un phénomène complexe. Les variations de la voix, la gestuelle comptent pour beaucoup dans la bonne réception du message de fond. Les acteurs le savent bien.**

FOCUS

Appuyer son propos par des gestes signifiants

Il est important d'appuyer son discours par des gestes qui retiennent l'attention et soulignent les moments clés.

Mains tendues vers l'auditoire : impliquer le public.

Mains à gauche puis à droite : souligner une opposition.

Compter avec ses doigts : énumérer.

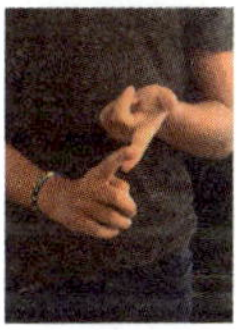

Mains écartées ou rapprochées : exprimer l'union ou la désunion.

Lever ou baisser un doigt : exprimer un doute ou un questionnement.

Main sur la poitrine : montrer son implication personnelle.

8 S'exprimer de manière claire et fluide

Si une bonne partie de la communication repose sur l'attitude non verbale, il ne faut évidemment pas négliger l'aspect verbal de l'échange. Choisir les mots justes, articuler, faire des pauses sont autant d'atouts dans la prise de parole.

A Utiliser un vocabulaire juste et précis

1. Choisir ses mots

- Vous êtes jugé(e) sur la qualité de votre expression, d'où l'importance de bien choisir vos mots. Il est parfois difficile de trouver la bonne formulation : prenez le temps de chercher les **termes les plus appropriés**.
- Si un terme familier vous échappe, reformulez dans un **registre plus soutenu**. Évitez les contractions (« j'sais pas », « j'pense ») : prononcez correctement les négations en incluant un « ne » audible.

2. Varier son expression

L'examinateur appréciera que vous fassiez un effort pour varier les tournures que vous utilisez.

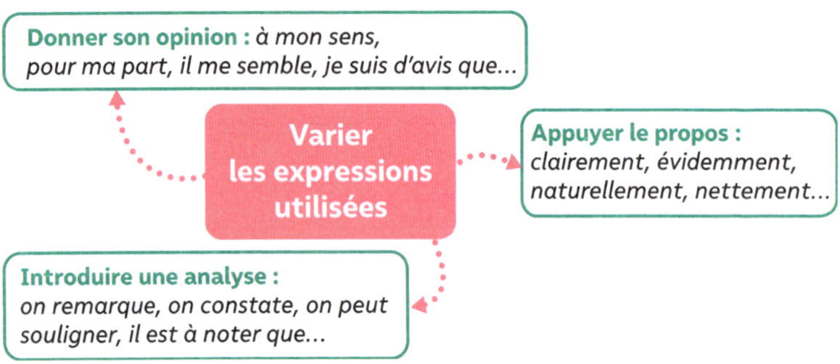

3. Bannir les tics de langage

Variables d'une époque à une autre, ces petits marqueurs de la communication sont à proscrire le jour de votre oral.

- Commencez par **repérer ceux que vous employez le plus souvent** et essayez de vous en débarrasser lors de vos prises de parole. Il peut s'agir :
  - d'expressions en vogue (« genre », « carrément », « trop », « j'avoue »…) ;
  - de mots de liaison (« donc », « alors », « et voilà », « en fait »…) ;
  - d'onomatopées (« euh », « ben », « bah »…).
- Bannissez également **la mise entre guillemets** (geste à l'appui) qui indique que vous n'avez pas trouvé le mot juste pour vous exprimer.

B Soigner son élocution

- **Parlez distinctement** en articulant pour être bien compris(e). Faites particulièrement attention à ne pas « avaler » les fins de phrases et les fins de mots.
- **Adaptez le volume de votre voix** en fonction de la proximité avec votre auditoire. Ni trop fort, ni pas assez, vous devez trouver le juste équilibre. N'hésitez pas à demander si l'on vous entend.

> CONSEIL **Parler face à un public ne s'improvise pas et, pour éviter de bafouiller, il est nécessaire d'exercer sa voix et de s'entraîner.**

C Adopter le bon rythme

- Ne parlez **ni trop lentement**, pour avoir le temps de tout dire, **ni trop vite**, pour laisser au jury la possibilité d'intégrer ce que vous dites et de prendre des notes.
- Trouvez le juste équilibre en ralentissant ou en accélérant le débit **selon la nature de votre propos** :
  – ralentissez lorsque vous présentez le plan, lorsque vous abordez un aspect essentiel, lorsque vous voulez particulièrement retenir l'attention ;
  – accélérez au moment des exemples, des énumérations, des citations.
- N'hésitez pas à **reformuler** plusieurs fois un aspect important de votre intervention et à **faire des pauses** entre deux idées.

FOCUS

Recourir à des figures de style

Pour renforcer votre propos, vous pouvez recourir à des figures de style, en particulier à des **figures de construction** (qui jouent sur la syntaxe).

4 figures de construction

- **l'anaphore :** répétition d'un terme en tête de phrase
- **la gradation :** énumération de termes de force croissante
- **le parallélisme :** répétition d'une même construction
- **l'antithèse :** rapprochement de deux propositions de sens contraire

44 Sujet d'oral

La croissance est-elle compatible avec l'environnement ?

PRÉSENTATION, SUIVIE D'UN ENTRETIEN

20 min
20 points

INTÉRÊT DU SUJET • Nos sociétés contemporaines ont tendance à considérer que la croissance pourrait, grâce à l'innovation en particulier, sauver l'environnement. Cependant, les faits semblent prouver le contraire.

44 PISTES POUR L'ORAL

1. PRÉSENTATION D'UNE QUESTION — 5 min

Les titres en couleurs mettent en évidence la structure de cette présentation.

Introduction

[accroche] Début 2020, avec la crise du Covid-19, la production chinoise est au plus bas depuis 30 ans. Mais c'est aussi la pollution de l'air qui a diminué. D'où une amélioration globale de l'environnement. [présentation du sujet] L'environnement ? C'est notre planète tout entière, les ressources renouvelables, comme les poissons, et non renouvelables, comme le pétrole. Comment la croissance économique – c'est-à-dire l'augmentation soutenue du produit intérieur brut (PIB) –, pourrait-elle le préserver ? Par l'innovation ? Ou serions-nous fous de penser que la croissance est infinie ? [formulation de la problématique] J'ai voulu étudier la question : « L'augmentation du PIB est-elle forcément compatible avec la préservation des ressources naturelles ? » [annonce du plan] Dans un premier temps, je montrerai que certains économistes considèrent que la croissance préserve l'environnement, puis dans, un deuxième temps, je discuterai ce lien pour, enfin, « décortiquer » la politique climatique actuelle.

> **▶ Le secret de fabrication**
> Prouvez que vous avez une vision globale du programme de SES en « piochant » dans plusieurs chapitres. Les deux premières parties nourrissent une opposition théorique et la troisième une application pratique.

I. La croissance économique préserve l'environnement

• Les théoriciens de la soutenabilité faible supposent que le capital naturel peut être substitué par d'autres capitaux (technologique, physique, humain). Ainsi, le manque de pétrole sera compensé par le travail d'ingénieurs (capital humain) inventant les éoliennes (capital technologique) produites en grand nombre (capital physique).

• L'innovation les rend optimistes ! Pour la financer, la développer, il faut aussi de la croissance économique. Et celle-ci peut être durable. La croissance économique n'est donc pas le problème mais la solution.

[transition] Pourtant il faut admettre que la planète se porte mal et que son état s'améliore quand la croissance économique ralentit.

> CONSEIL
> Respectez la logique **A-E-I**. D'abord **A**ffirmez une idée, puis **E**xpliquez (théories, mécanismes…) et enfin **I**llustrez, par l'actualité si possible.

II. La croissance économique nuit à l'environnement

• Les économistes de la soutenabilité forte s'opposent aux premiers. D'après eux, le capital naturel n'est pas substituable. Comment imaginer remplacer la forêt amazonienne ?

• La croissance économique produit systématiquement des externalités négatives, tout comme les innovations d'ailleurs. La voiture électrique se révèle ainsi polluante à produire et à recycler en raison des métaux rares que nécessite sa batterie.

[transition] Les gouvernements sont conscients de la dégradation de l'environnement. Mais en font-ils assez ? Grâce aux sommets internationaux, aux initiatives nationales ou locales, des instruments climatiques existent.

III. L'exemple de la politique climatique

• Le climat est un bien commun. Chacun d'entre nous peut le dégrader mais nous en sommes tous dépendants, et son utilisation n'est pas illimitée.

• Aujourd'hui, des réglementations nationales et internationales interdisent l'utilisation des gaz CFC nocifs à la couche d'ozone. Un marché européen des quotas d'émission de CO_2 a été créé. Enfin, presque tous les pays subventionnent l'achat des innovations écologiques.

> CONSEIL
> Vous devez enchaîner les idées de manière logique et fluide pour ne pas « perdre en route » votre auditoire.

• Ces instruments de la politique climatique sont un moyen pour nos économies de continuer à consommer et produire, soit un moyen de soutenir leur croissance, mais en limitant les externalités négatives qui affectent l'environnement. Malgré tout, le réchauffement climatique perdure…

Conclusion

[bilan] En somme, la théorie de la soutenabilité faible mise pleinement sur l'innovation alors que celle de la soutenabilité forte s'inscrit dans une diminution volontaire de la croissance économique. L'exemple du climat semble donner raison à la seconde. [ouverture] La dégradation de l'environnement ne présage-t-elle pas de nouvelles formes d'inégalités ?

2. ÉCHANGE AVEC LE CANDIDAT — 10 min

Voici quelques-unes des questions que le jury pourrait vous poser. N'oubliez pas qu'on peut vous interroger sur d'autres thèmes du programme.

Si la croissance n'est pas une solution, quels changements économiques cela implique-t-il ?

• L'inverse de la croissance économique, c'est la décroissance : une diminution volontaire et organisée du PIB. Cela nécessite la production de biens durables, facilement réparables, et surtout moins de consommation.

> CONSEIL
> Le jury vous demande en priorité d'approfondir les points abordés dans votre présentation. En amont, vous devez donc repérer les questions possibles et préparer les réponses.

Pourriez-vous citer des exemples concrets de taxation en France ?

• Si vous achetez une voiture électrique, productrice d'externalités positives, alors vous toucherez une subvention ; à l'inverse, vous payerez une taxe si votre véhicule est responsable d'externalités négatives.

En proposant une définition de la notion d'inégalité, pourriez-vous préciser votre ouverture en conclusion ?

• Une inégalité c'est une différence qui crée des hiérarchies dans l'accès aux ressources valorisées, comme l'eau par exemple.

3. ÉCHANGE SUR LE PROJET D'ORIENTATION — 5 min

Comment avez-vous choisi le sujet de votre exposé ? Celui-ci est-il en lien avec votre projet d'orientation ?

• C'est l'actualité qui a motivé mon choix. La crise du Covid-19 est impressionnante, mais ses conséquences sur l'environnement m'ont vraiment marqué, d'autant plus que les effets sont visibles autour de moi.

• Professionnellement, j'ai l'ambition de faire carrière dans l'environnement. Ce serait l'occasion d'allier une passion et une implication citoyenne. J'envisage des formations du type Master 2 dans une filière économique pour travailler, par exemple, dans la promotion des énergies vertes.

45 Sujet d'oral

Comment lutte-t-on contre le chômage en France ?

PRÉSENTATION, SUIVIE D'UN ENTRETIEN

20 min
20 points

INTÉRÊT DU SUJET • L'économie française fait face depuis des décennies à un chômage important, aux formes diverses. Les politiques économiques ont-elles su s'adapter pour lutter efficacement contre ce fléau ? Un sujet sur ce thème pourrait vous intéresser si vous suivez l'actualité et si vous vous orientez vers des études économiques.

45 PISTES POUR L'ORAL

1. PRÉSENTATION D'UNE QUESTION — 5 min

Les titres en couleurs mettent en évidence la structure de cette présentation.

Introduction

[accroche] En 1980, le nombre de chômeurs dépassait pour la première fois la barre du million. Fin 2020, après la crise de Covid-19, ce nombre a été multiplié par quatre. [présentation du sujet] Un chômeur, c'est une personne sans emploi qui en recherche activement un. Malgré la simplicité apparente de cette définition, il existe différentes formes et causes de chômage. Le chômage structurel s'explique par l'existence de rigidités durables sur le marché du travail alors que le chômage conjoncturel est au contraire lié à un contexte économique défavorable. [formulation de la problématique] J'ai voulu étudier la question de la lutte contre ces deux types de chômage, en France, aujourd'hui. [annonce du plan] Dans un premier temps, je montrerai que la France lutte contre un chômage conjoncturel dans un contexte de pandémie qui a provoqué l'effondrement de la demande globale. Dans un deuxième temps, je soutiendrai que la lutte contre le chômage structurel n'a pas été abandonné.

▶ Le secret de fabrication

Montrez que vous êtes capable d'utiliser l'actualité pour la relier à votre cours et aux grandes polémiques économiques. Les exemples enrichissent votre argumentation et la rendent vivante.

I. La lutte contre le chômage conjoncturel

• Le chômage conjoncturel s'explique par une insuffisance de la demande globale, c'est-à-dire une consommation, un investissement ou des dépenses publiques trop faibles.

• Le constat est sans appel. Presque 7 millions de salariés se sont retrouvés en activité partielle dès le premier mois de l'épidémie de Covid-19. La consommation a diminué d'un tiers, et la baisse de 15 % du produit intérieur brut (PIB) est la plus forte de notre histoire.

• Les solutions mobilisées par le gouvernement sont classiques mais d'une ampleur inédite. Tout d'abord, la mise en place d'un chômage partiel ainsi que le renforcement de la plupart des revenus de transfert : le montant des allocations chômage est maintenu, les pertes de revenus salaires sont compensées par l'État. Des aides exceptionnelles aux indépendants ont été attribuées, et l'embauche de salariés de moins de 24 ans fait l'objet d'une prime de 4 000 euros.

CONSEIL
Pour ce sujet d'actualité vous devez mobiliser quelques données chiffrées et les tenir à jour jusqu'à la dernière minute.

• L'objectif de cette politique conjoncturelle est d'augmenter les composantes de la demande globale (la consommation, l'investissement public et privé, etc). De cette façon, les entreprises anticipent cette hausse et continue à investir et à embaucher, en espérant maximiser leurs profits.

[Transition] La lutte contre le chômage conjoncturel passe par le soutien de la demande globale, mais le gouvernement a aussi mené une politique économique apte à lutter contre le chômage structurel.

II. La lutte contre le chômage structurel

• Le chômage structurel est dû à des facteurs économiques durables, comme un coût du travail trop élevé, le manque de formation, etc., et non à la conjoncture économique.

• La France a donc agi sur ces leviers : d'abord en prenant en charge une partie des salaires, ce qui a allégé le coût du travail pour les entreprises et leur a permis de ne pas licencier des salariés devenus moins productifs.

• En juin 2020, un plan de relance a été mis en place avec des baisses durables de cotisations sociales et une incitation à relocaliser les entreprises grâce à une diminution des impôts sur la production.

• L'objectif est d'agir sur certaines rigidités du marché du travail (salaire minimum, prélèvements obligatoires…) pour diminuer le chômage, conformément à la théorie néoclassique.

Conclusion

[bilan] En somme, deux types de politiques économiques complémentaires permettent de lutter contre le chômage. Si elles sont opposées par leurs moyens, elles poursuivent les mêmes objectifs économiques. [ouverture] Mais ne risquent-elles pas d'avoir des répercussions sur l'endettement des États, ce qui finirait par pénaliser la création de nouveaux emplois ?

> **CONSEIL**
> L'ouverture est une question sur laquelle le jury peut vous demander plus de précisions. Préparez toujours votre réponse en amont !

Support écrit

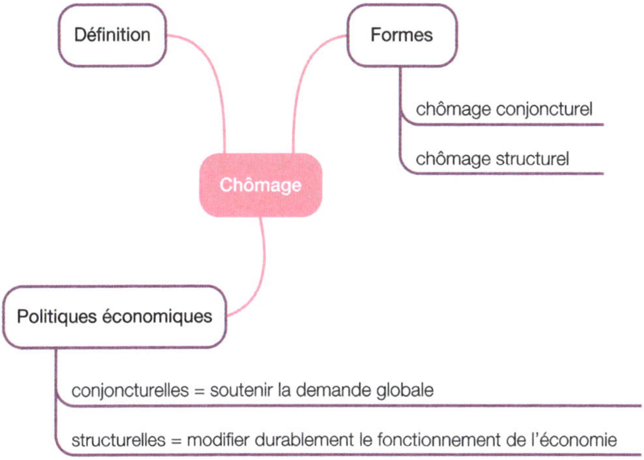

2. ÉCHANGE AVEC LE CANDIDAT — 10 min

Voici quelques-unes des questions que le jury pourrait poser en lien avec votre présentation, ainsi que des réponses possibles. N'oubliez pas que l'on peut vous interroger sur d'autres thèmes du programme.

Pourriez-vous citer les deux mesures officielles du chômage ? Comment s'effectue le calcul du taux de chômage ?

GRAND ORAL

• Il existe deux mesures officielles du chômage. La première est assurée par l'Institut national de la statistique et des études économiques (Insee), qui a adapté au cas français la définition du Bureau international du travail (BIT). La seconde mesure est celle de Pôle emploi, qui comptabilise les demandeurs d'emploi en fin de mois.

CONSEIL
Les questions du jury sont prévisibles car elles portent nécessairement sur votre cours. À vous de les anticiper pour préparer vos réponses.

• Le taux de chômage quant à lui s'obtient en divisant la population active inoccupée par la population active, le tout multiplié par 100.

Quels sont les effets à long terme du confinement sur l'organisation du travail ?

• Dans notre cours, nous avons analysé différentes formes d'organisation du travail comme le fordisme ou le toyotisme. Grâce aux nouvelles technologies, les entreprises ont constaté que le travail à distance était possible et même efficace. Il est possible que l'entreprise entièrement ou partiellement virtuelle se généralise, bouleversant ainsi en profondeur l'organisation du travail.

Par rapport à votre programme, expliquez quels problèmes posent l'absence de travail pour l'intégration sociale.

• Le travail n'est pas seulement une ressource financière, c'est aussi une instance d'intégration. Il permet d'avoir une identité, de se socialiser en apprenant de nouvelles valeurs comme le travail d'équipe, de rencontrer d'autres personnes et donc de développer sa sociabilité.

3. ÉCHANGE SUR LE PROJET D'ORIENTATION — 5 min

Quels liens faites-vous entre votre sujet et votre choix d'orientation ?

• Le choix de ce sujet s'est imposé comme une évidence. Je suis passionné·e par l'actualité et l'économie, et la crise de Covid-19 m'a donné la possibilité d'articuler ces deux centres d'intérêt, puisque quasiment tous les leviers économiques ont été utilisés dans cette situation exceptionnelle.

• Pour approfondir mes connaissances sur ces deux sujets, j'ai décidé dans un premier temps de m'inscrire dans une université d'économie et je compte tenter par la suite une école de journalisme. L'idéal pour moi serait de devenir journaliste économique dans la presse écrite ou enseignant·e à l'université.

À NOTER
Ne confondez pas les filières que vous avez choisies pour l'an prochain et les idées de métiers, que vous avez encore le temps d'affiner. Pour cette raison, n'hésitez pas à proposer plusieurs débouchés possibles.

Comprendre et maîtriser les fondamentaux en SES

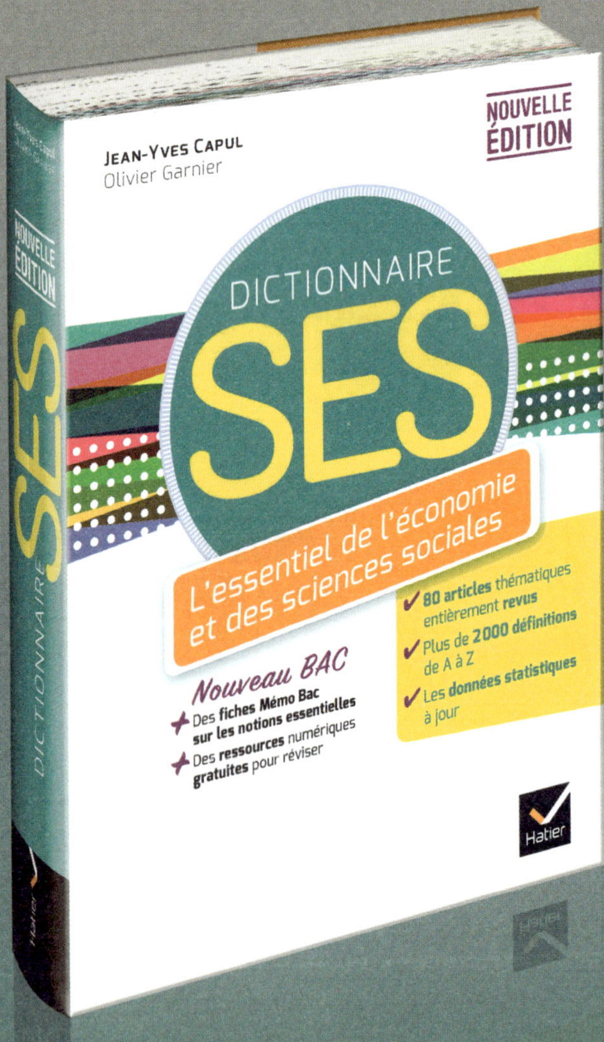

- **80 articles** thématiques
- Plus de **2000 définitions**
- Les **données statistiques** à jour
- Des fiches **Mémo Bac** sur les notions essentielles

Hatier